W0290458

Prinz Eisenherz

ZWISCHEN LEBEN UND TOD
REITET FÜR THULE
SEIN FREUND BOLTAR

Von Harold Foster
und Max Trell

Gondrom

Stadtbibliothek
Wolfsburg
13

Lizenzausgabe für Gondrom Verlag GmbH & Co. KG, Bindlach 1993
© 1993 (1994) King Features Syndicate, Inc./Distr. Bulls
Einbandgestaltung: Werbestudio Werner Ahrens
Alle Rechte dieser Ausgabe bei
Edition-Aktuell GmbH, 5750 Menden 1/Sauerland
ISBN 3-8112-1069-6

ZWISCHEN LEBEN UND TOD

Die Wächter auf König Arthurs Zinnen machten vor Staunen kreisrunde Augen, als sich ein fremdartig gebautes und mit fremdartig gekleideten Menschen besetztes Boot dem kleinen Hafen von Schloß Camelot näherte. Auf ihren Lärm hin eilte alles, was sich gerade in der Nähe aufhielt, zum Fluß hinunter und wurde dort Zeuge, wie ein seltsam bemalter Mensch, der nur mit einer Hose und einem Federschmuck angetan war, ans Land sprang und in einer unverständlichen Sprache auf die Anwesenden einzureden begann.

Einer dieser Neugierigen war der Ritter Gawain. Wie alle anderen, so dachte auch er zuerst, den Abgesandten irgendeines fremden Volkes vor sich zu haben, der König Arthur seine Aufwartung machten wollte. Als ihm der Fremdling aber einmal allzu tief in die Augen schaute und dabei ein schmales Lächeln nicht ganz unterdrücken konnte, da wurde der Ritter stutzig und sah genauer hin. Die Narben an den Armen und auf der Brust des Besuchers kamen ihm nämlich merkwürdig bekannt vor.

Indem der Ritter noch in seiner Erinnerung fahndete, wandte ihm der rätselhafte Gast ein unverwechselbares Profil zu. Damit waren Gawains letzte Zweifel behoben, er wußte nun, daß sich hinter dem Mummenschanz kein anderer als sein Freund Eisenherz verbarg, den er schon so lange totgeglaubt hatte.

‚Wenn hier ein guter Spaß geschehen soll, dann wollen wir wenigstens dafür sorgen, daß beide Teile ihr Vergnügen daran haben‘, dachte Herr Gawain im stillen und ließ sich trotz seiner überquellenden Freude zunächst noch nichts anmerken.

Als der durchschaute Besucher dann seinen gestenreichen Vortrag beendet hatte, trat Gawain auf ihn zu und begrüßte ihn feierlich am Hofe des Königs. „Ihr habt bestimmt eine beschwerliche Reise hinter Euch und werdet nach einem erfrischenden Bad verlangen“, sagte er am Schluß und gab dem Prinzen unvermittelt einen Schubs, der diesen rücklings ins Wasser befördern sollte.

Die pantherhafte Wendigkeit des Freundes hatte der Ritter freilich nicht eingerechnet, und so geschah es, daß er selber noch im letzten Augenblick von dem Fallenden ergriffen und mitgerissen wurde.

Da lag denn nun das edle Freundespaar gemeinsam im Wasser und begrüßte sich unter diesen ungewöhnlichen Umständen auf seine Weise.

Bei den Zuschauern dauerte es eine ganze Weile, bis alle richtig begriffen hatten, welche Bewandtnis es mit dieser erstaunlichen Gastfreundschaft eigentlich hatte. Um so größer war dann die Freude über die nicht mehr erhoffte Heimkehr des Prinzen. Sogleich reckten sich den Rittern Dutzende von helfenden Händen entgegen und zogen beide an Land.

Um die erste Neugier zu befriedigen, erklärte Eisenherz, daß er aus einem fernen Lande komme, das weit im Westen hinter dem Ozean liege und von braunhäutigen, noch halbwilden Menschen bewohnt sei.

„Na, so wild kommen sie mir aber nicht vor, im Gegenteil“, unterbrach ihn da Gawain und deutete wohlgefällig auf die Prinzessin, die nun ebenfalls ausgestiegen war.

„Das ist ja auch Aleta, die Königin der Nebelinseln und im übrigen seit langem meine Frau, so du darauf etwa besonders neugierig sein solltest“, lachte der Prinz stolz und glücklich. Nach dieser Erklärung hieß Gawain die Fürstin mit aller Ritterlichkeit willkommen, ohne darauf zu achten, daß ihm das schlammige Wasser noch immer aus Haaren und Kleidern troff.

König Arthur war schon auf die ersten Rufe der Wächter hin an sein Fenster getreten und hatte zuerst mit wachsendem Staunen, dann mit Freude beobachtet, was sich bei seiner Landungsstelle abspielte. „So lärmreich können sich nur Eisenherz und Gawain begrüßen“, schmunzelte er und schickte gleich einen Boten nach dem so lange vermißten Ritter seiner Tafelrunde.

Eisenherz kleidete sich in aller Eiie um, damit er und die Prinzessin einigermaßen würdig vor dem Thron des Königs erscheinen konnten.

Während Schloß Camelot anschließend eine Reihe von festlichen Tagen erlebte, braute sich an der Küste von Cornwall ein gefährliches Unwetter zusammen. Dort brütete König Tourien auf seiner Burg am Meer über finsteren Plänen. Dieser Tourien war weder klug noch weise, dafür aber hinterhältig und grausam. Ihm zur Seite standen drei Söhne, die ganz nach dem Vater geartet waren und ihn an Verschlagenheit und gemeiner Tücke womöglich noch übertrafen.

Tourien, der König Arthur tributpflichtig war, kam eines Tages auf den

unheilvollen Gedanken, er könnte sich diese Ausgabe sparen, indem er König Arthurs Boten erschlagen ließe.

Als die schändliche Tat durch die willfährigen Söhne vollbracht war, ließ Tourien seinen Schreiber kommen.

„An Arthur, den Schweinehirten", so diktierte er. „Hiermit sende ich dir den Helm deines Boten. Solche Leute brauchst du mir nicht mehr zu schicken; meine Söhne halten nämlich nichts von deinen Steuereintreibern und schlachten sie ab wie Kaninchen. Sollte es dir aber einfallen, mit deinen schäbigen Rittern vor meine Burg zu ziehen, dann bist du herzlich willkommen. Wir warten sehnsüchtig auf dich, und es wird uns ein Vergnügen sein, euch allen miteinander die lausigen Schädel einzuschlagen!"

Diesen unflätigen Brief nebst dem Helm des toten Boten ließ Tourien in einer Truhe zu König Arthur bringen. Hinterher kam er sich ungeheuer witzig vor und erging sich selbstgefällig auf den Mauern seiner Burg, die er für uneinnehmbar hielt. Seiner Meinung nach konnte ihn König Arthur weder von der Landseite noch vom Meer her erfolgreich angreifen.

Auf Camelot herrschten Zorn und Empörung über die niederträchtige Tat, denn Tourien zahlte den Tribut ja nicht umsonst; sein kleines Land wurde dafür von Arthurs starkem Heer vor äußeren Feinden geschützt.

Herr Arthur rief sofort seinen Kriegsrat zusammen, und fast alle dachten, daß man einen Strafzug gegen Tourien beschließen würde. Nur Eisenherz nicht! Ihm schwebte eine ganz andere Lösung vor!

„Wenn wir in unserem ersten Zorn gleich ein großes Heer nach Cornwall schicken", so meinte der Prinz bedächtig, „dann wird darunter wahrscheinlich nur das unschuldige Volk zu leiden haben. Der gewissenlose Tourien dagegen kann sich jederzeit auf seine Burg zurückziehen, die nach allem, was man von ihr hört, so gut wie uneinnehmbar sein soll. Eure Erlaubnis vorausgesetzt, Herr König, möchte ich deshalb lieber versuchen, den Fall durch etwas einfachere Mittel aus der Welt zu schaffen. Am besten ist es wohl, wenn ich zunächst einmal vorausreite, um die Lage zu erkunden; das Heer kann sich inzwischen trotzdem bereitmachen."

Mit diesem vernünftig klingenden Vorschlag war Herr Arthur gerne einverstanden, worauf Eisenherz voller Freude zu Aleta eilte, um ihr über den neuen Auftrag zu berichten. Bei der Gattin war die Freude indessen weit geringer, denn sie ängstigte sich um ihren Prinzen. Hindern konnte sie ihn freilich nicht an seinem wagemutigen Tun, aber sie bat ihn recht inständig, doch an das Kind zu denken und sich keinen unnötigen Gefahren auszusetzen.

Der Prinz nahm auf seine gefährliche Fahrt nur einen einzigen Begleiter mit, nämlich Osk, einen der jungen Wikinger, die mit ihm nach Camelot gekommen waren. Als sie nach einigen Tagen schon tief im Bergland von Cornwall ritten und ihrem Ziel nicht mehr allzu fern sein konnten, trafen sie einen Leibeigenen, dessen Gesicht und Arme von kaum verkrusteten Striemen gezeichnet waren. Der von einer Landarbeit kommende Mann wollte sich scheu zur Seite drücken, aber Eisenherz hielt ihn mit freundlichen Worten zurück.

„Weißt du vielleicht, wo die Burg des Königs Tourien liegt?" fragte der Prinz so harmlos, wie er nur konnte.

„Wenn Ihr noch eine halbe Stunde in dieser Richtung durch den Wald weiterreiten könntet, kämet Ihr hin, aber vorher geht der Weg für Euch zu Ende und alles andere vielleicht auch", antwortete der Mann in hoffnungslosem Tone und beeilte sich wegzukommen. Das war eine rätselhafte Auskunft.

Ein kurzes Wegstück weiter zügelte der Prinz sein Pferd. Über den Pfad sickerte ein Rinnsal, neben dem eine Hufspur abgedrückt war. Die Spur mußte frisch sein, denn das Sickerwasser hatte sie noch nicht ausgefüllt.

„Dem Abdruck nach ist der Reiter auf uns zugekommen, begegnet sind wir aber nur dem Bauern", meinte der Prinz. „Also dürfte der Reiter kehrtgemacht haben und bereits mit einer Warnung auf dem Weg zu Tourien sein."

Sie ritten unter Wahrung aller Vorsicht trotzdem weiter. Aus einem nur mit Büschen bestandenen, aber ziemlich unübersichtlichen Gelände vernahm Eisenherz einen Krähenruf, den er leicht als eine Nachahmung erkannte. „Nun werden wir gemeldet", sagte er. „Wenn uns Tourien eine Falle stellen will, kann der Hinterhalt nicht fern von hier liegen."

Das Buschgelände ging bald darauf in eine öde Felsenlandschaft über. Hinter einer Wegbiegung begann eine sich langsam verengende Schlucht, deren Eingang mit einem Warnschild versehen war. „Kehrt um, Feiglinge! Hier lauert der Tod!" stand darauf geschrieben.

Wie um diese Drohung zu bekräftigen, zeigte sich weit im Hintergrund auf einer Felskante über der Schlucht ein einzelner Wachtposten.

Eisenherz dachte lange darüber nach, was der ganze Aufwand wohl zu bedeuten habe, und lächelte dann plötzlich vor sich hin. Weil ihn Osk deshalb verwundert anschaute, erklärte er: „Was tut wohl ein Mann, sofern ihm nur das Herz am rechten Fleck sitzt, angesichts dieses kindlichen Firlefanzes? Er wird doch bestimmt nicht weglaufen, sondern erst recht weitergehen. Und das ist meiner Meinung nach genau das, was diese Leute erreichen wollen. Ich bin jetzt fest davon überzeugt, daß die uns zugedachte Falle irgendwo zwischen der Tafel hier und dem Posten da drüben gestellt ist, aber wir werden ihnen den Spaß gründlich verderben."

Was Eisenherz und sein Knappe nach dieser Erkenntnis unternahmen, sah just so aus, als wären die beiden tatsächlich Memmen. Sie warfen nämlich ihre Pferde herum und galoppierten scheinbar ängstlich in höchster Eile davon, vorbei an dem im Buschgelände lauernden Wächter, der, wie erwartet, wieder seinen armseligen Krähenschrei ertönen ließ.

Im dichten Wald, den sie bald darauf erreichten, hielten sie jedoch lachend an und suchten sich weit abseits vom Weg einen verborgenen Platz, wo sie nach indianischer Art ein Laubzelt errichteten.

In dieser Hütte, die ihr Unterschlupf für die nächsten Tage sein sollte, ruhten sie aus, bis der Mond aufging, dann brachen sie zu Fuß auf, um genauer zu erforschen, welcher Art der Hinterhalt war, in den König Tourien seine unerwünschten Gäste zu locken pflegte.

Am Eingang der verdächtigen Schlucht war um diese Zeit nichts zu hören noch zu sehen. Trotzdem beschloß der Prinz, den Engpaß zu meiden und seinen Weg über die Felsen zu nehmen. Sie kletterten vorsichtig hinauf und entdeckten in der Nähe des Platzes, wo am Nachmittag der Posten gestanden hatte, eine aus Balken gezimmerte Gleitbahn, auf der Felsbrocken so gelagert waren, daß sie mit einem einfachen Handgriff in die Tiefe befördert werden konnten.

„Das ist die Falle", sagte der Prinz. „Sie reicht aus, um eine ganze Reiterschar zu vernichten."

Einige hundert Meter weiter begann das Meer, und dort, unmittelbar am brandungsreichen Strand, lag Touriens Burg. Eisenherz hätte sich den Bau gerne näher angesehen; dazu kam es aber in dieser Nacht nicht mehr. An der Burg rasselte eine Zugbrücke nieder und entließ eine Meute kläffender Hunde. Die Kundschafter mußten sich in Sicherheit bringen.

Als Touriens Männer das landeinwärtige Ende der Schlucht erreicht hatten und die Hunde auf die fremde Fährte stießen, gab es zum Glück eine zeitraubende Verwirrung. Bis sich die Verfolger endlich entschlossen hatten, der in die Felsen hineinführenden Spur zu folgen, konnten Eisenherz und Osk einen guten Vorsprung gewinnen und den Wald erreichen. Dann freilich kam das Gebell rasch wieder näher.

In dieser Gefahr scheuchten die Fliehenden auf einem schmalen Jägerpfad einen Fuchs von einem erbeuteten Hasen auf. Eisenherz heftete den toten Meister Lampe an seinen Speer und schleppte ihn hinter sich her. Nach einer kurzen Strecke wollte er den Hasen liegen lassen, damit er die nachfolgenden Hunde ablenke. Während dieser Zeit gedachte der Prinz die Flucht dann über die Baumkronen fortzusetzen; ein kleiner Bach, auf den sie alsbald stießen, brachte ihn aber auf einen ganz neuen Gedanken.

„Wir lassen den Hasen hier liegen und machen uns im Bachbett davon", entschied er. „Den Hund möchte ich sehen, der uns dann noch folgt."

Was der Prinz erwartet hatte, geschah. Die halbwilden Tiere rissen sich so begierig um das tote Wild, daß Touriens Männer alle Mühe hatten, ihre Meute wieder zum Gehorsam zu zwingen.

Der Anführer legte sich den Fund auf seine Art aus. „Die Hunde sind der Spur eines Wilddiebes gefolgt", meinte er. „Schade, daß sie ihn nicht erwischt haben. Aber unseren Schlaf ist der Bursche nicht wert; wir kehren um!"

Inzwischen war der Morgen heraufgezogen. Eisenherz und Osk erlaubten sich nach einer kleinen Ruhepause ein erfrischendes Bad; sie konnten sich nun schon darüber freuen, daß sie den Gegner so hübsch an der Nase herumgeführt hatten. Dann dachte der Prinz aber wieder an seinen Auftrag. Weil eine unbemerkte Annäherung an die Burg offenbar nicht möglich war, bestiegen die Gefährten einen Baum, der ihnen einen guten Ausblick erlaubte.

Das erste, was sie in der Tiefe gewahrten, war ein Ritter, der vor dem Schild anhielt, dann aber mit eingelegter Lanze langsam weiterritt. Eine Warnung war nicht mehr möglich. Gleich darauf hörten die Beobachter auf dem Baum das Gepolter der stürzenden Steinlawine. Der fremde Ritter war in Touriens heimtückische Falle gegangen!

Menschliche Hilfe war im Augenblick auch beim besten Willen nicht möglich. Während der Prinz noch spähte und überlegte, sah er aus dem meer-

wärts gelegenen Ende der Schlucht ein paar Männer herauskommen, die einen Verwundeten mit sich schleppten. Der Ritter hatte also den Überfall nicht gleich mit dem Leben bezahlen müssen; was ihn freilich bei dem Tyrannen erwartete, das mochte am Ende noch schlimmer sein. Bei diesem Anblick schwor sich der Prinz, nicht zu ruhen noch zu rasten und auch kein Mittel zu scheuen, bis dem schändlichen Treiben ein Ende gesetzt sei.

Wie aber konnte man diesem Scheusal von einem König überhaupt beikommen? Die Lage der Burg ließ sich von der Höhe aus leicht überschauen. Es war klar, daß diese Mauern von einer Handvoll entschlossener Männer gegen ein vom Land her angreifendes Heer leicht gehalten werden konnten. Und vom Meere aus schien die Burg erst recht uneinnehmbar zu sein. Um seine weiteren Pläne zu bedenken, zog sich Eisenherz zu der Hütte im Wald zurück.

Versunken in seine Gedanken, saß der Prinz während der halben Nacht neben dem bescheidenen Lagerfeuer, das sie sich an diesem verborgenen Ort erlauben durften. Es quälte ihn, daß dieser König Tourien jede Unmenschlichkeit begehen konnte, die seinem Gehirn entsprang, nur weil er eben eine starke

Burg besaß. Endlich sprang der Prinz aber auf, reckte sich und lächelte. Sein hartnäckiges Nachdenken hatte ihm wieder einmal zu einem Plan verholfen, von dem er glaubte, daß er durchführbar sei. Freilich, das Vorhaben schien gefährlich, doch das hinderte den Prinzen nicht, zuerst einmal ganz tief zu schlafen.

Am nächsten Morgen erklärte er seinem Knappen mit Hilfe einer in den Sand gezeichneten Skizze alle Einzelheiten, soweit sie überhaupt nur vorausberechenbar waren. Danach sandte er seinen Begleiter zurück, damit dieser ihm für den entscheidenden Schlag hundert Bewaffnete aus Camelot herbeihole. „Solltest du unterwegs aber einem verläßlichen Menschen begegnen", schloß der Prinz, „dann übergib ihm die Botschaft und kehre sofort zurück. Wer weiß, wie ich dich hier noch brauchen kann."

Osk hatte tatsächlich Glück, denn er traf an der Grenze des kleinen Königreiches einen Ritter, der den Prinzen dem Namen nach kannte und den Auftrag übernahm. So konnte der Knappe schon am Abend wieder sein Versteck bei den Pferden beziehen und dort der weiteren Befehle harren.

Unterdes hatte der Prinz am Strand, aber doch weit genug von Touriens Burg entfernt, einen Fischer aufgesucht,

um sich dessen Boot zu leihen. Der biedere Mann wollte seinen kostbarsten Besitz zuerst nicht aus der Hand geben, denn er lebte mit seiner Familie fast nur vom Fischfang und war deshalb auf das Fahrzeug angewiesen. Eisenherz bot ihm jedoch eine so gute Belohnung, daß sie schließlich handelseinig wurden.

Für die Nacht blieb der Prinz noch bei den freundlichen Leuten, die ihr einfaches Mahl mit ihm teilten und ihm ein Lager aus getrocknetem Schilf bereiteten. Beim ersten Frühschein bestieg Eisenherz dann das gemietete Boot und segelte damit an der Küste entlang, bis er das klippenreiche Wasser vor Touriens Burg erreicht hatte. Für ein größeres Schiff wäre hier kein Durchkommen gewesen; auch Eisenherz mußte sehr vorsichtig durch die Brandung steuern, um ohne Schaden an die Einfahrt des kleinen Hafens zu gelangen.

Die Wächter weigerten sich zuerst barsch, ihm den Schlagbaum zu heben. Erst als der Prinz erklärte, er wolle König Tourien seine Dienste als Krieger anbieten, ließen sie ihn mürrisch und mißtrauisch ein. Die Wache führte ihn durch schmutzige Gänge und verwahrloste Höfe. Überall standen aber gutgeölte, zum Einsatz bereite Kriegsmaschinen herum.

Vor dem Eingang zur Königshalle mußte Eisenherz lange warten, bis ein zerlumpter Diener endlich einen Fanfarenruf erschallen ließ und den zerschlissenen Vorhang zur Seite schob.

Dem eintretenden Prinzen bot sich ein fast lächerlicher Anblick dar: der aus groben Steinplatten gefügte Boden und die zum Thron hinaufführenden Stufen waren zerbröckelt, aber hoch oben saß ein kleiner, fetter, aufgeputzter Mann, der sich die größte Mühe gab, würdig auszusehen . . . offenbar der König. Kaum weniger seltsam wirkte seine Leibgarde, die zu beiden Seiten stand und ebenso farbenprächtige wie zerlumpte Kleider trug. Das einzige, was in diesem Hause in Ordnung schien, waren die Waffen, die von allen sehr selbstbewußt zur Schau getragen wurden.

Angesichts dieses kriegerischen Aufwandes dachte der Prinz an Aletas Bitte, aber nun war es für eine Umkehr zu spät; das Abenteuer lief und mußte bis zu seinem Ende durchgestanden werden.

„Was willst du von mir?“ fragte der König von oben her.

„Ich habe den falschen Arthur verlassen, um Euch, König Tourien, dessen Ruhm in ganz Britannien verbreitet ist, meine Dienste als Krieger anzubieten. Ich hoffe, Ihr gebt mir Gelegenheit, mich an diesem Arthur für eine mir angetane Unbill zu rächen.“

Dem kleinen König gefiel die Auskunft so gut, daß er sich an Cedrik, seinen ältesten Sohn, wandte und ihm zuflüsterte: „Den behalten wir!“

Cedrik, ein Mann voller Mißtrauen, wollte abraten, doch der König hatte sich bereits erhoben und schritt nun die Stufen hinunter auf Eisenherz zu: „Du kannst bleiben“, sagte er. „Vielleicht werde ich dir eher Gelegenheit zu einer Rache an dem Schweinehirten Arthur geben, als du denkst.“

Der Prinz durfte an Touriens Tafel speisen, aber er fühlte die Wellen des Mißtrauens, die ihm besonders von den Söhnen her immer noch entgegenschlugen. Um nicht weiter aufzufallen, schlang er die aufgetischten Fleischstücke genauso freßgierig hinunter wie der König und seine Söhne.

Nach dem Essen hielt der schon ziemlich angetrunkene Tourien eine Rede, aus der dem Prinzen rasch vollends klar wurde, wes Geistes Kind sein selbstgewählter Dienstherr war. „Ich bin der mächtigste Fürst in ganz Britannien", lallte und rülpste der König. „Kein anderer wagt es, mir zu widerstehen. Bald soll das auch der Schweinehirt Arthur erfahren, den ich davonjagen werde wie einen räudigen Hund."

Als der überhebliche Mann torkelnd aufstand und in seinen abgetretenen Pantoffeln unter neuen Fanfarenstößen hinausschlurfte, grüßten ihn die Söhne mit scheinheiliger Ehrfurcht. Eisenherz, der schon erleichtert geglaubt hatte, nun auch gehen zu dürfen, wurde von den Prinzen indessen an dem wüst aussehenden Tisch zurückgehalten und zum Weitertrinken gezwungen. In welcher Absicht das geschah, sollte er bald erfahren.

Der starke Alp, der grimmige Cedrik und der verschlagene Doorne stellten dem Gast die verfänglichsten Fragen über seine Herkunft und die Art seines Streites mit König Arthur; der neue Dienstmann gab sich jedoch keine Blöße, denn er hatte seine Rolle gut gelernt.

Die Brüder setzten ihre Bemühungen indessen hartnäckig fort. Auf jede Antwort des Prinzen tranken sie ihm einzeln oder gemeinsam so auffallend zu, daß ihre Absicht leicht durchschaubar war. Auch erhielt der Mundschenk nach jedem Schluck des Prinzen einen unverhüllten Wink, damit er den Becher des Gastes immer wieder bis zum Rande nachfülle.

Gegen diese rauhe Behandlung konnte sich Eisenherz nicht wehren, ohne den Argwohn der Gastgeber noch weiter zu verstärken. Er nahm sich auf das äußerste zusammen, spürte aber trotzdem, wie ihm der starke Wein die Sinne immer mehr vernebelte. Die Brüder hatten ihr Ziel erreicht.

Um diese Zeit stand Cedrik plötzlich auf und rief mit erhobenem Becher: „Heil König Arthur!"

Gewohnheitsmäßig sprang Eisenherz ebenfalls auf und hob den Becher. Er war auf den Trick hereingefallen.

Ehe der Heilruf jedoch von seinen Lippen gesprungen war und sich die Brüder auf den Prinzen stürzen konnten, erkannte dieser seinen Fehler. Er wurde jäh ernüchtert, spielte nun aber erst recht den Betrunkenen.

„Was?“ lallte er. „Schämen solltet Ihr Euch alle miteinander, auf das Wohl eines Mannes zu trinken, der Eures Vaters schlimmster Feind ist. Lieber gebe ich den Wein den Hunden zu saufen, als da mitzumachen. Aber tut, was Ihr wollt. Mein Gebieter heißt Tourien, und ihm werde ich helfen, die Krone Britanniens für sich zu erobern. Heil König Tourien!“

Nach dieser Rede taumelte der Prinz zurück und schlief am Tische ein. Doch das schien alles nur so. In Wirklichkeit lauschte er gespannt auf das weitere Gespräch der Brüder, dem er entnehmen konnte, daß diese ihr unmittelbares Mißtrauen nunmehr aufgegeben hatten.

Das Zechgelage dauerte noch einige Stunden, aber Eisenherz hielt es für geraten, die Augen nicht mehr aufzumachen, sondern auch weiterhin den Betrunkenen zu spielen und zu warten, bis die Brüder inmitten der Weinpfützen eingeschlafen waren. Darüber graute der Morgen. —

Eisenherz war mit dem Ergebnis dieser ersten Nacht höchlich zufrieden. Nun konnte er, ohne einen Verdacht zu erregen, innerhalb der Mauern frei herumlaufen, um nach den Schwächen der Burg zu fahnden. Dabei kam ihm Tourien selber ungewollt zu Hilfe. Der Prinz traf ihn zufällig, wie es schien, auf einer Terrasse und sagte: „Um diese herrliche Burg seid Ihr wahrhaftig zu beneiden, mächtiger König. Noch nie haben meine Augen eine Festung gesehen, die stärker als die Eure gewesen wäre."

Dem eitlen Manne ging diese Lobhudelei wie Honigseim ein, zumal ihm die Söhne inzwischen ausführlich von dem Geschehen der Nacht berichtet hatten. „Wenn dieser dumme Tölpel seine Haut für uns zu Markte tragen will, so mag er's doch tun", war Cedriks letztes Wort gewesen.

Nun zeigte der König in seinem prahlerischen Stolz dem Prinzen alles, was es auf der Burg zu sehen gab. Später kamen auch die Söhne dazu, die vom Wert der Festung fast noch mehr überzeugt waren als der Vater. Der Prinz stimmte ihnen nicht nur äußerlich zu; er mußte ihnen auch innerlich recht geben, denn dieses Felsennest war mit gewöhnlichen Mitteln in der Tat wohl kaum zu erobern.

In der folgenden Nacht ließ man den Prinzen allein und ungeschoren, so daß er Zeit zum Überlegen hatte. ‚Wenn Tourien in seiner Burg tatsächlich unbesiegbar ist, dann muß man ihn eben herauslocken', dachte er und wußte auch schon, wie das etwa angestellt werden könnte. Er hatte nämlich herausgefunden, daß bei Tourien und seinen Söhnen zur Grausamkeit und Niedertracht auch noch eine unverhüllte Habsucht trat.

Tags darauf erzählte er dem König von den reichen Schätzen an Gold und Edelsteinen, die auf Camelot lagen. „Ihr könntet sie nehmen, wenn Ihr ein größeres Heer hättet. Ein solches kostet aber viel Geld."

„Und wie soll ich das Geld aufbringen?" fragte der König lauernd.

„Auf dem Wege nach Camelot liegen Städte. Man könnte sie plündern und mit der Beute Arthurs Ritter bestechen. Viele sind ohnedies unzufrieden mit ihm“, riet der Prinz, der die Vorstellungswelt dieses halbverrückten Königs schon recht gut kannte.

Diese Anregung leuchtete Tourien ein; er hielt es für selbstverständlich, daß ein Ritter seinen selbstgewählten Herrn um des schnöden Mammons willen verrät, kannte er doch selber weder Ehre noch Treue.

Unter diesen Umständen fiel es dem Prinzen leicht, den König davon zu überzeugen, daß es von Vorteil wäre, ihn zunächst einmal allein vorauszuschicken, damit er die Lage im Feindland erkunde. „Dundorn“, so schloß er, „ist an unserem Wege die erste Stadt auf Arthurs Gebiet. Ich kenne dort einige mächtige Leute; vielleicht gelingt es mir, sie mit uns zu verbünden, so daß wir ohne Schwierigkeiten hineinkommen. Sind wir erst einmal drinnen, dann können wir schalten und walten, wie es uns gefällt.“

So verschaffte sich Eisenherz den entscheidenden Auftrag, als Kundschafter hinauszuziehen und die Eroberung von Dundorn vorzubereiten.

Ganz allein war er am Anfang jedoch nicht, denn Tourien, dessen Mißtrauen niemals völlig schwieg, setzte ihm einen verläßlichen Mann als Spion auf die Fersen.

Der Prinz gehörte nun freilich nicht zu den Leuten, die eine solche Maßnahme lange dulden oder gar übersehen. So kam es, daß sich der Verfolger während des Marsches durch ein Waldstück plötzlich entwaffnet und gebunden sah. Eisenherz brachte ihn in das Waldversteck, wo der Knappe seit Tagen in großer Sorge gewartet hatte. Von ihm erfuhr der Prinz, daß Arthurs Ritter schon an der Grenze versammelt waren und geduldig der weiteren Dinge harrten. —

Im Zeltlager der Ritter, das sie gegen Abend unangefochten erreichten, wurde Eisenherz jubelnd begrüßt. Noch in der gleichen Nacht mußte er seinen Schlachtplan erklären. Um nicht aufzufallen, ließ er sich aber mit seiner Rückkehr zu Touriens Festung einige Tage Zeit. —

Auf der Burg log Eisenherz dann das Blaue vom Himmel herunter und wunderte sich, woher ihm diese Gabe so plötzlich gekommen war. „Dundorn freut sich auf Euch“, berichtete er dem König. „Wir können kampflos einziehen.“

„Ich traue niemand und gehe erst nach Dundorn, wenn es wirklich besetzt ist“, mischte sich nun Cedrik ein. „Ich rate Euch, Vater, ebenfalls noch hierzubleiben. Alp und Doorne können das Fußvolk allein führen.“

Dieser Einspruch kam dem Prinzen reichlich ungelegen. Um keinen Verdacht zu erregen, mußte er ihn aber billigen und sogar loben.

Unterwegs ließen ihn die Brüder nie außerhalb der Reichweite ihrer Schwerter reiten. Als sie dann an die Stelle kamen, wo die Ritter warteten, mußte sich der Prinz deshalb fragen, ob er die nächste Stunde überleben werde. Doch der Streich gelang. Im entscheidenden Augenblick konnte Eisenherz seinem Pferd die Sporen geben und davonpreschen.

Bis die Brüder den sich blitzschnell abspielenden Vorgang erfaßt hatten, war ihnen der Prinz schon um mehrere Pferdelängen voraus. Brüllend und rot vor Zorn nahmen sie die Verfolgung auf, doch prallten sie in ihrer blinden Wut schon nach wenigen Augenblicken auf die Lanzen der bereitstehenden Ritter, die den Ansturm mit leichter Mühe bremsten.

Das führerlos gewordene und auf einer Lichtung ringsum eingeschlossene Fußvolk hatte keine Lust, sich mit den grimmig dreinschauenden Rittern auf einen Kampf einzulassen. Touriens Männer waren zwar immer bei der Hand, wenn es gegen wehrlose Einzelne ging, aber so . . . ? Als Eisenherz sie aufforderte, die Waffen zu strecken, gehorchten sie sofort. Damit war Touriens streitbare Macht ausgeschaltet; der König selber saß immer noch auf seiner festen Burg, und Eisenherz hatte die Aufgabe, ihn dort herauszuholen.

Nach einigen Vorbereitungen brach der Prinz auf; Osk begleitete ihn. Inzwischen hingen Tourien und Cedrik auf der Burg ihren eigenen Gedanken nach. Der närrische König sonnte sich bereits im Glanze des künftigen Reichtums; Cedrik dagegen überlegte, wie er den Vater aus der Welt schaffen und sich die Krone selber aufs Haupt setzen könnte.

Ein Wächterruf scheuchte den König aus seinem für ihn so angenehmen Sinnen auf. Über den Hof trabte ein prächtig gewandeter Ritter, dem in geziemendem Abstande ein Knappe folgte. Eisenherz kehrte zurück.

Auf dem großen Tisch inmitten der Halle zeigte er seine Schätze vor. Aus zwei Lederbeuteln kollerten Gold und Juwelen auf die schmutzige Platte. Eisenherz hatte sich den ganzen Glanz zwar nur von Freunden zusammengeborgt; bei ihrem Anblick war nun aber auch Cedrik vom Gelingen des Handstreiches überzeugt.

Den schon ganz siegesgewissen König verlangte es, möglichst bald in die so leicht eroberte Stadt einzuziehen, um sich von der Bevölkerung huldigen zu lassen. Dieser Wunsch fügte sich gut in Cedriks Pläne; er machte seinem Vater einen teuflischen Vorschlag, der zunächst auf das Leben des Prinzen abzielte.

„Die Reise zu Land würde ein so großes Gefolge erfordern, daß die Burg fast ganz entblößt wäre", sagte er zum Vater. „Ich empfehle dir deshalb, unser Schiff zu benützen. Dazu genügt ein kleines Ehrengeleit. Eisenherz und ich könnten dann hierbleiben, um die Burg zu schützen."

Das klang recht unverdächtig. Im stillen aber dachte Cedrik: ‚Mögen die Narren sich ruhig in Dundorn vergnügen, ich bleibe hier und beseitige diesen Eisenherz, dann bin ich Herr auf der Burg.'

Der König hieß den Vorschlag willkommen, zumal die Schiffsreise bequemer war und ihm Zeit ließ, seinem Glück nachzusinnen. Ein Reiter mußte die Kunde von dem bevorstehenden Einzug allerdings voraustragen.

Als sich das Schiff dann Dundorn näherte, war am Hafen schon viel Volk versammelt, das Tourien lachend zuwinkte und ihn bei der Landung mit brausenden, nicht enden wollenden Heilrufen empfing.

Dem König, der bis dahin fast nur mit seinen eigenen Leuten Umgang gepflogen hatte, wurden die Huldigungen allmählich lästig. Erleichtert stieg er deshalb in einen bereitstehenden Wagen, hinter dessen Stangengittern er sich vor der Menge geborgen fühlte. Daß ihn dieser Wagen ins Gefängnis bringen würde, ahnte er freilich nicht. So nahm er zufrieden mit sich und der Welt die Krone ab und stellte sie zwischen seinen Füßen auf den Boden. —

Doch nun zurück zur Burg am Meer. Nachdem Eisenherz und Cedrik dem wegsegelnden Schiff noch eine Weile nachgeschaut hatten, begaben sie sich ins Innere der Burg. Der Prinz ging in die Halle, wo er seine Waffen pflegen wollte, und etwas später kam auch Cedrik dazu. Sein Gesicht verriet, was er vorhatte. Er wollte den Prinzen, den er wehrlos glaubte, erschlagen. Dieser fand gerade noch Zeit, den Helm aufzusetzen und das Schwert zu ziehen, dann begann ein Kampf, so mörderisch, wie ihn die Burg noch nicht gesehen hatte.

Durch die Überraschung war Cedrik zunächst im Vorteil, und gleich färbte auch schon das erste Blut seine Klinge. Der leichtverwundete Prinz hatte alle Mühe, den mit roher Kraft geführten Schlägen standzuhalten, und konnte nur dank seiner Flinkheit allmählich gleichziehen.

Was dann die rasche Entscheidung brachte, war aber ein blanker Zufall. Cedrik trug über seiner Rüstung eine weite Hose, die durch ein Band aus dem gleichen Stoff festgehalten wurde. Die Schlaufe dieses Bandes geriet nach einem Schlage gegen die Hüfte an die Schneide des Singenden Schwertes, so daß die Hose zu rutschen begann und Cedrik ins Stolpern geriet. Dabei empfing er von Eisenherz den ersten kräftigeren Schlag und gleich darauf noch einen zweiten, der seine Lage aussichtslos machte.

In diesem Augenblick hätte der Prinz seinen heimtückischen Gegner töten können, doch wurde ihm die ruhmlose Tat von einer anderen Seite abgenommen. Als nämlich das durch den Waffenlärm herbeigelockte Gesinde die unmittelbar bevorstehende Niederlage seines verhaßten Herrn erkannte, da ließ es die bereits zur Hilfe erhobenen Waffen wieder sinken und schlug sich unter höhnischen Rufen auf die Seite des Fremden.

Dieses Verhalten machte Cedrik vollends rasend. Er ließ von dem Prinzen ab und stürzte sich in seiner blinden Wut auf die zurückweichenden Knechte. Ehe er jedoch einen erschlagen konnte, fiel er der Länge nach zu Boden und mußte es geschehen lassen, daß ihm einer der Männer mit dem Dolche zu Leibe ging. So starb Cedrik unter den Hieben und Stichen seiner eigenen Leute eines grausigen Todes.

Über diesen Ausgang konnte sich der Prinz zuerst nicht so recht freuen, denn er wußte genau, daß die von ihm angewandten Listen eines Ritters nicht ganz würdig waren. Als dann aber auf sein Geheiß hin die in Ketten gelegten Gefangenen, darunter auch Osk, sein Knappe, mehr tot als lebendig aus den Verliesen der Burg herbeigebracht wurden, da besann sich der Prinz rasch wieder darauf, daß jeder aus dem Geschlecht der Touriens ein so schändliches Ende verdient hatte. —

Einige Tage später näherte sich der eroberten Burg ein kleiner Heerzug. Herr Arthur hatte einen verläßlichen Statthalter geschickt, der den ehemaligen Besitz der Touriens aus den Händen des Prinzen übernehmen und im Namen des Königs verwalten sollte. Nach der förmlichen Übergabe der Burg war des Prinzen Auftrag erfüllt; durch sein kühnes Vorgehen hatte er fast ohne Schwertstreich ein neues Land für König Arthur erobert. Nun konnte er vergnügt nach Schloß Camelot zurückreiten. —

Aleta war überglücklich, daß sie ihre kleine Familie einigermaßen heil beieinander hatte, doch währte ihre Freude nur wenige Tage, dann ritt der Prinz schon wieder fort. Dieses Mal allerdings in einer friedlichen Absicht; er wollte seinen Jugendfreund, den Prinzen Arne von Ord, zur Taufe nach Camelot einladen.

Als der Prinz mit seinem Knappen schon über das Gebiet von Ord trabte, begegnete ihm ein fremder Ritter, der Eisenherz durch ein Handzeichen einen Gang mit der Lanze antrug. Einem solchen, unter Rittern üblichen Zwischenspiel, war der Prinz nicht abgeneigt. Er stellte sich bereit. Er stellte sich sogar sehr gerne bereit, denn er hatte in dem Gegner zuerst am Wappen und dann auch der Gestalt nach seinen alten Freund Arne erkannt. Das sollte eine Begrüßung werden, an die beide ihr Leben lang zurückdenken würden.

So fiel schon der erste Zusammenprall viel heftiger aus, als es sonst bei sportlichen Zweikämpfen unter Rittern der Brauch war. Arne flog aus dem Sattel in den zum Glück recht weichen Sand des Weges.

Eisenherz sprang besorgt vom Pferd, um dem Freund zu helfen, doch der kam allein auf die Beine und steckte sein Schwert in den Boden.

„Woher hast du diese Waffe?“ war Arnes große, staunende Frage, als er das Singende Schwert, das einstmals ihm gehört hatte, an des Prinzen Gürtel hängen sah.

„Was kümmert's dich? Sollte es jedoch dir gehören, so kannst du mir's ja wieder wegnehmen.“

„Ich werde mich hüten! Du bist ja immer noch der gleiche hitzige Raufbold wie früher“, lachte da Arne und zog sich den Helm vom Kopf. „Aber merkwürdig ist doch, daß ich dich erst am Singenden Schwert erkannt habe. Wußtest denn wenigstens du selber gleich, wer ich bin?“

„Klar!“

„Und hast trotzdem so fürchterlich dreingehauen?“

„Nicht trotzdem, sondern eben deshalb. Du solltest mich doch auch wiedererkennen.“

Über diesen gegenseitigen Erklärungen schüttelten sich die Freunde vor Vergnügen. Als sie sich lange genug begrüßt und geneckt hatten, stiegen sie wieder zu Pferde und trabten hinüber nach Ord.

Eisenherz sah diese schloßähnliche Burg zum erstenmal und war erstaunt über ihre klare Schönheit. Das Bauwerk stammte aus der Zeit, da in Britannien noch die Römer saßen, und trug viele südländische Züge.

Der greise König begrüßte den Gast mit zwiespältigen Gefühlen. „Diese Klinge“, so sprach er, „habe ich in meiner Jugend geführt. Als mein Arm zu schwach wurde, erhielt sie mein Sohn. Es schmerzte mich damals bitter, daß er die Waffe in einer rührseligen Stunde verschenkte. Seitdem ich aber weiß, in welch guten Händen sie liegt, bin ich zufrieden. Behüte mir die Klinge sorgsam, du wirst außer dem Schwert König Arthurs keine ähnliche mehr finden.“

Während die Prinzen ihre Rüstungen ablegten und sich erfrischten, kam Eisenherz auf den Grund seines Besuches zu sprechen. „Ich möchte dich zu der Taufe meines Sohnes einladen“, sagte er leichthin.

„Was?“ rief da Arne, „Du bist verheiratet und hast das Gelübde vergessen, das wir nach Ilenens Tod einst gemeinsam abgelegt haben?“

Eisenherz hatte den alten Schwur tatsächlich vergessen und wollte sich entschuldigen. „Wir sind doch damals fast noch Kinder gewesen, Arne. Und außerdem wußte ich zu jener Zeit noch nichts von Aleta.“

„Ach was, Gelübde bleibt Gelübde“, beharrte Arne. In diesem Augenblick krabbelte aber ein kleines Etwas durch den Türvorhang, was ihn rasch zum Heuchler werden ließ.

„Nanu, wer ist denn das?“ rief Eisenherz. „Kannst du mir vielleicht erklären, wem der junge Mann gehört?“

„Hm, wenn du den da meinst . . . das ist wohl ein Spielzeug meiner Frau.“

„Oh, du abgefeimter Schurke!“ wetterte da Eisenherz. „Mich läßt du zappeln und bist dabei selber verheiratet. Wahrscheinlich mit der erstbesten Schönen, die gerade deinen Weg gekreuzt hat. Was, du Schwerenöter?“

Ehe der ertappte Arne eine Erklärung abgeben konnte, rief auf dem Gang draußen eine helle Frauenstimme: „Prinz Eisenherz! Du Taugenichts! Du Herumstreicher! Du Strolch! Wo steckst du bloß schon wieder?“

Dem Prinzen verschlug es fast den Atem, er antwortete aber trotzdem gehorsam: „Hier, schöne Frau!“

Die junge Frau kam herein und nahm den Kleinen an sich. „Eisenherz, mein Rackerchen du, kann man dich denn gar nicht mehr allein lassen?“

„Heißt dieser hoffnungsvolle Jüngling vielleicht gar Prinz Eisenherz?“ fragte da der Prinz verwundert.

„Gewiß, wir nennen ihn so nach einem berühmten Ritter von König Arthurs Tafelrunde, der ein Jugendfreund meines Mannes gewesen ist.“

„So? Ein berühmter Ritter soll das sein? Andere Leute behaupten aber, er habe nur dumme Streiche im Kopf und suche immer Streit.“

„Oh, das dürft Ihr nicht sagen, Herr. Seit Prinz Eisenherz die schrecklichen Normannen besiegt hat, klingt sein Ruhm durch ganz Britannien, und wenn er hin und wieder einen lustigen Streich macht, so ist das nur sein gutes Recht, denn das gehört nun einmal zu einem richtigen Mann. Habt Ihr vielleicht noch nie einen Streich angestellt?“

„Das schon, denn ich bin ja selber dieser gewisse Prinz Eisenherz, den Ihr durch Eure allzu gute Meinung beschämt.“

Als die Dinge so weit gediehen waren, konnte Prinz Arne sein lange verhaltenes Lachen endlich losbrechen lassen, worin die beiden anderen fröhlich einstimmten. Bei den weiteren Gesprächen, die bis in die Nacht hinein dauerten, stellte es sich heraus, daß Klein-Eisenherz auch noch nicht getauft war. Man beschloß deshalb, eine Doppeltaufe abzuhalten, die dann einige Wochen später durch den Bischof von Canterbury feierlich vollzogen wurde. —

Nach der Taufe versammelte sich die Gesellschaft im Garten zu einem festlichen Bankett. Die heitere Stimmung wurde jedoch bald durch verdächtige Rauchwolken gestört, die aus dem obersten Geschoß des Ostturmes drangen, wo sich der weise Merlin ein Laboratorium eingerichtet hatte.

„Erlaubet mir, Herr König, daß ich nach dem Rechten sehe", sagte der Gelehrte. „Ich habe da oben einen etwas verschrobenen Gaukler zu Gast; hoffentlich hat mir der Mann keine Dummheiten gemacht."

Merlins Sorge war leider nur allzu begründet. Ohm Fuyad, sein Gast, hatte den Verlockungen des besteingerichteten Laboratoriums von ganz Britannien nicht lange widerstehen können und alsbald die gewagtesten Versuche in Gang gebracht. Nach den dunkelsinnigen Anleitungen, die er in einem alten Buche fand, mischte er Säuren und andere Chemikalien zu einer Brühe zusammen, die so scharf war, daß sie sogar den Tiegel anfraß.

Auf der Suche nach weiteren Stoffen stieß der Zauberer auf eine bauchige, mit fremdartigen Schriftzeichen bedeckte Flasche, deren enger Hals geheimnisvoll verschlossen und versiegelt war.

Während der neugierige Mann noch versuchte, den Stöpsel zu lösen, zerstörte die ätzende Säure vollends den Tiegel hinter seinem Rücken, fraß sich durch die Tischplatte und tropfte schließlich auf den Sessel, wo sie ihr Zerstörungswerk fortsetzte. Von alldem merkte Ohm Fuyad nichts, denn seine Aufmerksamkeit galt nur dem Inhalt der Flasche.

Als der Verschluß endlich nachgab, entpuppte sich dieser Inhalt als eine so teuflisch stinkende Flüssigkeit, daß der Gaukler zurückprallte und auf den Sessel fiel. In seiner Bedrängnis versuchte er, die übel duftenden Schwaden zurückzuhalten, indem er seinen Finger in den Flaschenhals steckte. Viel zu tief allerdings, denn nun brachte er den Finger nicht mehr heraus. Doch das blieb das kleinere Übel. Inzwischen war nämlich die Säure auf dem Sessel bis zu Ohms Sitzfleisch vorgedrungen, wo sie höllisch zu brennen begann.

Der gepeinigte Mann begriff, daß ihm in dieser verzweifelten Lage nur noch ein ganz großer Zauberer helfen konnte, und jagte Hals über Kopf die Treppe hinab, um Merlin zu suchen. Am Turmeingang stieß er mit dem Alten so überraschend und heftig zusammen, daß beide stürzten. Bei dieser Gelegenheit zerschellte das leidige Anhängsel an Ohms Finger, wobei die entweichende Flüssigkeit den weisen Merlin von oben bis unten bespritzte und ihren Duft so durchdringend über den Garten verströmte, daß die Taufgäste entsetzt das Weite suchten.

Auch Merlin sprang auf und hetzte ohne Rücksicht auf sein hohes Alter einem Karpfenteich zu, der mitten im Garten lag. Dort entledigte er sich seiner Kleider, und dort fand Ohm Fuyad, der dem Meister jammernd nachgelaufen war, endlich auch ein wenig Kühlung für seine heftig brennende Rückseite. In der dann folgenden Strafpredigt soll Merlin recht unfeine Worte gebraucht haben. —

Bis der Ostturm gereinigt und gelüftet war, so daß man ihn wieder betreten konnte, verging ein voller Tag. Dann besah sich Merlin den angerichteten Schaden, wobei seine Zuneigung für den Gast vollends auf den Nullpunkt sank. Ohm Fuyad behauptete zwar, nur im Interesse der Wissenschaft gehandelt zu haben, aber das nahm ihm Merlin so wenig ab wie irgendein anderer auf Camelot. Besonders Herr Arthur grollte mächtig über den Unfug, der da auf seinem Schloß getrieben worden war.

Dazu kamen für den König noch andere Sorgen. Prinz Eisenherz hatte bei einem Turnierkampf vor lauter Übermut einige Knochen zerbrochen, die zufällig dem Gesandten eines befreundeten Landes gehörten. Während nun der arme Mann bewegungslos im Lazarett lag, schäkerte Herr Gawain mit dessen Gemahlin auf eine Art und Weise herum, die schon nicht mehr schön war. Solche Kleinigkeiten konnten leicht zu einem Krieg führen.

In diesen Tagen brachte ein Bote die Kunde, daß ein am Rande von König Arthurs Herrschaft liegendes Lehensgut durch schwarze Magie beunruhigt werde und dringend der Hilfe bedürfe. Der König seufzte erleichtert auf, denn nun bot sich ihm eine Möglichkeit, die drei Störenfriede für längere Zeit von Camelot fernzuhalten. Er bat Eisenherz und Gawain, den Fall an Ort und Stelle zu untersuchen. „Und", so schloß er lächelnd, „da Zauberei mit im Spiel sein soll, wird euch Ohm Fuyad als fachkundiger Ratgeber begleiten."

Aleta war von diesem Auftrag verständlicherweise nicht entzückt. Wenn eine junge Frau einen stattlichen Gatten besitzt, dann möchte sie ihn auch gerne in ihrer Nähe behalten und nicht dauernd zu den gewagtesten Abenteuern ausziehen lassen.

„Du wirst dem König sagen, daß er einen anderen schickt", meinte sie, blieb aber mitten im Satz stecken, denn in des Prinzen Augen blitzte es unwillig auf.

„Niemals darfst du dich zwischen einen Ritter von der Tafelrunde und seine selbstgewählte Pflicht stellen“, sprach Eisenherz ernst. „Sei nun vernünftig, und schau zu, daß meine Taschen gepackt werden!“ Dann ging er aus dem Zimmer und ließ Aleta ziemlich nachdenklich zurück.

Und auch ein wenig erschrocken, denn ihr Gatte, der höfliche junge Mann, den sie sonst immer so leicht um den kleinen Finger wickeln konnte, hatte sich plötzlich als unnachgiebig erwiesen. Trotzdem konnte Aleta nicht böse sein; sie liebte ihren Prinzen so, wie er war, und packte ihm sogar mit eigenen Händen die Satteltaschen . . .

Herr Gawain war von der bevorstehenden Fahrt noch weniger begeistert als Aleta; der Ritter scheute zwar keinen irdischen Gegner; gegen die Schrecken der Unterwelt jedoch half seiner Meinung nach alles Dreinschlagen nichts. So traf er seine Vorbereitungen denn nur voller Mißmut.

Anders Ohm Fuyad, der kleine, fette Gaukler. Er jubelte darüber, daß er Seite an Seite mit zwei berühmten Rittern ausziehen durfte, um wirklichen Dämonen nachzuspüren, und stellte sein Gepäck mit aller Sorgfalt zusammen. Dazu gehörten Amulette, Fetische, Chemikalien und noch mancherlei anderer Hokuspokuskram.

Indessen suchte der Prinz den weisen Merlin auf; er dachte sich, daß bei diesem Unternehmen andere Waffen vielleicht nützlicher sein könnten als das Schwert und die Lanze.

„Ich muß nach Wales reiten, wo es spuken soll", sagte der Prinz. „Bitte, leiht mir dazu Euren bewährten Rat."

Der Gelehrte sah ihn forschend an und sprach dann mit leiser Stimme: „Ich kenne dich seit dem Tag, da du als Gawains Knappe nach Camelot kamst, und habe Vertrauen zu dir. Deshalb wirst du ein großes Geheimnis erfahren. Zuerst aber zeige ich dir, wie die Zauberer ihr Handwerk betreiben."

Merlin ließ in einer Schale Wasser verdampfen, ohne daß er eine Flamme dazu gebraucht hätte. Gleich darauf zeigte sich in der Dampfwolke eine Teufelsgestalt, so daß den Prinzen das Gruseln überkam. Dann erklärte der Gelehrte bereitwillig die rätselhafte Erscheinung. Der Dampf wurde durch einen einfachen chemischen Vorgang erzeugt, und der Teufel war lediglich das Werk eines primitiven Scheinwerfers, einer Laterna magica sozusagen.

„Magie", so sprach der weise Merlin schließlich, „ist nichts anderes als eine durch die Wissenschaft oder Handfertigkeit betriebene Irreführung. Außerdem kannst du dir noch ein für allemal merken, daß jeder, der durch solche Schrecken zu herrschen versucht, nur seine eigene Schwäche verbergen will."

Als die drei Gefährten anderntags schon im frostigen Morgengrauen und bei strömendem Regen aufbrachen, wurden sie von recht unterschiedlichen Gefühlen bewegt. Gawain war immer noch mißmutig darüber, daß er gegen Geister kämpfen sollte, Ohm Fuyad jedoch freute sich, denn er hoffte, nach bestandenem Abenteuer ein berühmter Mann zu werden.

Leider war es mit seinen Reitkünsten so kläglich bestellt, daß er immer wieder aus dem Sattel rutschte und dadurch mancherlei unnützen Aufenthalt verursachte. Und wenn er abends mit seinen künftigen Taten prahlte, ließ er die anderen oft lange nicht zur Ruhe kommen.

Schließlich gelangten sie aber doch wohlbehalten nach Wales, einem Land, das in viele kleine und oftmals wechselnde Herrschaften zerfiel, denn seine Bewohner waren so rauh wie seine Berge und betrachteten das Kriegshandwerk als eine Art Erholung vom Alltag. Der Prinz erhielt von der Bevölkerung wichtige Hinweise auf ein verhextes Schloß, das die Bauern Illwynde nannten und ängstlich mieden.

Während die Gefährten ihr Lager vorbereiteten, trommelten galoppierende Pferdehufe durch die Nacht. Ein junger Ritter zügelte sein Roß. „Fliehet, fliehet, wenn ihr euer Leben behalten wollt!“ rief er mit vor Furcht aufgerissenen Augen. „Ich bin auf Illwynde gewesen und habe dort den Leibhaftigen gesehen!“

„Das wird sich zeigen“, sagte der Prinz. Wir reiten morgen nach Illwynde und werden beweisen, daß nichts als leerer Trug hinter dem ganzen Schrecken steckt. Wie ich sehe, hast du keine Wunde empfangen und bist nur von der Furcht geschlagen. Als wackrer Ritter wirst du uns also bis vor das Tor der Burg führen!“

Dieser Aufforderung konnte sich Sir Cador, wie der junge Ritter hieß, nicht entziehen, ohne der Schande zu verfallen, aber er ging doch nur sehr widerstrebend mit.

Mit ihnen im Zuge ritt als unsichtbarer Gefährte die Furcht. Nur der Prinz behielt seine Ruhe. Ohm Fuyad, der dauernd Beschwörungsformeln murmelte, rief plötzlich: „O Schreck! Meine Zaubersprüche wirken ja schon!“

Als die anderen in die gewiesene Richtung blickten, sahen sie eine Hexe vom Rande der Felsen herabschauen und gleich wieder verschwinden. Die Männer blieben gebannt stehen, doch dann dachte Eisenherz an Merlins Worte; er überwand sich und stieg hinauf. Oben war von dem garstigen Geschöpf nichts mehr zu sehen, aber in einem nahen Gehölz sammelte ein Mädchen Reisig.

„Hast du eine Frau beobachtet, die einer Hexe gleicht?“ fragte der Prinz.

„Nein“, antwortete das Mädchen. „Allerdings soll es hier Hexen geben. Dir werden sie jedoch kein Leid antun, wenn du nur ihrem Gebot gehorchst.“

Beim Weggehen entdeckte der Prinz in einer Reisigwelle ein ihm wohlbekanntes Kleidungsstück. Er schmunzelte und wußte nun, daß in dem Bündel auch eine Hexenmaske steckte. Als er hinterher in die noch schreckensbleichen Gesichter seiner Gefährten schaute, brach er in ein helles Gelächter aus. Wenn er von seinem Wissen auch nichts verriet, so war der Bann doch gebrochen, denn Lachen und Furcht können nicht nebeneinander bestehen.

Gegen Abend, da sie in der Nähe der Burg ein Lager bezogen, sagte der Prinz: „Solltet ihr während der Nacht durch grausige Schreie oder anderen Dämonenspuk gestört werden, dann weckt micht bitte nicht, ich möchte schlafen." Sprachs und zog sich den Mantel über die Ohren.

Indessen, die Nacht verlief ruhig. Von Bauern erfuhren die Gefährten am anderen Morgen, daß das Land von Dämonen regiert werde . . . gerecht regiert allerdings, solange man den Befehlen gehorche.

Damit war dem Prinzen ein Rätsel aufgegeben. Warum wurden die Leute unter Schrecken gehalten? Und warum nicht mit Strenge regiert? Sollte es auf Illwynde vielleicht gar keine Strenge geben?

Vor der Burg ließ Eisenherz absitzen und begab sich allein ans Tor, wo er, auf manches gefaßt, in das dort angebrachte Horn stieß. Auf das grinsende Totengerippe, das ihm nun auftat, war er freilich nicht gefaßt. Als er zurückprallte, sprach eine hohle Grabesstimme: „Kehre um, du Narr, oder trete ein und werde wie ich!" Dann schloß sich das Tor wieder.

In der Nacht ging der Spuk weiter. Auf den Mauern des Schlosses liefen und tanzten scheußliche Wesen, wahre Ausgeburten der Hölle.

Während die Gefährten vor Angst fast vergingen, dachte der Prinz in aller Ruhe nach. Gleich in der Frühe ließ er sich dann einige scheinbar nicht zusammengehörende Dinge besorgen: ein Seil, Lehm, ein Wespennest, ein weißes Tuch, mehrere Wachskerzen, einen Besen und ein Bündel Weidenzweige. Aus dem Lehm formte er zunächst ein Hexengesicht, auf das er die angefeuchtete Papiermasse des Wespennestes legte. Nach dem Trocknen blieb eine leichte, durchscheinende Maske übrig. Bis zum Nachmittag war aus den übrigen Stoffen auch der dazugehörige Körper fertiggestellt.

Nun begab sich der Prinz, begleitet von dem kleinen Gaukler, noch einmal zum Tor des Schlosses. Oben ging ein Fensterladen auf; in der Öffnung erschien eine der gespenstisch ausschauenden Bewohnerinnen.

„Ich wünsche den Herrn der Burg zu sprechen“, sagte Eisenherz höflich.

„Hier kannst du erst eintreten, wenn du tot bist!“ rief das Ding zurück und schlug den Laden unter einem heulenden Gelächter wieder zu.

„Dann höre!“ dröhnte der Prinz hinauf. „Noch heute nacht schicke ich meine schrecklichste Dienerin als Spion zu euch, und sie wird auch jede künftige Nacht bei euch erscheinen, bis ich weiß, was ich zu erfahren wünsche.“

Da nun die Drohung ausgesprochen war, mußte die Tat bald folgen. Am Abend benahmen sich die Gefährten beim Lagerfeuer möglichst auffällig, um so die Burginsassen von dem Prinzen abzulenken, der auf der entgegengesetzten Seite zu tun hatte. Nach einigen Fehlschlägen konnte er seine Leine mit Hilfe eines Pfeiles an einem Fenstergitter verankern. Mit dem anderen Ende und Ohm Fuyad als Begleiter begab er sich dann auf den Berghang oberhalb des Schlosses, wo sie den ‚Spion' reisefertig machten. Als die Kerzen im Inneren des Machwerkes brannten, wurde dieses unter gellendem Geheul losgelassen.

Die Gespenster auf den Wällen drehten sich nach der Ursache des Lärms herum und sahen den leuchtenden Schrecken vom Wald herab auf sich zukommen, über ihre Köpfe hinwegschweben und unter hellem Flammenschein in einem Fenster verschwinden. Zurück blieben nur ein Pfeil und ein angesengter Besen, denn seine Leine hatte der Prinz wohlweislich sofort nach dem Geisterspiel zurückgezogen.

Für den Rest der Nacht ließ sich drüben kein Dämon mehr blicken. Der weise Merlin hatte also recht gehabt, als er sagte: „Wer durch Furcht herrschen will, verrät damit nur seine eigene Schwäche."

Am Vormittag erhielt Fuyad einen Auftrag, dazu die notwendigen Belehrungen und den Hinweis, daß ihm beide Ohren abgeschnitten würden, so er versage. Demgemäß ging der Gaukler zum Tor von Illwynde, wo er sich mit viel Hokuspokus und ein wenig Chemie in Szene setzte.

„Ich, Ohm Fuyad, bin von König Arthur gesandt, um euch von eurer unheiligen Tätigkeit abzubringen. Ihr habt euch sofort zu übergeben oder einem Gottesurteil zu unterwerfen."

Eine der unter dem Tor stehenden Hexen erwiderte: „Dann schickt bei Sonnenuntergang einen mutigen Mann, der nicht schon beim bloßen Anblick unseres Kämpfers davonläuft."

Gegen Abend legten Eisenherz, Gawain und Sir Cador ihre Waffen an und ritten auf den freien Platz vor dem Schloß. Dort brauchten sie nicht lange zu warten. Die Torflügel schwangen zurück und entließen eine schreiende, tanzende Horde von Kobolden. Ihnen folgte der ganz in Schwarz und Silber gewandete Kämpfer.

Nun vollbrachte Herr Cador eine wackere Tat. Wenngleich er bleich vor Furcht und Bangen war, begehrte er, um seine Ehre wiederzugewinnen, das Recht, gegen den unheimlichen Ritter kämpfen zu dürfen.

Die Hand, die nach der Lanze griff, zitterte und bebte, denn wie fast jeder seiner Zeitgenossen, so glaubte auch Herr Cador noch an Hexenspuk und böse Geister. Er war überzeugt, daß er mit seinen sterblichen Kräften dem Abgesandten der Hölle unterliegen werde.

Eisenherz bewunderte den Jüngling, der seine eigene Furcht überwand und einen schrecklichen Tod hinzunehmen bereit war, nur um die verlorengeglaubte Ehre wiederzugewinnen.

Als das Zeichen zum Beginn des Kampfes kam, hob der schwarze Ritter sein Visier und enthüllte so eine grausige Fratze. Sir Cadors Lanzenspitze schwankte und stieß ins Leere; die Waffe des Gegners jedoch traf seinen Schild mit voller Wucht.

Trotzdem war es nicht Herr Cador, der nun zu Boden ging. Durch die Gewalt des Anpralls wurde zu aller Überraschung vielmehr der schwarze Ritter aus dem Sattel gerissen und schwer auf den Rasen geworfen, wo er ächzend und stöhnend liegenblieb.

Cador sprang vom Pferd, zog das Schwert und rief: „Im Namen König Arthurs! Übergib dich!"

Aus dem schon wieder geschlossenen Helm kam indessen nur das verhaltene Schluchzen einer Frau.

Vorsichtig und auf jede Schurkerei gefaßt, löste Cador den Helm des Gegners. Was sich ihm dabei enthüllte, ließ ihn zuerst glauben, sein Gegner sei auseinandergefallen. In gewissem Sinne stimmte das auch, denn das Gesicht des Dämons baumelte für sich allein am Helm. Der übrige Körper jedoch richtete sich auf und klagte: „Oh, du garstiger Klotz! Wie kannst du es wagen, so brutal mit einem Mädchen umzugehen? Alle Knochen hast du mir gebrochen!"

Der ‚garstige Klotz' stellte das Mädchen behutsam auf die Beine und half ihm aus der lästigen Rüstung. Dabei zeigte sich bald, daß von gebrochenen Knochen nicht die Rede sein konnte. Das Mädchen stand vielmehr wohlbehalten und zum Verlieben hübsch vor dem Ritter.

Unterdessen näherte sich dem Prinzen eine stattliche Matrone, die eine Hexenmaske in der Hand trug, und sprach: „Unser Geheimnis ist verraten, wir übergeben die Burg und bitten um Gnade!"

Indem nun auch die anderen Hexen ihren Mummenschanz ablegten, entpuppten sich fast alle als Mädchen und Frauen; die einzigen männlichen Wesen in der Burg waren ein paar betagte Diener. Sieger und Besiegte begaben sich gemeinsam in die Halle, wo die Matrone erklärte: „Mein Mann, Graf Wildwyne, war sehr machthungrig und suchte immer Streit. Einmal zog er mit seinem ganzen Kriegsvolk heimlich bei Nacht zu einer Nachbarburg, die er überrumpeln wollte. Der Gegner erfuhr jedoch rechtzeitig von dem Anschlag und stellte eine Falle. Damals wurden alle unsere Männer getötet oder gefangengenommen. So waren wir Frauen ohne Schutz. Wir wußten, daß der Feind nicht lange mit der Vergeltung warten würde, und fanden zuerst keinen Ausweg. Nun war aber eine Frau unter uns, wohlbewandert im Brauen von Kräutertränken und erfahren in mancherlei Hexenkunst. Sie schlug vor, den zu erwartenden Angriff nicht mit der Waffe, sondern durch Schrecken zurückzuschlagen. Als dann die Feinde kamen und mit leichter Mühe unser Tor einrannten, standen sie vor einer Szene, die so gräßlich war, daß wir uns fast selber fürchteten. Bei diesem Anblick liefen die Krieger entsetzt davon und hörten nicht einmal mehr, daß ihnen eine Hexe vom Fenster aus nachrief, sie möchten doch bleiben, das Essen sei gleich fertig. Dieses garstige Ungeheuer ist meine Tochter Gwen gewesen!" So schloß die Lady lächelnd und voller Stolz.

In diesem Augenblick schaute Sir Cador auf Gwen und fand gar nicht, daß diese wie ein garstiges Ungeheuer aussehe. —

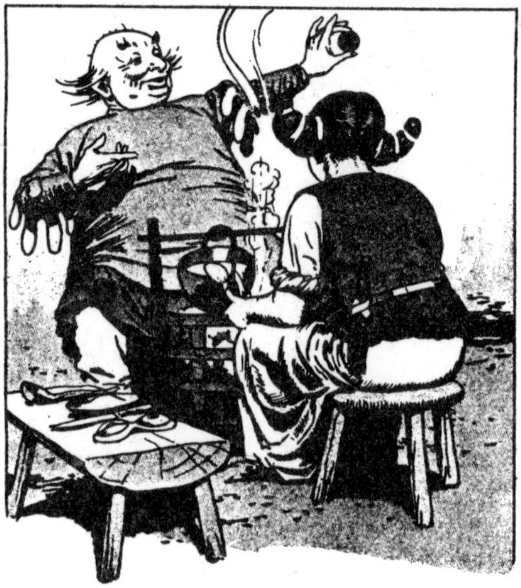

Winnie, die hexenkundige Kräuterfrau, war für Ohm Fuyad ein dankbares Objekt, dem er seine kleinen Taschenspielereien immer wieder vorführen konnte. Nun kannte das schlaue Weib aber ganz beiläufig auch einige Tricks, die es anbringen wollte. Einmal, als sich die zwei am Kohlenbecken gegenübersaßen, ließ Winnie etwas Wasser in die Glut kippen, worauf sofort eine kräftige Dampfwolke aufstieg. Im Schutze dieses Vorhanges beschmierte Winnie ihr Gesicht mit roter Farbe und setzte sich auch zwei künstliche Augen aus Eierschalen auf. So verändert, zeigte sie sich dem kleinen Zauberer durch den nachlassenden Dampf hindurch. Die gute Seele ahnte nichts von Ohms Talent, in die schwierigsten Verwicklungen zu geraten, und war deshalb ehrlich erschrocken, als dieser beim Zurückprallen das Kohlenbecken mit dem noch halbvollen Wasserkessel umstieß und sich dabei heftig den Fuß verbrannte.

Der arme Ohm saß seufzend und stöhnend da. Solche Dinge widerfuhren ihm stets, wenn er sich besonders glücklich fühlte, und alle Menschen lachten dann über ihn.

Die einsame Witfrau lachte indessen nicht, denn sie hatte schon lange keinen Menschen mehr besessen, den sie pflegen und verwöhnen durfte. —

Dem Zauberer gefielen die kräftigen Suppen und die freundliche Pflege so gut, daß er am liebsten sein ganzes Leben lang Invalide geblieben wäre. Da dies aber nicht ging, trat er eines Tages vor die Herrin des Schlosses hin und bat um die Erlaubnis zur Hochzeit, die ihm auch gerne gewährt wurde. So geschah es, daß der eingefleischte Junggeselle schon wenige Tage später verheiratet war.

Während sich der bequeme Mann zu Hause verhätscheln ließ, ritten Gawain und Eisenherz die Dörfer des Lehens ab, um eine neue Besatzung für das Schloß anzuwerben.

Diese Bemühungen blieben lange erfolglos, denn niemand wollte den Ort betreten, den sie alle für einen Tummelplatz des Leibhaftigen hielten. Schließlich gelang es der Überredungskunst des Prinzen aber doch, wenigstens fünf Männer gesetzteren Alters für den Waffendienst auf Illwynde zu gewinnen. Diese kleine, kaum geeignete Schar reichte für den Schutz der Burg natürlich längst nicht aus, und so mußte sich der Prinz denn entschließen, die notwendigen Krieger zunächst einmal aus Camelot herbeiholen zu lassen. Mit diesem Auftrag wollte er Sir Cador betrauen.

Nun hatte der junge Ritter schon seit dem Zweikampf immer wieder versucht, bei der dunkeläugigen Gwen wiedergutzumachen, was er damals verbrochen. Vergeblich allerdings, denn er brachte in Gegenwart des Mädchens einfach den Mund nicht auf. Während er noch versuchte, den störenden Auftrag von sich abzuwälzen, trat Ohm Fuyad dazu und meinte, es sei ihm ein leichtes, die fehlenden Krieger in der Umgebung anzuwerben.

„Wie willst du dieses Kunststück fertigbringen?“ fragte der Prinz.

„Laßt mich nur machen“, versetzte der Zauberer, rief die fünf Rekruten herbei und erklärte ihnen den ganzen Hexenspuk.

Als er schließlich auch noch den Trick mit Winnies Eierschalen vorführte, war der Bann gebrochen; die Männer bogen sich vor Lachen.

Nun ritten Ohm und Winnie, begleitet von den aufgeklärten Knechten, hinaus auf die Dörfer und enthüllten auch dort ihre Geheimnisse, was die Leute so vergnügte, daß sie alle bisherige Scheu fallenließen.

Bald meldeten sich die Rekruten in ganzen Scharen auf dem Schloß, so daß der Prinz bei der Anwerbung sogar wählerisch sein konnte.

Damit war die Zeit der Heimkehr nach Camelot gekommen, doch nun gab es einigen Aufschub anderer Art. Den ersten verursachte der verliebte Herr Cador, ein tapferer Krieger in der Schlacht, ein hilfloser Narr aber, wenn er vor der schönen Gwen stand.

„Helft mir, Prinz Eisenherz“, bat der junge Ritter. „Ich möchte Gwen gerne in poetischer Form erklären, wie sehr ich sie verehre. Wenn ich dann aber vor ihr stehe, fange ich zu stottern an wie ein Tölpel.“ —

Der Prinz traf das Mädchen auf der Terrasse und fragte ohne große Umschweife, ob es Sir Cador liebe.

Gwen warf das Köpfchen zurück und antwortete abwehrend: „Meine persönlichen Dinge dürften schließlich nur mich selber etwas angehen.“ Als sie dann aber das Lächeln ihres Gegenübers sah, schmolz ihr Widerstand dahin. „Ich liebe ihn. Warum ist er auch nur so dumm und spricht kein Wort?“

Darauf nahm sie der Prinz am Arm und zog sie mit sich fort. „Kommt, wir wollen das alles in Ordnung bringen.“

Nach einigen Vorbereitungen holte der Prinz seinen Gefährten in die Halle und sprach: „Ich habe eine Liebeserklärung für Euch geschrieben, vor der ihr Herz dahinschmelzen wird wie Butter auf dem warmen Ofen. Damit ihr Eure Scheu verliert, werdet Ihr die Rede zuerst vor Gwens Rüstung üben.“

Des Prinzen Worte rührten den ungeschickten Liebhaber zu Tränen; er sank in die Knie und stammelte: „Oh, Gwen! Warum kann ich so schön nicht auch in deiner Gegenwart reden?“

„Du kannst es doch“, sagte da das Mädchen, das in der Rüstung steckte und nun den Helm lüftete. —

So war dieses eine Werk getan, aber ein anderes folgte gleich darauf. Als der Prinz nämlich seinen Knappen Osk rief, damit dieser die Heimreise vorbereite, erklärte der: „Ich werde mindestens noch sechs Monate brauchen, um aus den neuen Rekruten richtige Soldaten zu machen, was schließlich doch meine Pflicht ist. Außerdem möchte ich Heloise heiraten; so ist es wohl am besten, wenn ich vorläufig auf Illwynde bleibe.“

In der wachsenden Angst, am Ende ganz allein heimreiten zu müssen, machte sich der Prinz auf die Suche nach seinem stets zu Tändeleien bereiten Freund Gawain. Er fand ihn inmitten eines Schwarmes hübscher Mädchen, denen er verliebte Lieder vorsang.

„Ich? Nach Camelot?" lachte Gawain, als ihn der Prinz zur Heimkehr holen wollte. „Ich denke nicht daran, wo doch meine ritterlichen Dienste hier so dringend gebraucht werden. Reite du nur ruhig zu; schließlich bist du ja ein verheirateter Mann, der zu seiner Familie gehört."

Eisenherz dachte angestrengt nach, dann wußte er, was zu tun war. „Ausgezeichnet", sagte er. „Diese vielen alleinstehenden Frauen brauchen wirklich männlichen Beistand. Winnie hat bereits Ohm Fuyad geheiratet, Cador wurde von Gwen erobert, und Osk ist von Heloise eingefangen worden. Ich bin nur gespannt, wer das nächste Opfer sein wird."

Danach ließ Eisenherz den entsetzten Gawain stehen und ritt allein davon, ohne sich freilich sehr zu beeilen. Um die Mittagszeit bereitete er ein Mahl für zwei, denn er ahnte, was nun geschehen würde.

Wie erwartet, kam der vermißte Herr Gawain auch schon nach einer knappen Stunde in höchster Eile auf den Rastplatz gesprengt.

„Ei, was sehen da meine Augen", rief der Prinz wie in höchstem Erstaunen. „Ist das nicht der wackere Ritter, der die armen Frauen auf Illwynde beschützen wollte?"

„Ich bin's", gab Herr Gawain kleinlaut zu. „Aber du hast für zwei Personen gedeckt. Erwartest du vielleicht noch jemand?"

„Genau dich, du unverbesserlicher Schürzenjäger", sagte der Prinz und begann hellauf zu lachen, womit der Frieden und die Eintracht wiederhergestellt waren.

Nach dem Mahl traten die wiedervereinten Freunde frohgemut den Weitermarsch an, von dem sie sich keine Abenteuer mehr versprachen. Indem sie jedoch eine ihnen wohlbekannte Furt benützen wollten, wurden sie von einer hellen Stimme angerufen, die sich im Eifer fast überschlug. Vor ihnen hielt hoch zu Roß eine schmächtige Gestalt, die wie ein Ritter gewandet war, aber irgendwie eben doch einen sonderbar unfertigen und dürftigen Eindruck machte.

„Halt!" rief also die Stimme den Rittern zu. „Ich bewache diese Furt! Wenn ihr hinüber wollt, müßt ihr zuerst mit mir kämpfen!"

„Das scheint mir noch ein ganz junger Bursche zu sein", flüsterte Eisenherz verhalten. „Wollen wir auslosen, wer ihn annimmt?"

Gawain war einverstanden und gewann das Recht auf den Kampf. „Sei aber nicht zu hart mit ihm", mahnte Eisenherz noch den Freund, da stürmte der Herausforderer auch schon mutig heran. Nun war gegen einen so erfahrenen Haudegen wie Gawain mit Mut allein freilich nichts auszurichten; dazu hätte es auch noch einer beträchtlichen Gewandtheit im Führen der Waffen bedurft, und die besaß der Angreifer offensichtlich nicht. So konnte es geschehen, daß er schon vom ersten

Lanzenstoß des Ritters aus dem Sattel gehoben wurde und auf den Rasen flog. Als Eisenherz besorgt hinzusprang und dem Besiegten den schweren Helm abnahm, enthüllte sich ihm das Gesicht eines Knaben, der gewiß nicht älter als vierzehn Jahre war, aber die Schmerzen, die ihm der heftige Sturz bereitet hatte, doch wacker ertrug.

„Was fällt dir denn ein, mein Junge?" fragte der überraschte Prinz. „Du kannst doch noch nicht gegen einen ausgewachsenen Ritter antreten."

Der Jüngling erhob sich enttäuscht und berichtete: „Ich möchte mich bewähren, damit ich einmal am Hofe des Königs Arthur ein so berühmter Ritter werden kann wie Prinz Eisenherz und Sir Gawain. Aber alle Mühe ist umsonst! Fünf Kämpfe habe ich schon ausgetragen, und alle fünf sind mir verlorengegangen! So schlimm wie heute war es freilich noch nie!"

„Mein Sohn", schmunzelte da Herr Gawain. „Wenn du so weitermachst, wirst du eine tote Leiche sein, noch ehe du auch nur einen Dachziegel von Camelot gesehen hast. Aber sag' mir doch, woher kennst du denn Eisenherz und diesen gewissen Gawain? Bist du schon mit ihnen zusammengewesen?"

„Gesehen habe ich sie noch nicht, doch sagte man mir, der Prinz führe einen roten Hengstkopf im Wappen und sei fast immer mit seinem Freund, dem Ritter Gawain, zusammen. Vielleicht begegne ich ihnen einmal."

„Dann will ich dir einen Rat geben, mein Sohn, für den du mir dein Leben lang dankbar sein kannst. Wenn du ein Ritter werden willst, mußt du zuerst lernen, deine Augen zu gebrauchen. Schau dir den jungen Mann hier einmal genauer an", sagte Herr Gawain, indem er auf seinen Gefährten deutete. „Fällt dir etwas auf?"

Als der Jüngling die Weisung befolgt und den roten Hengstkopf endlich entdeckt hatte, der ihm bis dahin vor

lauter Aufregung entgangen war, wurde er abwechselnd rot und blaß. „Dann seid ihr . . . dann stehe ich vielleicht gar vor dem berühmten Prinzen Eisenherz?“ brachte er schließlich stammelnd heraus.

„Genauso ist es, mein Sohn“, lachte Gawain. „Und damit du nun endlich anfängst, eine wirklich ritterliche Art zu zeigen, bist du vielleicht so freundlich, uns deinen erlauchten Namen zu nennen.“

„Entschuldiget, Herr. Ich heiße Geoffrey, ganz einfach Geoffrey.“

„Schön, dann will auch ich nicht länger hinterm Berge halten. Man nennt mich Gawain, ganz einfach Gawain, und dich nehmen wir jetzt mit nach Camelot. Tüchtige Burschen können sich dort immer bewähren.“

Nun war die Freude des Jünglings riesengroß. Er hatte die beiden Ritter kennengelernt, die er am meisten verehrte. Er hatte dem berühmten Sir Gawain furchtlos im Zweikampf gegenübergestanden, und nun durfte er sogar nach Camelot kommen, dem Ziel seiner innigsten Sehnsucht. Damit waren alle Wünsche erfüllt, die sein junges Herz bedrängten. Unterwegs stellte Geoffrey so viele Fragen nach den Verhältnissen auf Camelot, daß sich Eisenherz vergnügt des schon einige Jahre zurückliegenden Tages erinnern mußte, an dem er selber unter ganz ähnlichen Umständen und mit genau den gleichen Erwartungen durch Gawain an den Hof König Arthurs gekommen war.

Am Burgtor wurden die Freunde jubelnd begrüßt. Ihr erster Gang führte zu Sir Baldwin, dem die Obhut über die Pagen und Knappen anvertraut war. „Schaut, was wir da aufgelesen haben“, sagte Herr Gawain. „Der junge Mann möchte Krieger werden. Weist ihm eine Schlafstelle an. Später kann er unser Gepäck heraufbringen.“

Und dann kam endlich der heißersehnte Augenblick, da Eisenherz seine Frau und seinen Sohn wieder-

sehen durfte. Klein-Arne hatte sich in den letzten Wochen prächtig entwickelt und lachte seinen Vater vergnügt an. Seine Wärterin, das indianische Mädchen Tillicum, das Eisenherz aus der Neuen Welt mitgebracht hatte, war ganz stolz auf ihren Schützling.

Dieses Familienidyll wurde indessen bald gestört. Von draußen trampelte ein unbeholfener Bursche mit des Prinzen Satteltaschen herein.

„Ich habe euch Äpfel mitgebracht", erklärte Eisenherz. „Die Bäume hängen jetzt voll davon."

„Das ist lieb von dir", dankte Aleta. „Aber sag, wer ist denn der junge Mann da? Den kenne ich ja noch gar nicht!"

„Ach so, du meinst Geoffrey. Wir haben ihn unterwegs getroffen und mitgenommen, weil er so gerne Ritter werden möchte."

Aleta sah den sommersprossigen, etwas abgerissenen Jungen prüfend an und schloß ihn gleich in ihr Herz. „Wenn du Ritter werden willst", sagte sie, „mußt du dich aber besser pflegen. Vor allem brauchst du ein paar neue Hemden. Ich möchte doch stolz auf dich sein, mein Junge."

Das war so nett gesprochen, daß Geoffrey die Worte nicht als Tadel, sondern nur als mütterliche Fürsorge empfand. Eine solche hatte er aber in seinem Leben bis dahin noch nie verspüren dürfen. Betäubt von so viel Glück, taumelte er aus dem Zimmer.

Draußen wurde er schon von einigen anderen Pagen erwartet, die gerne gehört hätten, woher der Neue kam. Als ihnen Geoffrey stolz von seinem Kampf mit Sir Gawain berichtete, wurde er freilich nur weidlich ausgelacht. Auch seinen Spottnamen hatte er gleich weg; einer der Pagen nannte ihn Ritter Geoffrey von der Furt, mußte aber gleich erfahren, daß mit dem drahtigen Burschen nicht gut Kirschen essen war.

Eine Zeitlang fühlte sich Geoffrey in der neuen Umgebung recht wohl. Bis ihm dann auffiel, daß seine Arbeit fast nur aus Küchendiensten und dem Bedienen bei der Tafel bestand. Wenn das so weiterging, konnte er alt und grau werden, bis er zur Ritterschaft kam. Das gefiel ihm weniger gut.

Also begab er sich eines Tages in das Gemach des Prinzen und klagte sein Leid. „Um Ritter zu werden, bin ich nach Camelot gekommen, doch was mache ich nun? Ich helfe in der Küche und bediene die anderen an der Tafel. Statt die Lanze zu führen, muß ich den Bratspieß drehen."

Anstelle des Prinzen antwortete Aleta: „Du mußt dich in Geduld üben, mein Junge. Was du jetzt treibst, gehörte schon immer zu den Pflichten der Pagen. Als Page hast du zu dienen, ehe du Knappe oder gar Ritter werden kannst. Und überhaupt, wie siehst du bloß aus? Ein Page läuft doch nicht ungekämmt und mit schmutzigen Fingernägeln herum. So habe ich keine Freude an dir, und du wolltest mir doch Freude machen! Oder nicht?"

Diese Lehre nahm sich Geoffrey sehr zu Herzen. Er drehte geduldig den Bratspieß weiter und bediente an der Tafel die Ritter mit feinem Anstand, denn er wußte, daß er seinem Ziel nur so näher kommen konnte.

Immerhin hatte seine Beschwerde bewirkt, daß er von Sir Baldwin nun häufiger zu den Waffenübungen herangezogen wurde, was seine Zuversicht wieder gewaltig anschwellen ließ. Als Katwin, Aletas Zofe, ihm einmal auf Geheiß ihrer Herrin die Haare schnitt, träumte der ehrgeizige Junge schon von den großen Taten, die er dereinst als Ritter zu Ehren der Prinzessin vollbringen würde. —

In diesem Sommer lag eine herrliche Ruhe über Britannien. Kein Feind bedrohte die Grenzen, keiner die Küsten. Überall war tiefster Frieden. Die meisten Ritter hatten sich auf ihre Güter

beurlauben lassen, um sich ihren Familien zu widmen und das Einbringen der Ernte überwachen zu können.

Den wenigen auf Camelot zurückgebliebenen Rittern und Waffenknechten wurde das friedliche Dasein freilich bald langweilig. Es kam des öfteren zu Streitigkeiten unter ihnen, so daß sich der König überlegen mußte, wie er den Männern etwas Abwechslung verschaffen könnte. Eine Jagd und ein Turnier halfen nur vorübergehend; bald darauf ging der Streit von neuem los.

Eines Tages ließ Herr Arthur deshalb den Prinzen zu sich rufen und vertraute ihm seine Sorgen an. „Unsere Männer", so sprach er, „haben nichts zu tun und sind deshalb unverträglich geworden. Das will ich ändern. Reite du mit einem Teil des hiergebliebenen Heeres an den Hadrianswall und zeige dich den Pikten; unser streitsüchtiger Nachbar soll sehen, daß der Grenzwall nicht nur von den Besatzungen der Kastelle verteidigt wird.

Der König bestimmte selber die Männer, die den Prinzen auf der Fahrt begleiten sollten, und wählte dabei wohlweislich jene aus, die ihm als die unruhigsten bekannt waren.

Mit dieser kampfstarken, aber schwierig zu führenden Schar brach Eisenherz schon anderntags bei strahlendem Sonnenschein nach Norden auf. Da Zwischenfälle fürs erste nicht zu erwarten waren, durfte ihn Aleta einige Meilen begleiten.

Unter den Zurückgebliebenen war auch der junge Geoffrey, dem diese Entscheidung des Königs gar nicht behagte. Lange schwankte er zwischen seiner Pflicht, auf Camelot zu bleiben, und dem brennenden Verlangen, bei Eisenherz und Aleta zu sein. Schließlich siegte das letztere, und so beging der Page einen Ungehorsam, der ihn um alle Aussichten auf eine spätere Ritterschaft bringen konnte. Er folgte heimlich dem Zug! —

Aleta war bei glühender Nachmittagshitze schon wieder auf dem Rückweg, als sie an einem klaren Waldsee vorbeikam. Als echte Tochter einer Inselwelt konnte sie der Versuchung nicht widerstehen, ein erfrischendes Bad zu nehmen. Während sie sich schon weit draußen in der kühlen Flut herumtummelte, kam Geoffrey seines Weges geritten und glaubte beim Anblick der um sich patschenden Schwimmerin, daß Aleta in Not geraten sei. —

„Haltet aus, Herrin! Ich rette Euch!" rief der Jüngling, indem er schon vom Pferde und ins Wasser sprang. Nun war aber der wackere Helfer kaum des

Schwimmens kundig, und so geschah es, daß er gleich den Mund voll Wasser bekam und wie ein Stein abgesackt wäre, hätte ihn nicht Aleta noch im letzten Augenblick gerettet.

Über diese beschämende Wendung war Geoffrey hinterher so zerknirscht, daß ihm Aleta auf eigene Faust erlaubte, dem Prinzen zu folgen und an dem Zug nach Norden teilzunehmen. „Bleibe immer an der Seite meines Mannes“, sagte sie, „und stehe ihm bei, so Gefahr droht. Ich werde dich sofort nach meiner Heimkehr bei Sir Baldwin entschuldigen.“

Geoffrey ließ sich das nicht zweimal sagen und ritt so stürmisch davon, daß er den Prinzen schon gegen Abend erreichte. „Die Prinzessin schickt mich, damit ich Euch vor den Pikten schütze“, berichtete er, worauf die Waffenknechte in ein wieherndes Gelächter ausbrachen. Doch Eisenherz trat dazwischen und sagte ernst, daß kein Mensch im voraus wissen könne, ob er eines Tages nicht für eine Hilfe dankbar sei. Dann wandte er sich an Geoffrey: „Als ich so alt war wie du heute, habe ich dem damals schon berühmten Ritter Gawain an einem Tag gleich zweimal das Leben gerettet. Es gibt also keinen Grund, über dich zu lachen. Du bleibst und ziehst mit zum Grenzwall!“ —

Etwas schwieriger hatte es Aleta, als sie Sir Baldwin unterrichtete. „Ich habe Geoffrey bereits von der Liste der Pagen gestrichen“, sagte der Ritter. Das war freilich nur eine halbe Wahrheit. Baldwin hatte den Jüngling nach einer Unterredung mit Eisenherz zwar von der Liste der Pagen gestrichen, ihn zugleich aber auch in die Liste der Knappen eingetragen. Davon erzählte er jedoch Aleta nichts, denn er war etwas verärgert über den jungen Burschen, der einen Befehl einfach mißachtet hatte. —

Eisenherz und seine Männer erreichten nach wenigen Tagen eine noch von den Römern erbaute Straße, die fast schnurgerade nach Norden führte. Unterwegs berührten sie die ummauerte Stadt York, die den Römern noch vor einem halben Jahrhundert als wichtigster militärischer Stützpunkt in Britannien gedient hatte, nun aber ganz friedlich dalag.

Aus angeborener Vorsicht ließ Eisenherz dem Zug immer einen Späher vorausreiten. Eines Tages, als gerade der junge Geoffrey an der Reihe war, kam dieser im gestreckten Galopp zurück und berichtete aufgeregt, er sei von einer feindlichen Horde angefallen worden und habe sich nur mit knapper Not durch die Schnelligkeit seines Pferdes retten können.

Die Krieger dachten nicht daran, den jungen Späher ernst zu nehmen, und auch Eisenherz lächelte zuerst nur ungläubig. Bis dann Geoffrey heftig versetzte: „Aber ich habe sie doch mit meinen eigenen Augen gesehen; sie waren grün und blau angemalt!"

„Was sagst du? Grün und blau angemalt?" fiel da der plötzlich aufmerksam gewordene Prinz ein. „Dann müßtest du ja tatsächlich Pikten gesehen haben! Wie aber kommen diese Leute hierher? Wir stehen doch noch einen vollen Tagesmarsch von unserer nördlichen Grenze entfernt."

Eisenherz ritt mit einem Teil seiner Männer auf die nächste Anhöhe und ließ sich von Geoffrey die Stelle zeigen, wo dieser die Pikten gesehen haben wollte. Zuerst war trotz dem guten Ausblick nichts zu bemerken. Dann aber tauchten die Pikten, deutlich als solche erkennbar, aus einer flachen Senke auf. Geoffrey hatte sich also nicht getäuscht.

Durch des Prinzen Kopf wirbelten sorgende Gedanken. Was mochte alles geschehen sein, daß sich die Pikten so ungehindert südlich des Grenzwalles bewegen konnten? Eisenherz war sich darüber klar, daß seine Anwesenheit den Feinden nicht entgangen sein konnte. Gerade darauf gründete er aber seinen Plan. Er gab den Befehl zum Rückzug!

Für eine solche Maßnahme hatte sein kampflustiges Gefolge indessen wenig Verständnis, und ein junger Hitzkopf verstieg sich in seinem Unmut sogar zu der Frage, ob der Prinz vielleicht Angst vor ein paar kurzbeinigen Pikten habe? Da wurde des Prinzen Stimme freilich messerscharf. „Bedenke, daß wir nicht auf dem Turnierfeld stehen, um vor den Augen schöner Frauen einige harmlose Gänge zu wagen. Das hier ist bitterer Ernst. Wir ziehen uns zurück, und jeder hat zu gehorchen? Das weitere werdet ihr hören!"

Diese Worte erstickten jeden Widerspruch. Sie ritten eine Weile schweigend dahin, bis zur Rechten ein höherer Hügel auftauchte, der im Notfall gut zur Verteidigung geeignet gewesen wäre.

„Wir reiten auf der dem Feind abgekehrten Seite hinauf", sagte der Prinz und sprengte voran. Oben fand er leicht eine Stelle, wo er vom Gegner nicht gesehen werden konnte, selber aber einen weiten Ausblick auf das Gelände hatte. Was er nun entdeckte, war erschreckend! Die Pikten, offenbar durch die vorgetäuschte Flucht der Briten ermutigt, hatten ihre Verstecke verlassen und eilten nun in Scharen herbei.

Das war keine räuberische Horde mehr! Das war schon ein ganzes Heer! Und irgendwie mußten diese vielen Männer über den Grenzwall gekommen sein. Der Prinz hatte allen Grund, sich um das Schicksal der Besatzungen in den Wachttürmen die größte Sorge zu machen.

Um keine Zeit zu verlieren, schickte er Geoffrey zu den am Hinterhang lagernden Kriegern. „Sage den Männern, daß ich allein vorausreite. Sie sollen die Pikten umgehen, ohne sich auf einen Kampf mit ihnen einzulassen, und so schnell wie möglich zur Mauer kommen. Dort erwarte ich sie!"

Darauf bestieg der Prinz sein Pferd und ritt im Galopp nach Norden. Einzelne Pikten, denen er unterwegs begegnete, überrannte er einfach, denn an diesem Tag hatte er keine Zeit für lange Kämpfe.

Während des Rittes kam ein heftiger Regen auf, doch ließ sich der Prinz auch dadurch nicht stören. Wohl wissend, daß für Britannien höchste Gefahr im Verzug sei, verlangte er sich selber und seinem Pferd das Äußerste ab. Als er gegen Abend schließlich todmüde den Wall erreichte, war weit und breit kein Mensch zu sehen, weder ein Wächter noch ein Pikte. Voll düsterer Ahnungen drang der Prinz in den nächsten Wachtturm ein, wo er die gesamte Besatzung erschlagen in ihrem Blute liegend fand.

Ehe die Dämmerung einfiel, entdeckte der Prinz noch, wie sich kleine Gestalten dem benachbarten Turm näherten und ihn ohne Gegenwehr betraten. Wenn nicht alles täuschte, mußten die Pikten dort ihren Durchschlupf haben.

Inzwischen war es dunkel geworden. Nun traf auch das Gefolge des Prinzen ein. Eisenherz gönnte seinen Männern aber keine Rast, sondern führte sie bei Nacht und Regen auf der feindwärts gelegenen Seite des Walles gleich zum Nachbarturm, von dem er vermutete, daß er von den Pikten besetzt sei.

So war es auch. Die Pikten, die wohl mit keinem Angriff aus dem eigenen Land heraus rechneten, hatten im Wachraum mehrere Feuer angezündet und sogar die Pforte offengelassen. Als die Briten überraschend eindrangen, stießen sie bei den sorglos tafelnden Feinden kaum auf Gegenwehr. So fand der blutige Kampf ein schnelles, ein vernichtendes Ende.

Was dieser Erfolg bedeutete, erwies sich schon am nächsten Morgen. In aller Frühe nahte sich dem Turm von Norden her eine neue Schar der buntbemalten Gesellen mit Nachschub für die in Britannien stehenden Brüder. Die Männer hatten die weiträumige Wachstube indessen kaum betreten, da wurden sie von den Kriegern des Prinzen auch schon wieder auf der anderen Seite hinausgejagt. Die Lebensmittel und die Waffen, die sie mit sich führten, blieben natürlich zurück, und so standen die Pikten denn hilflos in einem Land, das ihre Stammesgenossen selber verwüstet und ausgeraubt hatten.

Der hilflosen Schar blieb nichts anderes übrig, als nach Süden zu ziehen und den Anschluß an das Heer zu suchen. Dort war man von dem Zuwachs freilich nur wenig erfreut. Die Häuptlinge hatten ausgeruhte Männer, Waffen und Lebensmittel erwartet, statt dessen kam nun ein entmutigter und ausgehungerter Haufen dazu, mit dem man auch noch die ohnehin schon so kargen Lebensmittel teilen mußte. Unter diesen Umständen waren die Pikten vorerst nicht fähig, die reiche Stadt York anzugreifen.

Während der Raubzug der Pikten stockte, trieb der Prinz seine Vorbe-

reitungen weiter. Er wollte erkunden, wie es an den entfernteren Teilen der Mauer stand, und wählte für seinen Ritt die schottische Seite des Walles, wo er unter den augenblicklichen Verhältnissen noch am wenigsten mit einer Begegnung zu rechnen brauchte. In der Tat sah er auch weit und breit keinen Pikten; die ersten Menschen, die er traf, waren eigene Wachtposten, die keine Ahnung von der ihnen drohenden Gefahr hatten. Immerhin durfte der Prinz nun überzeugt sein, daß die übrigen Teile des Grenzwalls noch abwehrbereit waren. Er befahl dem Führer des Postens, schnelle Boten auszusenden und jeden entbehrlichen Mann an den Brennpunkt des Kampfes holen zu lassen.

Auf diese Weise konnte der Prinz seine Streitmacht in wenigen Tagen so verstärken, daß er es wagen durfte, die immer noch vor York liegenden Pikten auch mit Waffengewalt zu stören. Zu einem Großangriff reichten die verfügbaren Kräfte zwar nicht, aber doch wenigstens zu blitzschnellen Überfällen auf einzelne Feindgruppen. Freilich waren das immer nur Nadelstiche, die bei der Masse des Gegners kaum ins Gewicht fielen.

Nach einigen Tagen waren die Briten von den pausenlosen Angriffen so erschöpft, daß sich der Prinz etwas Neues einfallen lassen mußte. Er zog seine Krieger wieder auf den Wall zurück und sandte einen Teil von ihnen in das von

wehrhaften Männern entblößte Land der Pikten hinein, wo sie Dörfer abbrennen und Gefangene machen sollten. Diesen Gefangenen, zumeist Frauen, Kinder und Greise, durfte kein Leid geschehen. Der Prinz ließ sie auch bald wieder frei, allerdings auf der britischen Seite des Walles. Damit erreichte er, daß das erschreckte Volk zu dem immer noch vor York liegenden Heer lief und dort über das Schicksal der Heimat berichtete.

Nun war guter Rat für die Häuptlinge der Pikten teuer. Vor ihnen lag York, die verlockende Beute, aber hinter ihnen gingen die eigenen Dörfer in Flammen auf. Schließlich entschieden sie sich, den sinnlos gewordenen Feldzug abzubrechen und die eigene Heimat zu schützen.

Damit hatte der Prinz gerechnet und deshalb vor der bedrohten Stelle der Mauer einen zweiten Wall aus Steinen und zugespitzten Pfählen errichten lassen. Er dachte nicht daran, den Pikten den Rückzug allzu leicht zu machen, sondern wollte sie so bedrängen, daß ihnen die Lust zu Raubzügen auf britisches Gebiet für längere Zeit verging.

Als die ersten Scharen des zurückflutenden Gegners erschienen, wurden sie an der rasch errichteten Barrikade aufgehalten. Es kam zu erbitterten Kämpfen, bei denen die Pikten ungeachtet ihrer Überzahl schwere Verluste erlitten. Trotzdem stürmten die kurzwüchsigen Gesellen immer wieder mutig vor, so daß kein Ende der Schlacht vorauszusehen war. Angesichts dieser sich immer wieder erneuernden Wellen befahl der Prinz, die Feinde nur noch zu verwunden. Das war eine weise Entscheidung, denn die Verletzten strömten nun zurück und brachten dadurch die eigenen Reihen, die ohnedies schon ohne erkennbare Ordnung fochten, noch mehr durcheinander. So kam der Kampf endlich zum Stehen, aber Eisenherz war einsichtig genug, zu erkennen, daß der Grenzkrieg damit noch lange nicht wirklich gewonnen war.

In der Nacht hielt der Prinz einen Kriegsrat ab. Die Lage war schwierig und verworren. Einerseits sollten die Pikten nach Schottland zurück, andererseits durften sie das aber nicht ungestraft tun, denn das Wiederkommen mußte ihnen ja verleidet werden. Über allem schwebte noch die Gefahr, daß den Pikten mit ihrer zahlenmäßigen Übermacht an irgendeiner weniger geschützten Stelle ein erfolgreicher Angriff gelingen konnte. Das aber hätte den Untergang des kleinen Häufleins der Briten bedeutet.

Der Prinz entschloß sich deshalb, sein Glück noch einmal mit einer List zu versuchen. Ehe der Morgen kam, ließ er an der den Pikten zugewandten Seite des Walles eine Leiter hinunter. Auf der anderen Seite schickte er eine Reiterschar ins Land des Feindes, damit sie wieder einige Hütten anzünde. Ebenfalls noch während der Nacht wurde die Pforte zugemauert, durch welche die Pikten Eingang nach Britannien gefunden hatten.

Im Frühlicht entdeckten die Pikten die herabgelassene Leiter. Da sich an dieser Stelle kein Gegner zeigte, wagten sie den Aufstieg. Auch auf der Mauerkrone fanden sie keinen Briten, aber drüben im eigenen Land sahen sie den Rauch der brennenden Hütten in den Himmel steigen.

Unversehens waren dann die Männer des Prinzen über ihnen und warfen sie bis auf einige, die gefangen wurden, wieder von der Mauer.

Eisenherz tat, als seien ihm diese Gefangenen herzlich gleichgültig. „Einer kann hierbleiben", sagte er, „die anderen lassen wir laufen. Zu was sollen wir diese Burschen auch noch füttern? In wenigen Tagen ist König Arthur mit seinem Heer da, dann müssen sie ohnehin alle ins Gras beißen."

Diese List sollte den Gegner entmutigen, aber Eisenherz wußte, daß es tatsächlich hohe Zeit war, den König um Hilfe zu bitten. Er dachte an Geoffrey. Wenn es gelänge, den Jungen unbemerkt durch die Pikten zu schicken, dann wäre dieser in Sicherheit und könnte gleichzeitig eine Bewährungsprobe ablegen. Der Prinz schrieb also eine Botschaft an den König. Danach befahl er Geoffrey, zuerst auf der schottischen Seite des Walls ein großes Stück nach Westen zu reiten und sich erst später nach Süden zu wenden. Mit etwas Glück kam der Junge auf diesem Weg durch, ohne einem Feind zu begegnen.

Nun ließ der Prinz den letzten Gefangenen kommen und sprach: „Gehe zu Oder und Hammer, deinen Hauptleuten, und sage ihnen, daß ich ihnen einen kurzen Waffenstillstand anbiete. Ich will mit ihnen verhandeln."

Die Häuptlinge glaubten immer noch, daß das Erscheinen des königlichen Heeres unmittelbar bevorstehe, und kamen zu einem Gespräch an die Barrikade. „Wenn unser Heer zur Stelle ist, geht es mit euch zu Ende. Das wißt ihr genau!" sagte der Prinz. „Ich aber bin dieses unnütze Blutvergießen leid und biete dir, Oder, einen Beutel Gold, wenn du an der Stelle abziehst, die ich dir freigebe. Auch du, Hammer, sollst eine Handvoll Goldstücke haben."

Oder, der seine Lage für aussichtslos halten mußte, schien von dem Vorschlag entzückt zu sein, aber Hammer brauste auf. „Was, dieser Oder soll einen ganzen Beutel bekommen und

ich nur eine Handvoll? Warum willst du mir weniger geben als ihm?"

„Weil er der Mächtigere ist . . . Er sagte es wenigstens."

„Was? Er der Mächtigere? Oh, der Prahlhans! Ich könnte ihn mit meinen eigenen Fäusten . . ."

Ehe der Satz zu Ende gesprochen war, hatten sich die beiden Kumpane schon am Kragen. Die Rechnung des Prinzen ging wieder einmal auf; er schritt zufrieden lächelnd zu den Seinen zurück und beobachtete von der Barrikade aus, daß sich auch die Sippen der beiden Häuptlinge in den Kampf einmischten. Zumindest in den nächsten Tagen konnte nun nichts Ernstliches mehr geschehen.

Unterdessen hatte Geoffrey erfahren müssen, daß kleine Gruppen des Feindes immer noch nördlich des Walles umherschweiften. Er wehrte sich nach Kräften, wo man ihn aufzuhalten suchte, und verließ sich im übrigen auf seinen schnellen Schimmel.

Gegen Abend erfuhr der Knappe an einem Wachtturm, daß diese Gegend noch frei von Pikten sei, und wechselte hinüber nach Britannien. Als er die Kriegszone hinter sich hatte, ließ er, um dem Pferd die Last zu erleichtern, seine Rüstung an einem Baum zurück. Doch der Schimmel wurde von Tag zu Tag müder und war gegen das Ende

der Reise so erschöpft, daß Geoffrey absteigen mußte.

Am nämlichen Tage war König Arthur allein ausgeritten, um einen neuen Jagdfalken zu erproben. In einem stillen Waldtal hatte er sein Pferd angebunden und war ein Stück zu Fuß weitergegangen. Als er dann zurückkam, stand statt des feurigen Rappens ein völlig erschöpfter Schimmel am Baum, der nicht mehr fähig war, einen Reiter zu tragen.

Nur wenig später sprengte Geoffrey auf dem fremden Rappen durch das Tor von Camelot, um dem König des Prinzen Botschaft zu überbringen, doch niemand konnte ihm sagen, wo Herr Arthur zur Stunde weilte. Er mußte trotz seiner Ungeduld warten.

Es dauerte noch sehr lange, bis der König zornig und mit wundgelaufenen Füßen zurückkehrte. Den ermatteten Schimmel zog er hinter sich her. Geoffrey war inzwischen, am Boden sitzend, eingeschlafen und wachte erst auf, als ihm der über den Pferdetausch nun genauer unterrichtete König die Botschaft entriß.

„SIR!" stand da geschrieben. „Die Pikten sind in großer Zahl in unser Land eingefallen und bis vor York gekommen. Wir haben sie an den Wall zurückgedrängt, brauchen jedoch dringend Verstärkung. Eisenherz."

„Aber der Prinz hat ja gar nicht alles über seine Lage berichtet, Herr König", fiel da der Jüngling erregt ein. „Tag und Nacht mußte er gegen die Überzahl kämpfen, und jetzt sind seine Männer so müde, daß sie kaum noch ein Schwert halten können. Bitte, Herr König, macht ganz, ganz schnell, sonst ist der Prinz mit allen seinen Männern verloren."

Angesichts dieses Eifers und der beschriebenen Gefahr vergaß der König seinen Zorn auf den Pferdedieb und gab sofort die notwendigen Befehle. Aleta aber trat vor und führte den hungrigen, erschöpften Jüngling weg, damit er sich zuerst einmal ausruhe und erhole.

Während Geoffrey aß, erfuhr Aleta noch einiges mehr über die Zustände am Grenzwall, was ihr große Sorge bereitete. In dieser Stunde verwandelte sich die fügsame Hausfrau und liebende Mutter plötzlich wieder in die Königin der Nebelinseln, die von Jugend auf dazu erzogen wurde, schwierige Lagen zu meistern. Kaum war der Junge eingeschlafen, da gab sie auch schon den Befehl, ihr Gepäck für eine Reise an den Grenzwall zu richten. Sie wollte nicht warten, bis sich das schwerfällige Heer in Bewegung setzte, sondern mit zwei verläßlichen Knechten vorausreiten. Noch einmal drückte sie ihren Sohn ans Herz, von dem sie sich zum erstenmal in seinem jungen Leben trennen mußte, dann brach sie auf, waffenlos und nur der Stärke ihres Herzens vertrauend.

Als Geoffrey am späten Morgen endlich erwachte, erfuhr er durch Katwin von dem Geschehen und beschloß sofort, der Herrin nachzureiten.

Sein eigenes Pferd war indessen von den Anstrengungen der letzten Tage noch viel zu sehr erschöpft, als daß er damit weit gekommen wäre. Also beschloß er, zum zweitenmal etwas zu wagen, worauf in Britannien der Galgen stand, nämlich ein fremdes Pferd an sich zu nehmen. Und da er nur ein gutes Pferd brauchen konnte, griff er abermals zum Jagdroß des Königs. —

Aleta war fest entschlossen, dem mörderischen Kampf am Grenzwall ein rasches Ende zu bereiten. Während sie unterwegs alle Möglichkeiten durchdachte, hörte sie hinter sich das Trommeln galoppierender Hufe. Geoffrey hatte sie auf dem gestohlenen Pferd eingeholt. Da der treue Junge nun schon einmal da war, durfte er bleiben und den Weg weisen. Bald erreichten sie die von den Pikten verwüsteten Gebiete, deren Anblick so erschütternd wirkte, daß die Prinzessin voll böser Vorahnungen noch mehr zur Eile drängte.

Dazu hatte sie leider allen Grund. Als Arthurs Heer ausblieb, waren die Pikten in rasch wiederhergestellter Einigkeit zu neuen Stürmen angetreten. Sie bedrängten die Briten so, daß Eisenherz befehlen mußte, die Barrikade aufzugeben und den Kampf auf dem Wall selber fortzusetzen. Das wäre zunächst noch nicht sonderlich gefährlich gewesen, aber beim Rückzug wurde der Prinz durch einen Speerwurf so schwer verletzt, daß seine Leute Mühe hatten, ihn herauszuschlagen. Nur mit letzter Not gelang es den Männern, das Tor vor den nachdrängenden Pikten zu verrammeln. Da die Feinde sofort versuchten, die Wälle zu erklettern, hatten die Briten alle Hände voll zu tun, um den Massensturm abzuwehren. Kein Mensch konnte sich des blutenden Prinzen annehmen, der seine Leute trotz der eigenen Schwäche immer wieder anfeuerte, den Kampf fortzusetzen und standhaft zu bleiben.

Plötzlich verstummte der Waffenlärm ringsum. Die Stille war unheimlich. Irgend jemand in der Nähe flüsterte verhalten: „Die Prinzessin!“

Als sich Eisenherz mit letzter Kraft an der Brüstung hochzog, wurde ihm ein Anblick zuteil, der sein Blut in den Adern erstarren ließ: Unten in der Tiefe schritt Aleta hocherhobenen Hauptes, furchtlos und unnahbar, mitten durch die Reihen der Pikten, und keiner wagte es, sie auch nur anzutasten.

„Bring mich zu deinem Häuptling", befahl Aleta einem der Männer, die vor Staunen den Mund nicht mehr zubrachten.

Der Pikte gehorchte widerspruchslos und führte Aleta zum Nachfolger von Hammer und Oder, die inzwischen beide gefallen waren.

„Ich weiß, daß du Nahrung für deine Krieger brauchst und werde dir welche beschaffen", sagte Aleta, die von Geoffrey schon erfahren hatte, daß die Kasematten des Wachtturmes mit den von den Pikten erbeuteten Lebensmitteln vollgepfropft waren. Danach forderte sie die Verteidiger auf, Lebensmittel von der Mauer herunterzuwerfen.

Die Krieger oben kannten Aleta und wären wohl jeder anderen Weisung von ihr nachgekommen. Daß sie aber diesen grausamen Gegner auch noch verpflegen sollten, das leuchtete ihnen nicht ein. Also zögerten sie. Der Prinz nahm jedoch seine letzte Kraft zusammen und flüsterte: „Gehorcht! Sie weiß, was sie tut!", ehe er ohnmächtig zusammenbrach.

Bald darauf flogen von oben ganze Ballen und Säcke mit Lebensmitteln herunter, um die sich die Pikten wie die wilden Tiere rissen und darüber gar nicht bemerkten, daß gleich nebenan eine Leiter heruntergelassen wurde, an der Aleta ungehindert hinaufstieg.

„Ihr könnt noch mehr Lebensmittel bekommen", rief die Prinzessin hinunter, „aber wir werfen sie auf der anderen Seite der Mauer hinab. Dort müßt ihr sie holen, wenn ihr hier nicht verhungern wollt."

Den Pikten blieb nun keine andere Wahl, als die ihnen angebotenen Leitern zu benutzen und in ihr eigenes Land hinüberzusteigen. Als sie die Lebensmittel empfangen hatten, zogen sie ab; doch davon gewahrte Aleta nichts mehr, denn sie hatte inzwischen den Gatten gefunden, der schwerverletzt und ohnmächtig auf der Mauerkrone lag. Aus der tiefen Brustwunde rann immer noch das Blut, und kein Verband konnte es zum Stillstand bringen. In dieser Not befahl die Prinzessin dem jungen Geoffrey, einige Metallringe aus des Prinzen Panzerhemd zu lösen und diese so zurechtzubiegen, daß sie als Klammern dienen konnten. Als die Wunde notdürftig geschlossen und der Prinz wenigstens vorm sofortigen Verbluten gerettet war, ließ Aleta eine große Tragbahre bauen, auf der man den Verletzten nach Newcastle, der nächstgelegenen Stadt, brachte, wo sich die Ärzte sofort seiner annahmen. Bis Eisenherz als wirklich gerettet angesehen werden konnte, vergingen freilich noch viele sorgenvolle Tage. Dann aber war er über den Berg, und Aleta durfte zum erstenmal wieder aufatmen.

Nun fand die Prinzessin auch Zeit, sich in der lebhaften Stadt umzusehen; ihr erster Gang galt den Händlern auf dem Markt, wo sie sich neu einkleidete. Später traf sie am Hafen einige Wikinger, die zum Einkauf nach Newcastle gekommen waren. Das brachte

Aleta auf einen guten Gedanken. Bis der Prinz fähig war, nach Camelot zurückzureiten, darüber würden noch mehrere Wochen vergehen. Aber konnten sie nicht mit einem dieser Wikinger nach Thule segeln? Die Fahrt übers Meer wäre dem Gatten sicher bekömmlicher, als das eintönige Liegen in der wenig gepflegten Herberge.

Gesagt, getan! Aleta bat Geoffrey, nach Camelot zu reiten und König Arthur zu verständigen. „Außerdem ist hier ein Beutel mit Gold“, sprach sie weiter. „Gib ihn Katwin. Sie soll alles ordnen und mit dem Kleinen schnellstens hierherkommen.“

Das war ein bitterer Auftrag für den jungen Geoffrey. Würde man ihn in Camelot wegen des Pferdediebstahls nicht aufhängen? Andererseits mußte er aber der Herrin gehorchen; so ritt er denn unter den zwiespältigsten Gefühlen von dannen. —

Die Eichenwälder Britanniens trugen um diese Zeit bereits die lodernden Farben des Herbstes, aber Geoffrey hatte in seiner Herzensnot keinen Sinn für das Schöne.

Einige Tage später, als in der Ferne schon Camelot zu sehen war, überlegte er seine Lage noch einmal. Konnte er die Botschaften an Katwin und den König nicht einfach einem Fremden übergeben? Diesen Einfall verwarf er

freilich sofort wieder. Er war sich keiner echten Schuld bewußt und wollte geradestehen für alles, was er getan hatte, um anderen helfen zu können.

So ritt er frank und frei auf des Königs Rappen nach Camelot hinein, wo er von den Wachen sofort festgenommen und vor Sir Baldwin geführt wurde. „Sir", bat der Jüngling, „laßt mich noch einen Augenblick frei. Ich habe der Zofe meiner Herrin eine wichtige Botschaft zu überbringen."

„Nichts da!" war die barsche Antwort. „Du bleibst mir bis zum Verhör in strenger Haft. Dann sehen wir weiter!"

So leicht ließ sich Geoffrey von seiner Pflicht nicht abhalten. In einem unbewachten Augenblick riß er sich los und stürmte davon, nicht ohne vorher noch zu rufen, daß er wiederkäme. Einer der Wächter, der ihm einen Speer nachwerfen wollte, wurde von Baldwin zurückgehalten. Dadurch gewann Geoffrey einen kleinen Vorsprung vor seinen Häschern.

Atemlos stürzte er in das Gemach der Prinzessin, wo er Katwin und Tillicum antraf, die mit Klein-Arne spielten. „Der Prinz und die Prinzessin reisen nach Thule. Du sollst Prinz Arne sofort nach Newcastle bringen. Hier ist Reisegeld!" konnte er gerade noch rufen, da waren die Wächter auch schon zur Stelle und nahmen ihn wieder fest. Nun, da Geoffrey seinen Auftrag ausgeführt hatte, dachte er nicht mehr an Flucht und ließ sich willig in seine Zelle führen. Er bat die Wächter nur noch, die für den König bestimmte Botschaft dem Herrn Baldwin zu geben, damit dieser sie abliefere.

Das geschah noch in der nämlichen Stunde, und Sir Baldwin konnte dem König zugleich berichten, daß dessen Rappe wieder im Stall stehe. Als Herr Arthur alle Zusammenhänge erfahren und auch Aletas Botschaft gelesen hatte, ordnete er eine Gerichtssitzung an. Herr Baldwin, der den wackeren Roßdieb trotz allem schon längst in sein Herz geschlossen hatte, begann nun um Geoffreys Schicksal zu bangen. „Mit Verlaub, Sir", sagte er, „darf ich noch ein Wort dazu sagen. Von allen Pagen, die Ihr meiner Erziehung anvertraut habt, wäre Geoffrey der würdigste für den Ritterschlag. Ohne Rücksicht auf seine eigene Person hat er alle Aussichten aufgegeben, nur um anderen zu helfen. Auch Britannien hat er geholfen, wenn man's genau betrachtet. Bitte, Sir, seid gnädig mit ihm. Der Junge hat es verdient!"

Der gütige König ließ nicht erkennen, wie er zu dieser Fürsprache stand, und wandte sich wortlos ab.

Eine Stunde später begann die Gerichtssitzung. Die Ritter und ihre Damen standen erwartungsvoll zu beiden Seiten des Thrones, als der arme Sünder hereingeführt wurde. Geoffrey machte einen kläglichen Eindruck und kämpfte sichtlich mit seinen Tränen. Trotzdem dachte er nicht daran, seine Taten, zu denen auch noch die unerlaubte Entfernung von Camelot kam, zu beschönigen. Ahnend, daß sein Traum vom Rittertum zu Ende sei, stand er mannhaft zu allem, was ihm die Klage vorwarf, und verzichtete darauf, irgend etwas zu beschönigen oder gar um besondere Gunst zu bitten.

Als der Sachverhalt soweit geklärt war, gebot der König Stille und sprach schmunzelnd: „Höre dein Urteil! Ich verbanne dich für ein Jahr und einen Tag aus unserem Lande! Solltest du während dieser Zeit ohne meine Erlaubnis nach Britannien zurückkehren, so wäre dir der Galgen gewiß!"

Dieses Urteil empfand der Jüngling als milde und grausam zugleich. Es war schön, mit dem Leben davongekommen zu sein, aber es war bitter, sich ein volles Jahr lang durch fremde Lande schlagen zu müssen. In seiner Verzweiflung merkte er nicht einmal, daß ihn nicht die Wächter, sondern Katwin und Tillicum aus dem Thronsaal führten. Als er wieder zu sich kam, gewahrte

er verwundert, daß er in einem Boot saß, das mit kräftigen Ruderschlägen flußabwärts dem Meere zu getrieben wurde.

Katwin erzählte, man sei auf dem Wege zum Prinzen und zur Prinzessin, doch Geoffrey konnte sich darüber nicht freuen. Was sollte er auch in Newcastle, einer britischen Stadt, deren Boden er nicht betreten durfte? Immerhin, man hatte ihn mit den Mädchen und Klein-Arne auf die Reise geschickt, und nun blieb ihm nichts anderes übrig, als das Segelschiff zu besteigen, das sie in der Flußmündung erwartete. Doch tat er dies ohne Freude. Katwin, die ihm seine Sorgen ansah, versuchte ihn zu trösten: „Der König ist streng, aber auch gütig und gerecht. Da die Prinzessin ihm wegen dir geschrieben hat, glaube ich, daß sich für dich noch alles zum Guten wenden wird."

Der Samen dieses wohlgemeinten Trostes ging dem jungen Mann indessen nicht auf. Kam noch hinzu, daß um diese Zeit schon die ersten Herbststürme über die Nordsee fegten. Geoffrey hatte bis dahin noch nie die Planken eines Schiffes betreten und fühlte sich bald so hundeelend, daß er am liebsten gestorben wäre. Seine Not hörte erst auf, als das Schiff im stilleren Wasser der Tynemündung schwamm, an der, etwas landeinwärts, Newcastle lag. —

Während der letzten Tage war Aleta oft an den Hafen gelaufen, um zu sehen, ob das Schiff noch nicht käme. So stand sie zufällig auch da, als der Segler einlief, und konnte ihrem Sohn schon von weitem zuwinken. An den armen Geoffrey dachte sie in ihrer Freude nicht, denn sie glaubte, der Junge sei nach ihrer Fürsprache in Camelot geblieben.

So kam es, daß in dieser Nacht ein einsamer Jüngling an der Reling des Schiffes stand und sehnsüchtig zur Stadt hinaufschaute, wo die anderen das Wiedersehen feierten.

Gleich am Morgen traf den jungen Mann ein neuer Schicksalsschlag. Ein Kaufmann wollte das Schiff mieten

und wurde mit dem Besitzer rasch handelseinig. Weil die Reise sofort beginnen sollte, Geoffrey jedoch nicht an Land gehen durfte, erklärte sich der Kapitän bereit, den Jungen bei sich zu behalten. Diese an sich vernünftige Lösung hätte ein Wiedersehen mit dem Prinzen und der Prinzessin allerdings auf eine ungewiß lange Zeit verhindert.

Der Kapitän, ein Mann mit rauher Schale, aber mit einem goldenen Herzen, verstand die Nöte des Jünglings und fand auch gleich einen besseren Weg. „Wenige Meilen von hier", sagte er, „gleich jenseits der Grenze, liegt Wallsend. Dort setze ich dich auf schottischem Boden ab, und von dort aus kannst du deinem Herrn eine Nachricht zukommen lassen."

Nach der Landung in Wallsend suchte sich Geoffrey zuerst eine Herberge. Während er noch mit dem Wirt über die Unterkunft verhandelte, wurde die Tür hinter ihm gewaltsam aufgestoßen. Eine mächtige Stimme dröhnte: „Mach Beine, Schenk, und zapfe dein größtes Weinfaß an! Boltar ist durstig!"

Der Wirt, dem derlei Gäste sattsam bekannt waren, beeilte sich, dem Verlangen des bulligen Wikings nachzukommen. Als Boltar die erste Kanne in langen, heftigen Zügen geleert hatte, entdeckte er endlich auch den Jüngling, der unter dem Stoß der Türe bis ans andere Ende der Stube geflogen war und sich nun mühsam wieder aufrappelte. Bei diesem Anblick mußte der Wiking lachen, denn er hatte noch nie einen Knaben gesehen, der wie ein Ritter gewandet und gewappnet ging. „Hahaha, Herr Ritterknabe oder Herr Knabenritter", prustete er los. „Ich habe Euch bei meinem Eintritt wohl aus der Wiege geworfen."

„Ich bin kein Knabe mehr", brauste da Geoffrey auf. „Wer Seite an Seite mit Prinz Eisenherz gegen die wilden Pikten gefochten hat, darf sich zu Recht als Krieger bezeichnen!"

„Was sagst du da? Prinz Eisenherz? Mein Wickelkind, mit dem ich in Afrika Gold gesucht habe? Sag schnell, wo er ist! Ich muß ihn unbedingt wiedersehen! Komm, führe mich zu ihm, zu diesem Burschen, der keinen Wein vertragen, aber wie ein Teufel fechten kann."

„Mein Herr liegt auf den Tod verwundet in Newcastle, doch hinführen kann ich Euch nicht, König Arthur hat mir ja das Betreten britischen Bodens verboten. Wenn Ihr aber hinkommt, dann berichtet bitte dem Prinzen, daß ich hier auf ihn und die Herrin warte."

Mit dieser Lösung war der eigensinnige Boltar nicht einverstanden; er ließ sich schnell noch ein Fäßchen Wein geben und schleppte Geoffrey zum Hafen, wo er durch seine Leute zwei Säcke mit schottischer Erde füllen ließ. Dann stach man in See und ruderte den Tynefluß hinauf, was gegen die Strömung so mühselig war, daß Boltar selber auch mitrudern mußte.

Weil diese Arbeit durstig machte, mußte Boltar sein Fäßchen so oft an die trockenen Lippen führen, daß es schon vor der Landung zur Neige ging; das war aber selbst für den trinkgewaltigen Boltar etwas zuviel, und so kam es, daß

er auf dem kurzen Weg vom Hafen bis zur Herberge schon bedenklich schwankte und gröhlte.

Seine Männer, die ihren Gebieter soweit kannten, stellten ihn vor des Prinzen Türe und machten sich dann schleunigst aus dem Staub; auch sie waren ja durstig, und in der Stadt gab es noch genug Schenken, die ihren Wein verkaufen wollten.

Der Prinz hatte das Nahen des alten Freundes schon an dessen Gebrüll erkannt und lächelnd zu den Seinen gesagt: „Schafft alles Zerbrechliche weg, alles Trinkbare dagegen heran, denn wir bekommen einen gewaltigen Gast!“

Kaum daß das letzte Wort gesprochen war, fiel Boltar buchstäblich mit der Türe ins Haus und riß Geoffrey mit, so daß beide vor den Sessel des Prinzen hinschlitterten, den sie fast noch umgeworfen hätten.

Während sich Geoffrey, dessen Füße ja in den Säcken steckten, mühsam aufrichtete, wurde er durch die Türe von einer ihm wohlbekannten Stimme angerufen: „Arf! Arf, mein Junge! Endlich habe ich dich gefunden!“

Der Mann, der gleich darauf hereinkam, übersah den ungewöhnlichen Zustand des Jünglings und hatte nur Augen für Geoffrey selber. Gleich darauf fuhr er fort: „Arf, mein lieber Junge, ich habe gute Botschaft. Du kannst heimkehren, das Vaterhaus steht dir wieder offen!“

Dem Wiking war diese Unterbrechung seines Empfanges nicht recht, und so äffte er den Besucher verärgert nach: „Arf! Arf! Das klingt wie Hundegebell. Man sollte den Burschen in den Hundezwinger werfen!“

„Spar deine Worte, du fette Bulldogge“, entgegnete der Fremde gelassen. „Ich bin Tor Lay, der Erzieher dieses Jünglings, und will ihn heimbringen zu Sir Geoffrey, seinem Vater, aus dessen Hause ihn eine böse Stiefmutter vertrieben hat. Diese Frau war jung und schön, aber sie war auch falsch und grausam. Ihre Ungerechtigkeit trieb den Knaben davon. Nun ist sie selber weggelaufen . . .“

Dem jungen Arf, als welcher sich Geoffrey nunmehr entpuppt hatte, rieselte eine Welle des Glücks über die Haut; im Grunde genommen war er ja trotz seiner ritterlichen Aufmachung noch ein Kind, in dessen Brust das Heimweh bohrte! Gleich darauf fielen ihm indessen Aleta und Eisenherz ein, an denen er mit allen Fasern seines Herzens hing; auch dachte er an König Arthurs Verbot und stand plötzlich vor einer schweren Entscheidung. Schließlich erhob er die Hand und sprach: „Ich habe gelobt, so lange nicht mehr heimzukehren, bis mich König Arthur zum Ritter geschlagen hat. Dazu stehe ich und bleibe deshalb bei Prinz Eisenherz."

Indem nun der Jüngling diese hochfliegenden Pläne äußerte, verlor er das Gleichgewicht und setzte sich unsanft zu Boden; er hatte in seiner Begeisterung ganz vergessen, daß er, getreu dem Befehl des Königs, mit beiden Füßen auf fremdem Boden stand. Noch ehe dieses Mißgeschick von irgend jemand belächelt werden konnte, ergriff Boltar das Wort und sprach: „Großartig, mein Junge, aber nun laßt uns essen und trinken, auf daß es endlich etwas lustiger werde in dieser Stube."

Nach einem froh verbrachten Abend, an dem Eisenherz zum erstenmal wieder lachen konnte, stach das Schiff schon am frühen Morgen in See. Für Boltar war es eine Selbstverständlichkeit, seinen Freund nach Thule zu fahren, was dem Prinzen sehr gelegen kam.

Leider zeigte sich das Wetter in den ersten Tagen, da sie an der schottischen Küste hochfuhren, nicht von seiner besten Seite, dann aber wurde es so ruhig, daß Eisenherz an Deck gehen und mit dem am meisten geschwächten linken Arm leichte Waffenübungen beginnen konnte. Auch Arf, der wieder seekrank gewesen war, kroch nun ermuntert aus dem Schiffsbauch heraus.

Dem Prinzen fiel auf, wie eingehend sich Boltars Männer in diesen Tagen mit ihren Waffen beschäftigten; er fragte den Wiking deshalb besorgt, ob dieser etwa Böses im Schilde führe?

„I wo", meinte Boltar abwehrend, „ich bin doch ein ehrbarer Handelsmann und kaufe mir, was ich zum Leben brauche."

„Warum schleifen dann deine Männer ihre Waffen so sorgfältig?" wollte der mißtrauisch gewordene Prinz erfahren.

„Unsere Waffen müssen immer in Ordnung sein. Hältst du es mit den deinen vielleicht anders? Es kränkt mich bitter, von einem alten Freund so verdächtigt zu werden", sagte Boltar und fuhr gleichzeitig mit dem Daumen prüfend über die Schneide seiner Streitaxt.

Gegen Abend liefen sie an einem Hafenstädtchen vorbei. Boltar tat zuerst, als sei ihm der Platz gleichgültig; ein kurzes Stück weiter ließ er jedoch an der offenen Küste anlegen und den größten Teil seiner Männer an Land gehen. Da der Prinz um diese Zeit unter Deck ruhte, blieben ihm die Vorgänge zunächst noch verborgen; vor allem konnte er auch nicht beobachten, daß die abgesetzten Männer im Sturmschritt dem Städtchen zustrebten.

Inzwischen hatte das Schiff gedreht und steuerte nun gemächlich das Städtchen an. Während sich das Drachenboot, von niemandem gehindert, der Ufermauer näherte, kam in den Gassen am Hafen ein heftiger Lärm auf; man hörte das Geschrei kämpfender Männer und das Poltern von Äxten.

Dieser Lärm lockte den Prinzen aufs Deck. Sein Schwert nahm er mit, aber den Schild mußte er zurücklassen, denn seine linke Schulter war, wie er von

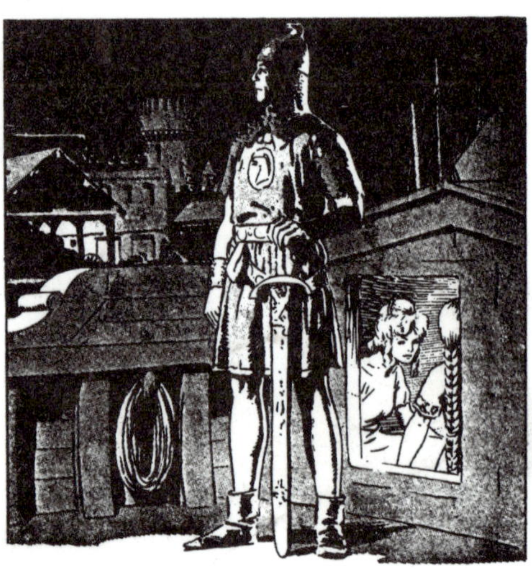

den Übungen am Nachmittag her wußte, immer noch recht schwach. Oben fand er Boltar an der Reling stehend und gespannt zum Ufer hinüberschauend.

„Eine unruhige Stadt", bemerkte der Hüne harmlos. „Ich schätze, das ganze Volk sitzt betrunken in den Schenken. Vielleicht hätte ich meine Leute doch nicht zum Einkauf hinüberlassen sollen. Bei solchen Gelagen fangen die Einheimischen allzu gerne Streit mit den Fremden an."

Um seinen Männern den Weg zu zeigen, ließ Boltar die Bordlaternen anzünden; das war indessen eine Maßnahme, die sich gleich darauf erübrigte, denn drüben fing ein Lagerhaus zu brennen an. Da kamen auch schon die ersten Wikinger zurück, schwer gebeugt unter Kisten und Ballen. Weitere folgten, aber einige Kameraden mußten sie mit den Schilden gegen den Hagel von Pfeilen und Wurfgeschossen decken, der hinter ihnen herjagte . . .

Als das Schiff abgelegt hatte und schon wieder im freien Wasser schwamm, sprach Eisenherz mit seinem gewalttätigen Freund ein ernstes Wort unter vier Augen, wobei er darauf hinwies, in welche Gefahr die Prinzessin und Klein-Arne durch das Unternehmen geraten seien. Mehr konnte er nicht tun, denn Boltar war Herr auf dem Schiff und schuldete niemand Rechenschaft.

Nicht ganz so leichten Kaufes kam der Wiking etwas später bei Tillicum davon. Das Mädchen trat zu ihm hin und sagte ganz ruhig: „Solltest du noch einmal den Sohn meiner Herrin gefährden, so stirbst du von meiner Hand!" Danach ging sie ebenso ruhig weg und beschäftigte sich mit Arne.

Dem unverbesserlichen Seeräuber gab dieses Gespräch einiges zum Nachdenken. Gedroht hatten ihm wohl schon viele, doch war ihm das immer herzlich gleichgültig geblieben. Die Worte dieses Mädchens schienen ihm aber keine Drohung zu sein, sondern nur eine ganz einfache Feststellung.

Bei dieser Erkenntnis wurde dem Piraten die Haut nun doch etwas zu eng, und das war zufällig das Glück eines Kauffahrers, der noch am gleichen Tag am Horizont auftauchte.

Nicht einmal das Drängen seiner Mannschaft konnte Boltar bewegen, dieses Schiff anzugreifen. „Ich bin es meinem König schuldig, Prinz Eisenherz mit seiner Familie sicher nach Thule zu bringen, wir können uns deshalb auf keinen Kampf einlassen", sagte er zur Enttäuschung seiner weniger feinfühlenden Gefährten. Daß er sich über das Entkommen der fetten Beute auch selber weidlich ärgerte, merkte ihm keiner an.

Einige Tage später erreichten sie die nördlich von Schottland liegenden Orkney-Inseln, wo sie Lebensmittel und Trinkwasser übernahmen, denn nun lag die lange Fahrt nach den Shetland-Inseln vor ihnen. Unterwegs gerieten sie unversehens in eine Walfischherde hinein; die Begegnung mit den Riesen verlief indessen völlig harmlos. Auch das Wetter war erträglich, und so konnte Boltar sein Schiff schon nach wenigen Tagen unversehrt in einem sicheren Hafen der Shetlands zum Überholen auf den Strand setzen lassen. Der längste und beschwerlichste Teil der Reise, nämlich die Fahrt über die eigentliche Nordsee, stand ihnen jetzt bevor.

Um diese Zeit meldete sich dort oben schon der Winter. Für Klein-Arne waren die tanzenden Schneeflocken ein herrliches Spielzeug, den Männern auf dem Schiff dagegen brachte dieses Wetter nur neue Strapazen. Trotzdem verlief die Überfahrt ohne wesentliche Störung, und eines Tages tauchte dann im Osten zur Freude aller die schon eingeschneite Felsenküste von Thule auf.

Das Drachenboot steuerte einen Fjord an, in dessen Schutz ein Fischerdorf lag. Nach der Seereise wollte der Prinz seine Frau und das Kind zuerst einige Tage in einer Herberge ausruhen lassen. Um seinem Vater jedoch die Wartezeit zu verkürzen, sandte er schon einen Boten voraus.

Auch Boltar verweilte einige Tage in der Herberge; dann aber hieß es für ihn Abschied nehmen. Das prinzliche Paar begleitete ihn an den Strand; es dauerte indessen noch lange, bis es zum letzten Händedruck kam. Der stiernackige Wiking war zwar ein Pirat, wie viele seiner Landsleute auch in dieser Zeit, aber der Prinz hatte ihn trotzdem in sein Herz geschlossen, weil Boltar im Grunde genommen eben doch ein gutmütiger und liebenswerter Bursche war.

Wie aufgeschlossen Boltar zuweilen für menschliche Regungen sein konnte, zeigte sich noch kurz vor der Abfahrt. Der Mannskerl hatte bereits sein Schiff bestiegen, da entdeckte er etwas abseits am Strand das Indianermädchen Tillicum, das reglos auf einem Felsblock hockte und ihn unverwandt anschaute. Der Wiking zauderte ein wenig, doch dann sprang er nochmals ans Land, trat langsam auf Tillicum zu und warf ihr seine eigene Kette, die aus purem Golde war, in den Schoß. „Vergiß mich nicht, ich komme wieder!“ flüsterte er zärtlich dazu und wandte sich endgültig ab.

Tillicum sah dem Wiking unbewegt nach. Als das Schiff jedoch schon draußen schwamm, stand sie auf und winkte ihm nach, solange noch der Mast zu sehen war.

Für das letzte Stück Weg nach Wikingsholm hatte der Prinz einige Pferde besorgt; weil Tillicum aber noch nie in ihrem Leben geritten war und auch Klein-Arne keinem der ihrer Meinung nach so gefährlichen Tiere anvertrauen wollte, legte sie die ganze Strecke durch das verschneite Land mit dem kleinen Prinzen auf dem Rücken zu Fuß zurück.

Als sich der Zug dem Tor von Wikingsholm näherte, wurde er von den Zinnen her mit lauten Jubelrufen begrüßt. König Aguar eilte ans Fenster, und dann war es mit seiner Beherrschung plötzlich vorbei; überwältigt von seiner Rührung, mußte er hinterher den kostbaren Stoff des Vorhanges als Schneuztuch verwenden.

Bei der nun folgenden Begrüßung war Herr Aguar wieder einigermaßen gefaßt, doch da erklang vor der Tür ein klägliches Geschrei, das den König erstaunt aufhorchen ließ.

„Habt ihr gehört? Was war denn das?“ fragte er und schaute das junge Paar dabei forschend an.

„Ach, das ist nur mein Sohn, der endlich seinen Großvater kennenlernen will“, sagte Aleta lächelnd, indem sie den Kleinen an sich nahm und ihn dem König in die Arme legte.

Nun wurde die Freude so übermächtig, daß bei Aguar gleich wieder die Tränen zu fließen begannen. Besser hätte also die Überraschung, die sich der Prinz für den Vater ausgedacht hatte, gewiß nicht glücken können.

REITET FÜR THULE

Nach einem langen und strengen Winter zog der Frühling fast über Nacht in Thule ein. Die Wildgänse kehrten aus dem Süden zurück und suchten sich in den Schilfdickichten der vom Eis befreiten Flüsse und Seen ihre Nistplätze für die kommende Brutzeit.

An einem der ersten schönen Tage beobachtete Prinz Eisenherz lange das lärmende Treiben des Federvolkes von einem Fenster seiner väterlichen Burg Wikingsholm aus. Hinterher trat er ins Zimmer seiner Frau und sprach: „Komm, Aleta, laß uns den Lenz begrüßen!"

Als sie bald darauf in einem Kahn über die Gewässer trieben, fühlte sich die Prinzessin von Herzen glücklich. Während des nordischen Winters war es oft tagelang nicht mehr richtig hell geworden; sie aber, die Tochter einer südlichen Inselwelt, liebte das Licht und die Wärme. Nun hatte sie beides wieder und winkte vor lauter Wohlbehagen einer Gänseschar zu, die hoch im Blauen unter schnatternden Rufen nach Norden flog. Ihr waren die grauweißen Segler wie ein Gruß aus dem heimatlichen Süden.

Auch Eisenherz hörte den Ruf der ziehenden Gänse und schaute der Schar noch lange nach, bis sie außer Sicht geriet. Hernach seufzte er abgrundtief, fuhr sich aber gleich erschrocken mit der Hand an den Mund, wie wenn er den Laut, der seine geheimsten Gedanken verraten hatte, noch einmal zurückholen könnte.

Aleta sah den Gatten besorgt an und fragte: „Ist dir etwas?“

„Ach nein“, antwortete der Prinz. „Ich dachte nur, wie beneidenswert doch diese stolzen Vögel sind. Völlig frei von Erdenschwere können sie durch alle Fernen schweifen.“

Bei diesem Bekenntnis erschien auf Aletas Stirne eine Falte; sie ahnte, daß sie den Gatten nicht mehr lange bei sich behalten würde, sagte aber nichts weiter.

Der Prinz spann seine Gedanken fort; er dachte an die frohen Zeiten,

da er mit Gawain und Tristan durch Italien gezogen war und dabei ein herrliches Abenteuer nach dem anderen erlebt hatte. Gleich darauf fiel ihm freilich auch die Prophezeiung der Sumpfhexe Horrit ein: „Ich sehe viel Wechsel in deinem Leben, aber nirgends Zufriedenheit, wohin ich auch schaue! Nirgends!" So hatte die Hexe gesprochen und damit eine Unrast aufgedeckt, die der Prinz selber damals noch nicht wahrhaben wollte.

Nun nahte sich das alte Fernweh wieder, aufgeweckt vom Ruf der Gänse und stärker denn je mit seinem Drang und Zwang. Allerdings schämte sich der Prinz dieses Gefühles, denn er hatte eine junge Frau und einen Sohn, von denen er wußte, daß sie nicht gerne allein blieben.

Eisenherz kämpfte lange gegen seinen Zwiespalt und war schließlich davon überzeugt, sein Verlangen nach der Fremde noch einmal überwunden zu haben. Doch währte dieser Zustand nur wenige Tage, dann trat ein Ereignis ein, das alle guten Vorsätze mit einem Schlag über den Haufen warf. —

Das Volk von Thule huldigte immer noch den alten Göttern, deren Wildheit seinem streitbaren Geist mehr zusagte als die versöhnliche Lehre des Heilands. König Aguar aber wollte seine Untertanen zu einer friedlicheren Gesinnung erziehen und glaubte, daß ihm das Christentum dabei helfen könnte. Als er den Plan lange genug bedacht hatte, ließ er seinen Sohn kommen und sprach: „Reise nach Rom und bitte den Papst um Missionare für Thule; sie sollen unser Volk von seiner Freude an Raub und Gewalt abbringen."

Nun hatte Eisenherz einen guten Grund, wieder in die Welt hinauszuziehen. Als Gefährten wählte er zunächst Rufus Regan, einen jungen Edelmann, auf

den in jeder Lage Verlaß war. Rufus, der selber noch dem alten Glauben anhing und außer dem eigenen Land bis dahin nur einige Küsten der Nordsee kennengelernt hatte, wollte zuerst nicht so recht an das Unternehmen heran. Der Prinz verstand es aber, ihm die Reize der geplanten Fahrt so verlockend zu schildern, daß er schließlich doch Feuer und Flamme war.

Am liebsten hätte Rufus die Reise noch zur nämlichen Stunde angetreten. So schnell ging es jedoch nicht, denn der Prinz mußte sich zuerst einen zweiten Gefährten suchen. Er dachte an Jarl Egil, mit dem er im Winter einmal aus nichtigem Anlaß einen Streit gehabt hatte, der noch nicht ganz vergessen war. Dieser Egil war ein bärenstarker und mutiger Mann; wenn es gelänge, ihn die alte Fehde vergessen zu machen und ihn zum Mitkommen zu bewegen, dann bräuchten sie unterwegs keinen Gegner zu fürchten.

Jarl Egil, der etwas einsam auf einer landeinwärts gelegenen Burg hauste, begrüßte den Prinzen mit zwiespältigen Gefühlen, denn er dachte zuerst, der Besuch geschähe der alten Feindschaft halber. Um so erfreuter war er dann, als ihm der Prinz die Hand zum Frieden bot, indem er mit dem wahren Grund seines Kommens herausrückte. So war der Hader bald vergessen und ein wertvoller Freund gewonnen. Da sich der Tag schon zum Abend neigte, wollte der Prinz die Nacht auf Egils Burg verbringen; ans Schlafen konnte er aber noch lange nicht denken, denn er mußte zuerst ausführlich über seine früheren Reisen berichten und über den Weg, den er dieses Mal einschlagen wollte.

Als Eisenherz andern Tags zu Hause von der glücklichen Lösung erzählte, war Aleta so recht von Herzen froh über das Ende der leidigen Feindschaft. „Nun mußt du aber auch Arf mitnehmen", sagte sie schließlich. „Hier macht mir der Junge nur verliebte Augen hin. Hüte ihn gut, damit er mir heil zurückkehrt."

Drei Tage später bestiegen die Gefährten ein Schiff, das sie nach Paris bringen sollte. Von dort aus wollten sie dann den Landweg nehmen.

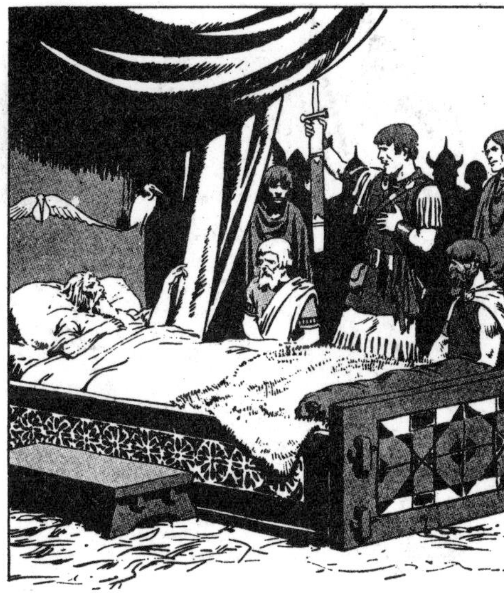

Bis zu des Prinzen Abreise hatte sich Aleta immer tapfer gehalten, dann aber obsiegte der Trennungsschmerz, und ihre Augen waren tagelang vom Weinen gerötet.

Klein-Arne sorgte mit seiner lauten Fröhlichkeit indes dafür, daß der Mutter nicht allzuviel Zeit für trübe Gedanken blieb. Sonst ging es auf der Burg in diesen Frühlingstagen recht ruhig zu. Viele Krieger waren auf ihre Güter gezogen, um die Felder zu bestellen, und tiefer Frieden schien über dem Land zu liegen.

Doch das schien eben nur so, denn Hap-Atla, der junge König eines Nachbarlandes, stand jenseits der Grenze schon mit einer Streitmacht bereit, um in Thule einzufallen.

Dieser Kriegsplan war nicht von ungefähr gekommen. Hap-Atlas Vater hatte in seinem Leben mehrfach, doch ohne Erfolg versucht, Thule unter seine Gewalt zu zwingen. Als es mit ihm dann zu Ende ging, mußte ihm der Sohn noch am Sterbebett einen Kriegszug gegen Thule geloben. —

Der Friedensbruch geschah so überraschend, daß von Aguars Grenzwache nur ein einziger Mann entkommen und den Überfall melden konnte. Bald erschienen auch die ersten Bauern mit ihrer beweglichen Habe und baten um Aufnahme in der Burg.

Dem König blieb keine Zeit, seine beurlaubten Krieger zu versammeln, denn am Nachmittag stand der Feind schon auf dem Vorfeld der Burg.

„Herr Hap-Atla gebärdet sich sehr siegesgewiß", meinte Aleta bei diesem Anblick. „Er weiß wohl, wie schwach wir sind. Ihr könnt ihn aber verwirren, Vater, wenn Ihr anordnet, daß sich von uns überhaupt niemand zeigt."

In dem anschließend zusammentretenden Kriegsrat wurden die Verteidigungsmaßnahmen besprochen. Ein älterer Edelmann schlug vor, die abwesenden Krieger durch Boten herbeizurufen und so die Kampfkraft der Burg zu verstärken. Doch da ließ sich eine sanfte Frauenstimme aus einer Fensternische vernehmen: „Nein! Das wäre genau das, was der Feind erwartet. Sicher hat er dafür gesorgt, daß er unseren Zuzug einzeln abfangen kann."

Der König schaute sich betroffen nach Aleta um, die es gewagt hatte, ihre Stimme im Kriegsrat zu erheben. „Was denn sonst?“ fragte er. „Sollen wir uns von diesem Hap-Atla vielleicht aushungern lassen?“

„Das braucht Ihr nicht. Macht es doch so, wie Prinz Eisenherz in seinem Kampf gegen die Pikten. Erinnert Ihr Euch noch, Vater?“

Nun begriff der König, was Aleta meinte. Der Prinz hatte damals einen Teil seines Heeres in das von Kriegern entblößte Land des Feindes eindringen lassen und damit den Frieden erzwungen. Als Aleta die Halle verließ, nickten die Männer zustimmend hinter ihr her.

Die Boten konnten Wikingsholm auf der Flußseite mit Hilfe einer Fähre ungehindert verlassen und die entsprechenden Befehle auf Schleichwegen ins Land hineintragen. —

Hap-Atla wurde die Ruhe auf den Mauern unheimlich. Er verstand nicht, warum sich nicht wenigstens ein Wächter zeigte, und beschloß, das Geheimnis mit Gewalt zu lüften.

Nun stand die Burg aber durch Lichtzeichen mit Spionen draußen in Verbindung, und so erfuhr der König bald, daß der Feind Sturmleitern von dreißig Fuß Länge baute.

Herr Aguar überlegte: Leitern von dieser Länge reichten gerade aus, um den schwächsten Punkt seiner Burg, nämlich die Spitze der Südmauer, zu besteigen. Also konnte der Angriff nur von dieser Seite kommen.

Sorgen brauchte sich der König deshalb keine zu machen, denn die Burg war gut gerüstet. Den ganzen Winter über hatte Prinz Eisenherz daran gearbeitet, die Abwehrkraft der Mauern noch weiter zu verstärken, und dabei auch einige Neuerungen eingeführt. So stand gerade auf diesem Teil der Mauer ein grob gezimmerter Wagen bereit, der an Seilen hin und her gezogen werden konnte. Von diesem Kriegsgerät sahen die Angreifer nichts weiter als ein unverdächtiges Rundholz, das über die Brustwehr ragte.

Hap-Atla war ein kluger Kriegsmann. Als seine Vorbereitungen soweit gediehen waren, ließ er einen Scheinangriff auf das Haupttor vortragen; eine halbe Stunde später begann dann aber auch gleich der richtige Kampf.

Auf der Mauer zeigte sich immer noch kein verteidigungsbereiter Mann, so daß die Angreifer ihre Sturmleitern ungehindert aufstellen und besteigen konnten. Kaum oben, wurden sie indessen wie von Geisterhänden wieder hinabgefegt. Zugleich zischte nun auch von dem höheren Innenwerk her ein Pfeilhagel auf sie nieder, der den Angriff rasch vollends erstickte. Als Hap-Atla hinterher von Verwundeten hörte, welchem Umstand er die Niederlage verdankte, knirschte er mit den Zähnen. „Wenn die Mauer unbesteigbar ist, greifen wir das Haupttor an", rief er in seinem Zorn und befahl, daß ein gewaltiger Rammbock gebaut werde.

Auch von diesem Vorhaben erfuhr Aguar über die Lichtzeichen und wollte schon veranlassen, daß das Tor von innen zugemauert werde, doch da trat Aleta wiederum dazwischen. „Verzeiht, Vater, ich denke immer, was würde Eisenherz tun, wenn er hier wäre? Ich denke, er würde eine Falle herrichten.

Lasset also alle Türen und Tore vermauern, die zum Hofe führen, nur eben das Haupttor nicht, denn dort hinein kommt die Klappe. Wenn sie zuschnappt, werden wir Hap-Atla fünfhundert Krieger abgenommen haben."

Der König trug es der einfallsreichen Prinzessin nicht nach, daß sie sich um das Kriegshandwerk kümmerte, was doch eigentlich eine Sache der Männer war. Da ihm Aletas ungewöhnlicher Vorschlag außerdem auch noch brauchbar schien, ordnete er sofort alles Notwendige an.

Eine Woche später begann dann der Rammbock sein Werk und schritt damit so rasch voran, daß das schwere Holzgefüge des Haupttores schon am zweiten Tage zusammenbrach. Hap-Atlas Männer stiegen zuerst nur zögernd über die Trümmer, dann aber, als ihnen auch hier niemand Widerstand bot, strömten sie in hellen Scharen durch das offene Tor, bis schließlich die Falle zuschnappte und fünfhundert ratlose Krieger den Innenhof füllten.

„Alles herhören!" donnerte da eine entschlossene Männerstimme aus einem Fenster. „Jeder legt die Waffen nieder! Keiner geht zum Haupttor! Wer nicht gehorcht, wird von unseren Bogenschützen erschossen!"

Hap-Atla selbst hatte an dem mißglückten Sturm nicht teilgenommen. Nun stand er draußen und mußte verzweifelt zusehen, wie der Rammbock von unsichtbar bleibenden Händen in Flammen gesetzt wurde und ein guter Teil seiner Männer in der Falle saß. Jeder Versuch, den Eingeschlossenen mit Gewalt zu helfen, wurde durch Pfeilschützen verhindert.

„Das ist doch unheimlich", stammelte er. „Ich möchte endlich wissen, was hier gespielt wird."

„Das kann ich sagen", berichtete da atemlos ein soeben ankommender Bote. „Das Heer von Thule überzieht unsere Dörfer mit Raub und Brand!"—

Indem nun die Dinge soweit gediehen waren, glaubte Herr Aguar, die Zeit für eine offene Feldschlacht gegen den Rest des Feindes sei gekommen, doch Aleta gab ihm anderen Rat. „Wenn wir Hap-Atla die Schmach der Niederlage bis zum letzten auskosten lassen, haben wir in einigen Jahren wieder Krieg", sprach sie und machte einen besseren Vorschlag.

Bald darauf fand einer von Hap-Atlas Männern draußen das Geschoß einer Bogenschleuder, um dessen Schaft ein Pergament gewickelt war; er brachte den Fund eiligst zu seinem Herrn, der so erfuhr, daß König Aguar um Friedensverhandlungen bitte. —

Nach einer schlaflos verbrachten Nacht wußte Hap-Atla immer noch nicht, was er von seiner Lage zu halten habe. Zuerst war er so sicher gewesen, daß er sogar seine Frau und sein Söhnchen aus der Heimat mitgenommen hatte, damit sie Zeuge seines Sieges werden könnten. Nun aber war alles ganz anders gekommen; er wußte nicht einmal, was ihm die nächste Stunde bringen würde, und die Furcht vor dem Ungewissen nagte an seinem Herzen. In dieser Not beschloß er, wenigstens zum Schein auf Aguars Angebot einzugehen. Ein Bote, den er mit einer Nachricht zum Burgtor sandte, brachte den Bescheid, daß Hap-Atla schon in einer Stunde erwartet werde.

Als der König zur angegebenen Zeit zwischen seinem Lager und der Burg stand, entließ das Haupttor statt eines erfahrenen Unterhändlers nur eine zarte Frau, die ganz in Weiß gekleidet war und ohne ein Zeichen der Furcht auf ihn zuschritt. Daß jeder Schritt Aletas von zahlreichen Bogenschützen überwacht wurde, wußte Hap-Atla freilich nicht.

„Wir treffen uns morgen zur gleichen Stunde in einem Zelt, das an dieser Stelle errichtet wird. Damit Ihr Euch sicher fühlen könnt, bringe ich meinen

auch wirklich eine Königin und von Kind auf zum Regieren erzogen. Doch kommt nun und lasset uns Frieden schließen. Ich möchte nicht erleben, daß wir uns wegen eines kalt gewordenen Essens zu verantworten haben."

Dieser Aufforderung folgte Hap-Atla nur widerwillig, denn er mußte an das dem sterbenden Vater gegebene Gelübde denken, das er nun nicht mehr einlösen konnte.

Als Aleta von dieser neuen Schwierigkeit erfuhr, setzte sie eiligst ein kurzes, aber inhaltschweres Dokument auf und legte es ihrem Schwiegervater mit einem schelmischen Augenzwinkern zur Unterschrift vor.

„Ich, König Aguar von Thule", so stand darin geschrieben, „verzichte hiermit zugunsten von König Hap-Atla auf Krone und Land."

Herr Aguar durchschaute nicht ganz, was Aleta bezweckte; weil er seine Schwiegertochter aber soweit kannte und ihr keine unbedachte Handlung zutraute, unterschrieb und besiegelte er ohne zu zögern dieses merkwürdigste Dokument, das ihm jemals in seinem Leben vorgelegen hatte.

„Herrlich!" rief da Aleta und klatschte vor Freude in die Hände. „Nun habt Ihr Euer Gelübde erfüllt; es wird also keinen Krieg mehr geben zwischen unseren Ländern."

Indem Hap-Atla noch verwirrt auf die Urkunde starrte, holte Aleta ein zweites Dokument hervor. „Nun unterschreibt auch gleich Eure Abdankungsurkunde", meinte sie harmlos lächelnd. „Euer Gelübde ist ja erfüllt."

Hap-Atla wollte zornig hochfahren, doch da gab ihm ein Vorhang den Blick auf zwei Henker frei. „Ihr habt uns mitten im Frieden überfallen", sagte die Prinzessin, und ihre Stimme klang nun messerscharf. „Wollt Ihr die Strafe dafür erleiden oder lieber unterschreiben?"

Angesichts dieser Drohung besann sich Hap-Atla endlich auf sein besseres Ich, und so kam es nun doch noch zu einem versöhnenden Frieden. Zum Glück der Streithähne war das Mittagessen inzwischen nicht kalt geworden. —

Während Aleta die Verhältnisse in Thule auf so ungewöhnliche Weise

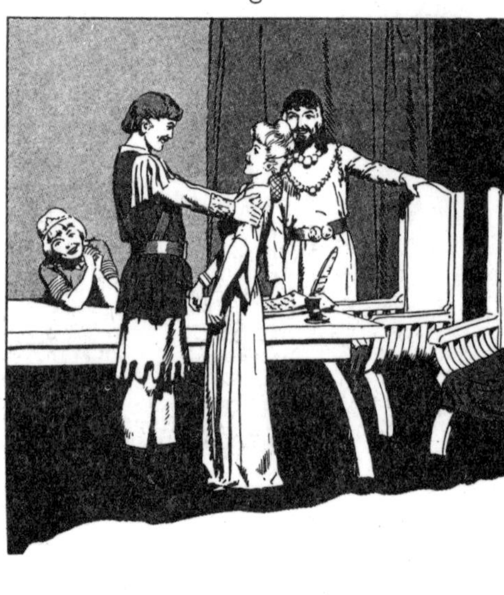

ordnete, schwamm des Prinzen Schiff bereits im Unterlauf der Seine und erreichte bald darauf Paris, wo sich die Gefährten mit allem ausrüsteten, was sie für die lange Landreise benötigten. Besonderen Wert legten sie auf schnelle Pferde, mit denen sie flott vorankommen und sich im Notfall auch einmal einer Gefahr entziehen konnten. Für sich selber wählte Eisenherz einen prächtigen Schimmel, der Araberblut führte und auf den Namen „Ramud" hörte.

So ausgerüstet verließen sie die Hauptstadt schon am andern Tag auf dem nach Lyon führenden Weg. In ihrem Gefolge ritten zwei Diener, die Eisenherz noch im letzten Augenblick angeworben hatte.

Wie gefährlich das Reisen in Gallien zu jenen Zeiten war, erwies sich gleich vor den Toren der Stadt. In einem Laubwald, den die Gefährten etwas zu sorglos durchritten, sahen sie sich unversehens von einer Räuberbande umzingelt und angegriffen. Einer der Burschen brachte sogar die Frechheit auf, dem vorausreitenden Prinzen in die Zügel zu fallen.

Das arbeitsscheue Gesindel aus der Stadt hatte nun freilich nicht damit gerechnet, in dieser Gegend auf Kämpfer zu stoßen, von denen im Notfall auch jeder einzelne mit dem ganzen Haufen fertiggeworden wäre. Die üblen Gesellen empfingen im Handumdrehen so viel Prügel und Wunden, daß ihnen das Verlangen nach anderer Leute Gut wohl für längere Zeit vergangen war. Leider hatte auch Egil eine leichte Wunde am linken Unterarm empfangen, die ihm der geschickte Arf verbinden mußte.

„Ein netter Empfang", meinte Eisenherz hinterher, während er sein Schwert reinigte. „Ich fürchte, wir werden auch in diesem Land unsere Augen offenhalten müssen."

Nach der unfreiwilligen Unterbrechung ritten die Freunde unter Wahrung aller Vorsicht dahin. Sie wußten jetzt, daß hinter jedem Busch Wegelagerer lauern konnten.

Weiter im Südosten mehrten sich die Zeichen für die im Lande herrschende Unsicherheit. Die Bauern konnten dort nur noch bewaffnet und in kleinen Gruppen auf die Felder gehen, wenn sie nicht Opfer umherziehender Banden werden wollten.

Tief beeindruckt wurde Eisenherz von einem Erlebnis, das ihm in einem dieser südlichen Dörfer begegnete. Zuerst sah es aus, als wäre die breite Dorfstraße völlig menschenleer, doch dann entdeckte der Prinz ein junges Weib, das mit seinem Kinde Wasser aus dem Ziehbrunnen holte. Wie nun diese Frau fast gleichzeitig auch die Reiter gewahrte, da ließ sie den bereits gefüllten Kübel stehen und lief laut schreiend Hals über Kopf davon. Nicht einmal der freundliche Zuruf des Prinzen konnte sie zum Stehenbleiben oder wenigstens zum Umschauen bewegen.

„Wie groß muß doch die Furcht dieser Menschen sein, daß sie vor jedem Fremden weglaufen", sagte Eisenherz hinterher voller Mitleid zu seinen Gefährten. „Ich fürchte, wir werden auf unserer Reise noch manchen Anblick zu sehen bekommen, der uns nicht gefällt."

Des Prinzen bange Ahnung erfüllte sich schon beim nächsten Dorf oder vielmehr an der Stelle, wo dieses Dorf einstmals gestanden hatte. Jetzt lag die Siedlung niedergebrannt und völlig ausgestorben da.

Das grausame Zerstörungswerk konnte noch nicht lange geschehen sein, denn aus der Asche und den Trümmern der Hütten zuckten immer noch kleine Flämmchen, wenn der Wind darüberstrich. —

Einige Tage später wurden die Freunde auch selber in ein Abenteuer verwickelt, das aber mehr komisch als ernst verlief. Sie fanden die Grenze von Boisanien, einem winzigen Königreich, durch einen alten Wachtturm aus der Römerzeit versperrt. Zahlreiche Schilder an den brüchigen Mauern zeigten an, daß der Herrscher des Landes ein gerissener Geschäftsmann sein mußte.

Die Wächter erhoben sich träge von ihren Bänken und musterten die Fremden mit zudringlichen Blicken. Schließlich ergriff der Anführer das Wort: „In unseren Bergen ist es leider unsicher, es hausen da Räuberbanden. Für ein geringes Wegegeld geben wir Euch aber gerne Waffenschutz bis zur jenseitigen Grenze."

Von einem solchen Schutz hielt der Prinz nicht eben viel, aber er war neugierig darauf, wie die Erpressung weitergehen sollte, und erkundigte sich deshalb nach dem Preis, worauf ihm der Anführer eine geradezu unverschämte Summe nannte.

„Mein lieber Freund", sagte Eisenherz gelassen darauf, „so viel Geld, wie ihr verlangt, kann uns kein Räuber abnehmen. Wir wollen also versuchen, eure ungesunde Gegend auf eigene Faust zu durchqueren."

„Das werdet Ihr noch bereuen!" drohte da der Anführer, ließ die Fremden nun aber doch ungehindert ihres Weges ziehen.

„Wieso bereuen?" fragte der Prinz im Weiterreiten und faßte sich an den Kopf. „Wie kann dieser Bursche denn schon im voraus wissen, daß wir etwas bereuen werden? Ist er vielleicht ein Prophet? Setzt euren Weg langsam fort. Ich reite mit Arf noch einmal zurück."

Als der Wachtturm wieder in Sicht kam, versteckte Eisenherz den Knappen mit den Pferden in einem Gebüsch und schlich sich vorsichtig weiter. Bald konnte er, ohne selber gesehen zu werden, beobachten, wie die Wächter ihre Uniformen mit zerschlissenen Banditenkleidern vertauschten.

Damit wußte der Prinz, wie er die Bemerkung des Anführers zu deuten hatte. Er wartete bei Arf im Versteck, bis die Verkleideten vorüber waren, dann folgte er ihnen in der notwendigen Entfernung.

Die Banditen benützten die Hauptstraße nur ein kurzes Stück und bogen bald in einen Saumpfad ein, der zwar ziemlich steil, aber offenbar auch wesentlich kürzer als die vielfach gewundene Straße war. Von einer Stelle aus konnte der Prinz beobachten, wie Egil und Rufus mit den Dienern in der Tiefe so gemächlich ihres Weges zogen, als hätten sie keine Ahnung von der ihnen drohenden Gefahr.

Nach einiger Zeit führte der Saumpfad durch eine Schlucht zur Straße hinab. Dort legten sich die Banditen in einem Hinterhalt auf die Lauer.

Der Platz war zwar von Natur aus wie geschaffen für einen Überfall; nun aber, da der Prinz schon im Rücken der Banditen stand, hatten diese keinerlei Aussichten auf einen Erfolg mehr.

Als sich Egil und Rufus dem Hinterhalt näherten, rief eine Stimme aus der Höhe: „Aufgepaßt, Freunde! Es geht los!“ Gleichzeitig stürmten der Prinz und Arf mitten in den erschrockenen Haufen hinein.

Die waffengewohnten Männer aus dem Norden teilten fürchterliche Schläge aus; für sie war der Kampf gegen das Gesindel kaum mehr als eine gute Übung. Unter diesen Hieben kamen die Räuber zu keiner Gegenwehr; da sie ihre Pferde in der Schlucht zurückgelassen hatten, war auch an ein Entweichen nicht zu denken. So warfen sie denn einfach die Waffen weg und wimmerten um Gnade, worauf der Prinz den einseitigen Kampf abbrechen ließ.

Hinterher vermißte Eisenherz die aus Paris mitgebrachten Diener, die offenbar schon beim Beginn des Kampfes davongelaufen waren. Leider stellte sich zugleich noch heraus, daß mit den Knechten auch die Packpferde verschwunden waren. Das war ein empfindlicher Verlust, aber Eisenherz tröstete seine Gefährten. „Ich habe das Gefühl“, meinte er grimmig, „daß wir heute noch einem Manne begegnen, der uns den Schaden ersetzt.“

Danach wandte er sich an die Banditen: „So, und ihr seid nun so freundlich, uns den Weg zu eurem sauberen König Dumdribile zu zeigen. Wir möchten dem hohen Herrn einen Besuch abstatten!“

Die Verwundeten wurden vorläufig an Ort und Stelle zurückgelassen. Mit dem übrigen Haufen, der so eingeschüchtert war, daß er aufs Wort gehorchte, zog Eisenherz zu Dumdribiles Burg, deren Tor bereits offenstand. Ehe der Wächter begriff, wer eigentlich wen gefangen hatte, waren sie alle schon durch. Drinnen erteilte der Prinz seine Befehle, gerade als sei er selber der Herr des Ländchens: „Der Dicke da nimmt einen Wagen und holt die Verwundeten ab! Du begibst dich zu deinem König und erzählst ihm, daß wir im Thronsaal seien! Und du, Bursche, führst uns auf dem schnellsten Wege dorthin. Ich bitte mir aber aus, daß nicht verraten wird, wie euer Abenteuer ausgegangen ist. Wer dagegen handelt, baumelt noch heute am Galgen. Fort jetzt!“ —

Beim Betreten der Halle gab sich König Dumdribile noch sehr selbstbewußt, denn er ahnte ja nichts von seiner tatsächlichen Lage. Als der wohlgenährte Mann umständlich seinen Thron bestiegen und die Krone aufgesetzt hatte, rieb er sich die Hände und meinte schmunzelnd: „Aha, wir haben Gefangene. Wohlhabende Herren, wie ich schätze. Das wird schönes Lösegeld geben. Woher kommt ihr?“

Nach diesen Worten traten die Ritter näher und beugten sich schweigend, aber freundlich lächelnd, über den König, bis dieser unsicher wurde.

„Ihr tragt ja Waffen", rief Dumdribile schließlich erbleichend. „He, Wachen! Hereinkommen! Sofort alle entwaffnen und binden!"

Die Wächter erschienen zögernd unter der Türe, wagten sich aber nicht weiter vor. Und als der Prinz drohend fragte, ob sie vielleicht noch einmal Prügel möchten, da zogen sie sich auch gleich wieder zurück.

Ohne ein Wort zu sagen, hoben nun Egil und Rufus den König von seinem Sitz und drückten ihn auf einen dreibeinigen Hocker. Statt seiner bestieg Eisenherz den wackeligen Thron und sprach: „Als Räuber wirst du demnächst hängen; bis dahin darfst du aber noch unser Gast sein. Gehe nun auf dein Zimmer und lasse dich nicht mehr blicken, ehe wir dich rufen."
Dumdribile war vom Auftreten der fremden Ritter so beeindruckt, daß er willig gehorchte. Auf seinem Zimmer begann er dann bei einem Krug Wein nachzudenken; irgendwo mußte sich doch ein Ausweg finden lassen, der ihm den Hals rettete. Dabei geschah nun etwas recht Ungewöhnliches in Dumdribiles Leben: sein Gehirn arbeitete, er hatte einen Einfall!

Um sein Vorhaben rasch in Gang bringen zu können, bat Dumdribile die Ritter, ihnen ein Festmahl bereiten zu dürfen, an dem auch seine fünf Töchter teilnähmen. Der Prinz war damit einverstanden, und so saß man denn bald gemeinsam an der reichlich gedeckten Tafel.

„Diese meine Töchter", so sprach der König bei der Vorstellung, „sind nicht nur unvergleichlich schön, sondern auch erfahren in jeglicher Hausarbeit . . . also gerade die richtigen Frauen für edle Ritter."

„Ihr seid sehr großmütig", versetzte darauf der Prinz. „Ich bin aber leider schon verheiratet. Wie wäre es denn mit meinem Freund Egil?"

„Geht auch nicht“, erklärte dieser. „In meiner Heimat wartet ein Mädchen, dem ich schon seit Jahren versprochen bin. Vielleicht Rufus?“

„Oh, nein! Diese Prinzessinnen sind wirklich so unvergleichlich schön, daß ich keine durch die Wahl ihrer Schwester kränken möchte!“

Als sich schließlich noch Ottilie, des Königs jüngste Tochter, meldete und auf Arf deutend sagte: „Diesen da möchte aber ich haben, wenn ich einmal groß bin“, da war es mit des Königs Selbstbeherrschung vorbei. In seiner Wut und Enttäuschung warf er mit den auf dem Tisch stehenden Speisen um sich, als wollte er alles vernichten.

Nun war Prinz Eisenherz ein Mann, der eine solche Verschwendung nicht liebte. Um den Rasenden zur Vernunft zu bringen, schlug er mit seinem Löffel so geschickt auf den Stiel des im Brei steckenden Schöpfers, daß dem König gleich eine ganze Ladung des heißen Muses ins Gesicht flog.

Diese Gewaltkur half, und so konnte das Mahl beginnen. Des Königs erwachsene Töchter aßen und tranken, was das Zeug hielt; Ottilie dagegen brachte keinen Bissen hinunter und mußte immer nur auf Arf schauen.

Nach dem Essen ließ Eisenherz den Kastellan herbeischaffen, um ihn über die Insassen des Burgverlieses zu befragen. Der Alte stellte sich zuerst unwissend und behauptete, noch nie etwas von einem Kerker gehört zu haben. Als ihn der Prinz jedoch über die Mauer hängen und ein wenig zappeln ließ, kehrte ihm das Gedächtnis alsbald wieder.

Unten fand der Prinz dann traurig bestätigt, was er gleich von Anfang an vermutet hatte: alle Verliese waren dicht mit Gefangenen belegt. Unter den abgerissenen Gestalten, die nun aus den Gelassen wankten, befanden sich einige Bauern, über die der König geringer Vergehen wegen eine so harte Strafe verhängt hatte. Die meisten waren aber wohlhabende Kaufleute, von denen Dumdribile ein Lösegeld erpressen wollte.

Empört über soviel Schurkerei, warf Eisenherz den dickwanstigen König nun mit eigener Hand in eines der finsteren Löcher und gab ihm dadurch Gelegenheit, die Annehmlichkeiten eines solchen Aufenthaltes selbst zu genießen. Den Gefangenen aber teilte er mit, daß sie frei seien. Hernach bat er alle in die Halle, wohin er auch Dumdribiles Töchter kommen ließ.

Oben verkündigte er feierlich: „König Dumdribile ist wegen Unfähigkeit abgesetzt! Wer an seiner Stelle und als sein Schwiegersohn die Herrschaft übernehmen will, der trete vor! Hier stehen die reizenden Bräute.“

Dieses Angebot erschien zwei Händlern und zwei Bauern so verlockend, daß sie sich flugs um die Ehre bewarben. Da auch die Töchter einverstanden waren, ließ Eisenherz den abgesetzten König aus dem Verlies herbeischaffen, auf daß er zu allem seinen Segen gebe. Als dies geschehen war, wandte sich der Prinz an die neuen Herren und ermahnte sie: „Zwei von euch verstehen sich auf die Feldarbeit, die anderen auf das Geschäft. Das genügt vollauf, um so ein Ländchen zu regieren. Geräubert wird künftig jedenfalls nicht mehr!“

Schließlich hatte der Prinz auch noch eine eigene Rechnung zu stellen: er ließ sich von Dumdribile alles ersetzen, was die entwichenen Knechte aus Paris bei ihrer Flucht mitgenommen hatten.

Hoch befriedigt von dem Ausgang dieses Abenteuers, ritten die Freunde am anderen Morgen von dannen. An der jenseitigen Grenze stand ebenfalls ein Römerkastell. Die Besatzung wußte bereits, was mit Dumdribile geschehen war, und hatte deshalb ein schlechtes Gewissen. Ihrem Mienenspiel nach verspürten die Männer keine Lust auf einen Kampf.

„Treibt mir das Gesindel in die Berge", bat Eisenherz die Freunde, „Ich räuchere derweilen mit Arf die Räuberhöhle aus."

Während Egil und Rufus ihren Auftrag mit wenig Mühe, aber desto mehr Vergnügen erledigten, setzten Eisenherz und Arf das Holzwerk des Kastells in Brand. Dann ritten sie alle gemeinsam weiter. Dicht hinter der Grenze trafen sie zwei Bewaffnete, die ihnen freundlich zuwinkten.

„Schön, wie ihr die Bande vertrieben habt", meinte der eine lachend. „Jetzt brauchen wir hier überhaupt keinen Wachtposten mehr."

„Ja, habt ihr denn nur zu zweien gewacht?“ wunderte sich der Prinz.

„Gewiß! Das Gesindel da drüben wagt sich doch nur an harmlose Kaufleute; wir aber sind freie Bauern und wissen uns zu wehren.“

„Und wem gehört dieses Land?“

„Einstmals gehörte es dem gelehrten Herrn du Luc, und wir waren seine Leibeigenen. Dann aber hat er den Boden aufgeteilt und uns zum freien Nutzen überlassen. Wir besitzen auch Stimmrecht im gemeinsamen Rat. Doch kommt mit, unser Herr wird sich über Euren Besuch freuen . . .“

Sie fanden den Herr du Luc, einen schmächtigen, kahlköpfigen Mann, in der Halle einer halbzerfallenen Burg. Mitten im Raum stand ein mächtiger Tisch, der mit dem Handwerkszeug eines Gelehrten bedeckt war. Darüber hing ein großes Zeltdach zum Schutz vor Regen und Sonne.

Mit diesem Mann kam der Prinz rasch in ein Gespräch. „Ich habe eine geheimnisvolle Kraft entdeckt“, berichtete der Herr du Luc voller Stolz. „Leider beherrsche ich sie noch nicht ganz. Doch kommt; ich zeige Euch meinen Versuch.“

Eisenherz, der seinem väterlichen Freund Merlin schon oft beim Experimentieren zugeschaut hatte, war sehr neugierig auf die Künste des Herrn du Luc. So begaben sie sich denn zu einem kreisrunden Loch, das hinter dem Tisch in den Boden eingelassen war. Als alle Vorbereitungen getroffen waren, machte sich der Gelehrte an die Arbeit und erklärte dazu: „In dieses Loch lege ich zuerst eine tote Kröte, die in der letzten Vollmondnacht gefangen wurde. Darauf häufe ich die Scherben eines alten Ölkruges. Über beides gieße ich das Blut eines schwarzen Hahnes. Nun kommt noch mein wunderbares Pulver dazu . . . schaut! Jetzt nur noch die Zauberformel . . ."

Der Gelehrte murmelte etwas vor sich hin, das wie ‚abrakadabra' klang, und gab seinem danebenstehenden Gehilfen einen Wink. „Nun paßt auf, was gleich geschieht! Wir werfen einen glühenden Stein in das Loch, dann . . ."

Bums! da fuhr mit fürchterlichem Knall eine Stichflamme in die Höhe. Der Stein flog gegen die Decke, und die Männer wurden zur Seite geschleudert. Zum Glück traf der zurückfallende Stein nur die Tischplatte.

Als erster erhob sich Herr du Luc aus der Verwüstung; der angerichtete Schaden und die Gefahr, in die er seine Besucher gebracht hatte, störten ihn nicht. Im Gegenteil: er war sogar noch stolz auf den Erfolg seines Versuches und blätterte erregt in einem Buch, um nachzusehen, was er vielleicht falsch gemacht habe.

„Zu stark gewesen", meinte er schließlich. „Das nächste Mal werde ich n eine halbe Kröte

Auf einen zweiten Versuch wollten es Egil und Rufus indessen nicht ankommen lassen; sie bedrängten den neugierigen Prinzen vielmehr so lange, bis sich dieser zum sofortigen Aufbruch bereit erklärte. Ihrer Freude darüber wurde allerdings bald ein Dämpfer aufgesetzt. Der Prinz zeigte ihnen nämlich unterwegs eine dickbauchige Flasche aus Ton und erklärte dazu, daß ihm der Herr du Luc eine Probe seines magischen Pulvers geschenkt habe.

„Als Schüler des weisen Merlins", so meinte er später überlegen lächelnd am Lagerfeuer, „vermute ich, daß die von uns beobachtete Wirkung weder mit dem Hahnenblut noch mit der toten Kröte zusammenhängt, auch nicht mit den Scherben oder den Zaubersprüchen. Ich suche sie vielmehr im Pulver selber. Damit ihr mir das glaubt, werden wir einen Versuch ohne Hahnenblut, ohne Kröte und überhaupt ohne jeden magischen Plunder anstellen."

Dies gesagt, befestigte der Prinz die Flasche an einem mannslangen Stock und ließ sich damit neben dem bereits entfachten Lagerfeuer nieder. Zuerst versuchte er vorsichtig, nur einige Körnchen des Pulvers ins Feuer rieseln zu lassen; weil ihm das jedoch nicht gleich gelang, half er durch ein kräftiges Klopfen auf den Stock nach. Damit erzielte er nun einen doppelten Erfolg. Aus der Flasche löste sich ein großer Teil des Pulvers, das seinerseits wiederum eine heftige Stichflamme auslöste.

Als sich Egil und Rufus von ihrem ersten Schrecken erholt hatten und die angerichtete Bescherung sahen, warfen sie den Missetäter kurzerhand in den nahen Bach.

Nachdem der verdutzte Prinz dem Wasser wieder entstiegen war, gewahrte er erst genauer, was er mit dem feuerspeienden Teufelszeug des Herrn du Luc eigentlich angestellt hatte. Den stolzen Kriegern aus Thule war das Haupthaar, Zeichen und Zierde des freien Mannes, im Dienste der Wissenschaft so angesengt worden, daß sie wie schlechtgerupfte Hühner aussahen. Ernste Brandwunden hatte zwar keiner davongetragen, aber in diesem Zustand konnten sie nicht durch die Lande reiten. Der Prinz bat deshalb seinen Knappen, daß er ihnen allen die Haare vollends stutze; ein kahlgeschorener Schopf kam ihm weniger unordentlich vor als ein halbversengter.

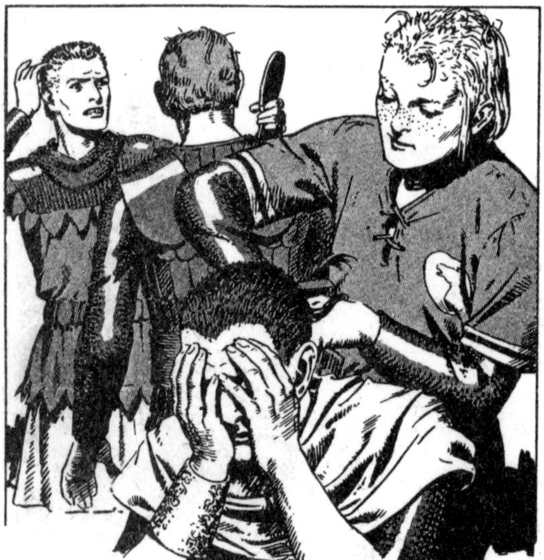

Diese Meinung schienen die Gefährten zu teilen, denn sie ließen sich die Schur wortlos gefallen. Die Verschönerung zog sich allerdings so lange hin, daß es Abend darüber wurde. Die kleine Gesellschaft konnte nicht weiterreiten und mußte ihr Lager im Freien aufschlagen, was die Laune von Egil und Rufus auch nicht gerade besserte. Einige Versuche des Prinzen, mit den Freunden wieder ins Gespräch zu kommen, wurden eisig übergangen. So aß man denn, jeder für sich, von den Vorräten aus den Satteltaschen und wikkelte sich schließlich unversöhnt in die Schlafdecken ein.

Richtig zur Ruhe kam der Prinz in dieser Nacht freilich noch lange nicht, denn es bedrückte ihn, daß er die Gesundheit der Gefährten so unbedacht aufs Spiel gesetzt hatte. Wie leicht hätte der dumme Versuch einem der Freunde das Augenlicht kosten können . . .

Schließlich schlief Eisenherz, nachdem er sich ernstlich ins Gewissen geredet hatte, mit der Absicht ein, sich für sein unverantwortliches Tun zu entschuldigen und künftig bedachtsamer zu sein.

Zum Weiterritt am anderen Morgen setzten alle ihre Helme auf, wenngleich der Tag recht heiß zu werden versprach. Der Prinz hielt sich bescheiden am Ende des Zuges; er wollte eine günstige Gelegenheit zur Aussöhnung abwarten, und diese fand sich noch am gleichen Vormittag.

Quer über eine Wiese lief ein buntscheckiger Jüngling, dem eine Laute über den Rücken hing, auf sie zu und rief schon von weitem: „Oh, helft mir, edle Herren, ein Habicht hat mein sanftes Täubchen geraubt!"

Die Ritter hielten den stutzerhaften Burschen zuerst für einen Menschen, der seine Sinne nicht ganz beieinander hatte, bis sie dann erfuhren, daß mit dem Täubchen ein goldblondes, blauäugiges Mädchen und mit dem Habicht ein Nebenbuhler des eifersüchtigen Troubadours gemeint war. Beide sollten sich in einem nahen Städtchen aufhalten.

Der Zwischenfall belustigte die Freunde so, daß sie ihren eigenen Zwist vergaßen und sich sofort zur Hilfe bereit erklärten. Ihrer Meinung nach mußte die Suche nach dem Mädchen ein herrlicher Spaß werden, den man sich nicht entgehen lassen durfte. Eisenherz bestimmte noch, daß jeder auf eigene Faust losgehe, dann zogen sie in das Städtchen ein.

Damit begann eine Reihe köstlicher Zwischenfälle, die von den Freunden noch nach Jahren belacht wurden. Als erster rutschte Arf im wahrsten Sinne des Wortes in das Abenteuer hinein. Während er spähend und lauschend durch die ihm zugewiesene Straße ritt, hörte er hinter einer Gartenmauer ein Mädchen singen.

„Das könnte vielleicht die Gesuchte sein“, murmelte er vor sich hin und erkletterte die Mauer vom Sattel aus.

Weil ihm aber ein Apfelbaum die Sicht verdeckte und er auch sehr romantisch veranlagt war, rutschte er auf einem Ast so weit hinaus, bis er das Mädchen sehen konnte; es war goldblond, und Arf zweifelte keinen Augenblick lang daran, die Richtige gefunden zu haben. Doch da brach der Ast, und der Späher plumpste inmitten eines Hagels von reifen Äpfeln zu Boden, genau vor die Füße des höchst erstaunten Mädchens hin.

Dieses Mißgeschick konnte seinen Eifer indessen nicht dämpfen. „Fliehe mit mir!“ sagte er vielmehr keck, als er wieder auf den Füßen stand. „Dein Liebster hat mich gebeten, dich aus den Krallen des Habichts zu befreien; voller Sehnsucht erwartet er dich auf einem Hügel draußen vor der Stadt.“ Das Mädchen war offenbar genauso romantisch veranlagt wie ihr Retter

und folgte diesem ohne zu zögern oder Zweifel zu hegen über die Mauer. Auf den Gedanken, daß für die Flucht auch das offenstehende Gartentor benützt werden könnte, kamen beide nicht . . .

Zur nämlichen Zeit entdeckte Eisenherz am Fenster eines vornehmen Hauses ebenfalls ein Mädchen mit goldblondem Haar. „Wenn ich Euch zu Eurem Freund bringen soll, so steigt herab zu mir. Ihr werdet draußen vor der Stadt schon von ihm erwartet."

„Wie reizend", meinte das Mädchen. „Ich bin gespannt, welcher es ist." Über diese Bemerkung machte sich der Prinz keine Gedanken; er setzte das Mädchen vielmehr bedenkenlos zu sich aufs Pferd und sprengte davon. —

Weit aufregender vollzog sich Egils Rettungswerk. Ihm begegnete nämlich eine von vier Mohrensklaven getragene Sänfte, in der er bei genauerem Hinsehen ein drittes Mädchen mit goldblondem Haar entdeckte. Kurz entschlossen griff er zu und riß die sich heftig sträubende Schöne auf sein Pferd, ohne des Geschreies der bestürzten Mohren zu achten.

Schließlich fand auch Rufus noch ein blondes Mädchen, das tändelnd und scherzend an der Seite eines schwarzbärtigen Mannes ritt. Dem rauhen Krieger aus Thule schien der Fall klar zu sein, und weil er ohnedies nie viel Federlesens machte, ritt er mit drohend geschwungenem Schwert zwischen das Paar, riß dem Mädchen die Zügel aus der Hand und stürmte davon, ehe sich der Schwarzbart von seinem Schrecken erholen konnte.

Während dies noch geschah, fanden sich die drei anderen Gefährten mit den entführten Mädchen fast gleichzeitig bei dem Troubadour ein. Nun freilich gab es ein großes Staunen und Erwachen. Den Mädchen war der Sänger, der im ganzen Städtchen als ein närrischer Vogel galt, zwar wohlbekannt, aber zu tun haben wollte keine etwas mit ihm. Allein schon die Zumutung, daß dem so sein könnte, wiesen sie entrüstet zurück. Mit recht unterschiedlichem Temperament allerdings, die eine war zornig, die andere freute sich wie ein Kind, und die dritte gar wurde von einem Lachen so geschüttelt, daß sie sich hinterher erschöpft an des Prinzen Brust lehnen mußte.

Dem jungen Stutzer schien es höchst gleichgültig zu sein, daß die Fremden um seinetwillen so viel unnützen Aufwand getrieben hatten. Er dachte nicht einmal daran, ein Dankeschön zu sagen, sondern bemerkte nur von oben herab: „Oh, was seid ihr doch für närrische Tölpel. Nicht einer hat die Richtige gefunden. Mein holdes Täubchen ist doch tausendmal schöner als eure drei zusammen."

Ob dieses unhöflichen Hinweises waren die Mädchen nahe daran, dem aufgeblasenen Gecken ins Gesicht zu springen, doch kamen sie nicht mehr dazu, denn vom Städtchen her ritt nun Rufus mit dem vierten Mädchen im gestreckten Galopp herbei.

Der Troubadour hatte kaum richtig hingeschaut, da sprang er auch schon auf die Füße und lief den Ankommenden entgegen. „Ach, du mein Täubchen!" rief er ganz verzückt. „Oh, du mein Sonnenstrahl! Nun bist du endlich zu mir zurückgekehrt!"

Die Antwort, die ihm das vom Pferd gleitende Mädchen alsbald gab, war unmißverständlich und endgültig: Indem der aus allen Fugen geratene Jüngling noch zum Empfang die Arme ausbreitete, entriß ihm die angebetete Schöne die Laute und schlug sie ihm so heftig über den Schädel, daß das gute Stück in hundert Fetzen zerbrach und sich mit seinen Resten wie eine Krause um den Hals des jäh ernüchterten Liebhabers legte.

„So, das hast du für dein läppisches Gewimmer und deine Nachstellerei", rief sie hinterher in ihrer Empörung. „Und sollte es dir noch nicht reichen, so brauchst du's nur zu sagen, du scheckiger Hampelmann!"

Der so belehrte Troubadour kam indessen nicht dazu, seine diesbezüglichen Wünsche zu äußern, denn dem Schauplatz näherte sich nun ein Haufen Volkes, dem man schon von weitem ansah, daß es nichts Gutes im Schilde führte. Um blutigen Auseinandersetzungen aus dem Weg zu gehen, zog es der Prinz vor, sich mit den Gefährten eiligst aus dem Staube zu machen. —

Einige Tage später erreichten sie die am Zusammenfluß von Rhône und Saône gelegene Stadt Lyon, um deren Besitz die aus dem Norden und Nordosten Europas nach Südfrankreich einsickernden Wandervölker schon seit langem kämpften. Vorläufig war der stark befestigte Platz allerdings noch von römischen Legionen besetzt, deren überlegene Kriegskunst trotz der abgesunkenen Kampfmoral für die Verteidigung ausreichte. Beim Durchschreiten der Stadt gewann Eisenherz freilich den Eindruck, daß diese dem sterbenden Rom, genauso wie viele andere Städte in jener Zeit, nur noch als verlorener Außenposten galt, den man über kurz oder lang doch aufgeben würde.

Auf der ganzen Stadt lastete eine so gedrückte Stimmung, daß sich der Prinz nicht länger darin aufhalten mochte, als er unbedingt brauchte, um seine Ausrüstung zu vervollständigen. Dann ritt er mit den Gefährten am linken Ufer des Stromes gleich weiter nach Süden. Die alte, von den Römern ausgebaute Straße war zwar noch einigermaßen brauchbar, doch zeigten sich an ihren Rändern überall die Spuren der Völkerwanderungen und der durch diese entfesselten Kämpfe. Obschon der Prinz an die Schrecken des Krieges gewohnt war, gab es ihm immer wieder einen Stich durchs Herz, wenn er an einem niedergebrannten Gehöft vorbeikam oder wenn die Aasvögel von einem am Straßenrand liegenden Kadaver aufstiegen.

Bald sollteEisenherz die Männer, die solche Verwüstung angerichtet hatten, auch selber zu Gesicht bekommen; er stieß mit seinen Gefährten auf die Nachhut eines baltischen Stammes, der durch das Rhônetal nach Süden zog.

gütige Abt alle vorhandenen Felle hergegeben habe, nur um den Fremden zu helfen. Auf seine Frage, ob denn die Tiere so selten seien, wurde ihm beschieden: „Selten gerade nicht, aber leider so scheu, daß sie auch den geschicktesten Jäger kaum auf Schußweite herankommen lassen."

Mit dieser Erklärung gab sich der Prinz indes nicht zufrieden, denn er hatte das Gefühl, daß er das wertvolle Geschenk nicht hinnehmen dürfe, ohne versucht zu haben, dem Kloster wenigstens einen Teil der Felle zu ersetzen." „Verratet mir, wo die Gemsen stehen", bat er deshalb, „vielleicht kann ich Euch doch einige Felle beschaffen."

Der Alte trat ans Fenster und wies hinauf in die Berge. „Dort oben hausen die Tiere, aber allein findet Ihr nicht hin. Am besten wär's, Ihr bätet den Abt um einen Führer, der Euch wenigstens bis zur Baumgrenze bringt."

Eisenherz folgte dem Rat und trug dem Abt unverzüglich seine Bitte vor, die ihm dieser gerne erfüllte. Beim Aufstieg berichtete Paul, der mitgegebene Führer, was er selber über die Gemsen wußte, und das war eine ganze Menge, darunter freilich auch die Erfahrung, daß kaum einmal ein Jäger mit mehr als einem Tier aus den Bergen heimgekehrt war.

An der Baumgrenze angekommen, schickte der Prinz seinen Begleiter zurück, denn er wollte das scheue Wild nicht unnötig vergrämen. Da die Jagd erst im Morgengrauen beginnen konnte, richtete er sich für die Nacht ein behagliches Lager ein. Gut ausgeruht stieg er dann schon im Frühlicht weiter bis zu einer Matte, die ihm Paul zugewiesen hatte. Dort legte er sich, gedeckt durch einige Felsblöcke, auf die Lauer. Seine Geduld wurde auf keine lange Probe gestellt. Bald erschien das Rudel, allen voraus ein starker Bock.

Nun galt es! Wenn der Bock den Jäger witterte und das Rudel warnte, wäre alle Mühe vergebens gewesen. Doch der Wind wehte von den Bergen zu Tal und hätte für die Absichten des Prinzen nicht günstiger stehen können.

Ganz langsam kam der Bock näher, äsend und zwischendurch immer wieder sichernd. Ein rascher Schuß hätte ihn jetzt erreicht, aber der Prinz wußte, daß er noch nicht handeln durfte. Jede Voreiligkeit konnte das Rudel in alle Winde zerstreuen und so dazu führen, daß Eisenherz, genau wie die meisten Jäger vor ihm, nur mit einem einzigen Tier heimgekehrt wäre. Also mußte er warten, bis seine Zeit gekommen war. Und sie kam! Der Bock zog durch eine Lücke zwischen den Felsblöcken und geriet so in des Prinzen nächsten Schußbereich. In diesem Augenblick schwirrte der Pfeil von der längst gespannten Sehne und fällte das Tier, ohne daß das Rudel etwas davon merkte.

Den Prinzen dauerte das edle Wild, doch er brauchte die Felle für die Mönche und mußte die Jagd fortsetzen. Also kroch er im Schutze der Felsblöcke vorsichtig an seine Beute heran und richtete sie mit Hilfe eines Steckens so auf, daß sie dem noch weiter abstehenden Rudel einigermaßen unverdächtig vorkommen mußte. Die anderen Tiere warfen in der Tat auch nur kurz die Köpfe hoch, dann ästen sie, da vom Bock kein Warnton kam, beruhigt in der Richtung auf den Prinzen zu weiter.

Die nächste halbe Stunde wurde für Eisenherz zu einer harten Geduldsprobe, während der er in seinem Versteck hinter den Felsen kaum richtig schnaufen, geschweige denn sich rühren durfte. Endlich hatte sich das Rudel aber doch so weit genähert, daß er aufspringen und eine blitzschnelle Folge von drei weiteren Schüssen anbringen konnte, von denen jeder sein Ziel erreichte. Die übrigen Gemsen verschwanden im Nu in den für den Menschen unzugänglichen Felsen des Talhanges.

Damit war die erfolgreiche Jagd zu Ende. Eisenherz zog dem Bock und einem älteren Tier die Decken ab; die beiden jüngeren Gemsen wollte er des begehrten Fleisches wegen ganz mit ins Kloster nehmen.

Über diesen Arbeiten war es Spätnachmittag geworden. Da der Prinz das Lager an der Baumgrenze noch vor dem Einbruch der Nacht erreichen wollte, hängte er sich die Beute und den entspannten Bogen über die Schultern und stieg, zufrieden vor sich hinpfeifend, das Hochtal hinab.

Bei diesem vergnüglichen Dahinschreiten dachte Eisenherz schon an den saftigen Gemsenbraten, den er sich am Lagerfeuer als Nachtmahl bereiten wollte. Zu solchen Genüssen kam er an diesem Tag aber nicht mehr, denn plötzlich stand ihm ein wild aussehender Kerl im Weg, der den Bogen schußbereit in der Hand hielt und seinem ganzen Aussehen nach zu der Horde aus dem Rhônetal gehören mußte.

Diese Begegnung war höchst unerfreulich. Der Prinz hatte damit gerechnet, in der Einsamkeit der Berge vielleicht einem harmlosen Braunbären, niemals aber einem feindlichen Menschen zu begegnen. Nun stand er mit entspanntem Bogen und sonst nur mit einem kurzen Dolch bewaffnet vor einem Manne, über dessen Absichten kein Zweifel herrschen konnte. Eine Verständigung durch Worte war auch nicht möglich, denn der Fremde bediente sich einer Sprache, die Eisenherz nicht verstand. Immerhin konnte er den Gesten des wilden Kriegers entnehmen, daß es diesem zunächst hauptsächlich auf die Gemsen ankam.

Darauf baute der Prinz seinen Plan; er tat, als wollte er seine Beute freiwillig niederlegen, im letzten Augen-

blick schleuderte er dem Fremden jedoch eine der Gemsen mit einem überraschenden Schwung ins Gesicht. Der so gereizte Mann schaute mordgierig herauf und hob langsam den Bogen; er war sich seines Opfers sicher.

Weil Eisenherz wußte, daß Wut ein schlechter Ratgeber ist, brachte er den anderen durch ein höhnisches Lachen vollends zur Raserei. Und da flog, wie erwartet, auch schon der Pfeil. Den Prinzen freilich traf er nicht, denn dieser hatte bei seinem gefährlichen Spiel die Gemse hochgerissen, die nun statt seiner durchbohrt wurde.

Ehe der Fremde abermals anlegen konnte, sauste Eisenherz in einem gewaltigen Hechtsprung zu ihm hinunter, riss noch in der Luft den Dolch aus dem Gürtel, und dann wurden beide von der Wucht des Zusammenpralls in ein Schneefeld gerissen, das sich im Schatten der Felsen vom Winter her gehalten hatte. Damit war der Kampf entschieden.

Dieses Sieges konnte der Prinz indes nicht lange froh sein. Als er schon dabei war, seine verstreut herumliegende Habe wieder zusammenzuraffen,

Ein Blick ins Tal belehrte ihn, daß sein Gegner die Berge nicht allein durchstreift hatte. Nun kamen seine Gesellen nach und sperrten ihm den Rückweg. Um Zeit zu gewinnen, spannte Eisenherz seinen Bogen und schickte den Angreifern drei Pfeile entgegen. Damit traf er auf die Entfernung zwar niemand, aber der Gegner antwortete mit einer Vielzahl von Schüssen, so daß der Prinz einen reichen Vorrat an Pfeilen einsammeln konnte.

Nun mußte Eisenherz an seine Rettung denken. Talaufwärts wollte er sich von der Übermacht nicht treiben lassen, denn irgendwo wäre es ja doch zu einem Zusammenstoß gekommen, bei dem er nur geringe Aussichten gegen die im Kampfe sicher nicht zu verachtende Schar gehabt hätte.

Also entschloß sich der Prinz, einen Weg durch die Felsen zu suchen. Dorthin konnten ihm die Gegner vielleicht einzeln, gewiß aber nicht mit ihrer Masse folgen. Ein schneebedecktes Felsband führte ihn zuerst rasch aufwärts, dann aber brach der natürliche Pfad an einer Steinmasse unvermittelt ab. Nach vorsichtigem Herumtasten fand Eisenherz indes heraus, daß das Band auf der anderen Seite weiterlief; er brachte seine Beute einzeln hinüber und erreichte so einen Ferner, dessen Schnee von der Sonne schon sehr aufgeweicht war. Noch weiter drüben lockte ein Felsvorsprung; aber konnte der Prinz das brüchige Feld so nahe am Abgrund überqueren?

Er mußte und ging vorsichtig weiter! Schließlich, da er den Felsen fast schon greifen konnte, begann der Schnee verdächtig zu knirschen. Mit einem letzten Sprung erreichte Eisenherz gerade noch die Platte, aber im Ferner klaffte nun ein langer Riß. Fürs erste war der Prinz also in Sicherheit, zumal ihm eine Höhlung im Felsen leidlichen Schutz vor dem Wind gab. Die Nacht

wurde aber besonders gegen Morgen so bitterkalt, daß er auf seiner Platte, um nicht zu erfrieren, immer wieder die tollsten Tänze aufführen mußte. Hinterher konnte er selber nicht mehr genau sagen, wie er über diese Stunden gekommen war.

Als er dann im Morgengrauen steif gefroren aus seinem Loch kroch, sah er, daß seine hartnäckigen Gegner immer noch im Hochtal lauerten. Die nächtliche Kälte hatte den Schnee so gefestigt, daß sie Stufen hineinhauen und auf diese Weise dem Prinzen wieder näher kommen konnten.

So begann der Kampf aufs neue. Eisenherz besaß in der Felsplatte einen festen Halt und gute Deckung, die anderen dagegen standen fast wie Zielscheiben auf dem offenen Schneehang. Trotzdem konnte es der Prinz auf keine lange Auseinandersetzung ankommen lassen; er wußte nur allzu genau, was eine zweite Nacht im Freien für ihn bedeutet hätte.

Eine Flucht über die Fortsetzung des Ferners jenseits der Platte wäre einem Selbstmord gleichgekommen, denn dieses Feld beherrschten die Gegner völlig mit ihren Pfeilen.

Als sich der Prinz nachdenklich den Weg anschaute, auf dem er gekommen war, machte er eine folgenschwere Entdeckung. Die Spalte hatte sich seit

dem Hellwerden unter dem Einfluß der Sonne merklich verbreitert. Wenn man da nachhelfen könnte? Unter Umständen würde schon ein Felsbrocken genügen, um die Wächte zu lösen. Gedacht, getan! Eisenherz nahm den größten Brocken, den er finden konnte und schleuderte ihn hinunter. Und da geschah es: zuerst löste sich nur ein kleiner Block, dann folgten größere Flächen, und schließlich fuhr das ganze Schneefeld unter heftigem Getöse zu Tal, alles begrabend, was sich ihm entgegenstellte. Nun konnte der Prinz endlich den Rückweg zum Kloster antreten, wo er schon in größter Sorge erwartet wurde.

Nach diesem gefährlichen Zwischenfall gönnte sich der Prinz bei den Mönchen noch einige Tage der Erholung, dann aber hieß es Abschied nehmen von dem Kloster und seinen freundlichen Insassen.

Zuerst war es für Eisenherz und seine Gefährten eine Lust, dahinzuwandern, denn sie konnten einen gutgebahnten Pfad benützen, der an der rauschenden Isère entlang zu den hochgelegenen Sommerweiden des Klosters führte. Die saftigen Almen lagen friedlich unter der warmen Sonne, aber ringsum stiegen die Gletscherberge unnahbar gegen den Himmel.

Einen Tag später zogen sie schon durch ein Gebiet, in dem es weder Gras noch Baum mehr gab. Vor ihnen dehnte sich ein mächtiger Gletscher, den sie mühsam umgehen mußten. Mensch und Tier keuchten unter diesen Anstrengungen, zumal die Luft mit zunehmender Höhe immer dünner wurde und die Sonne unbarmherzig brannte. „Das Wetter wird wohl bald umschlagen", meinte Paul, der bedächtige Führer, und schaute stirnrunzelnd zu den lawinengefährdeten Hängen hinauf.

Das letzte Wort war kaum gesprochen, da gewahrten die Männer, wie sich hoch an der Bergflanke eine Lawine löste und, immer größer werdend, zu Tal fuhr. „Weg!“ rief Paul, indem er die anderen in die Deckung einer Felswand riß, und da donnerte auch schon der weiße Tod in einer kurzen Entfernung an ihnen vorbei.

Als sich der Schneestaub gelegt hatte, sahen sie, daß der Weg zum Paß mit metertiefem, losem Schnee bedeckt war, in dem Mensch und Tier hilflos versunken wären.

„Wenn wir die Nacht überstehen, wird sich der Schnee gegen Morgen so gefestigt haben, daß wir hinüberkommen“, sagte Paul. „Dann wäre es bis zur Paßhöhe nicht mehr weit.“ Da niemand einen besseren Rat wußte und auch schon die Dämmerung einfiel, ließ der Prinz zwischen den Felsen ein geschütztes Lager einrichten, in dem sie dicht aneinandergedrängt die Nacht verbrachten. Als endlich der sehnlichst erwartete Morgen graute, löste sich einer um den anderen wohlbehalten aus dem Knäuel von Leibern, das sie zu ihrem Schutz gebildet hatten; nur Arf schien etwas stärker mitgenommen zu sein.

Beim Weitermarsch erwies sich bald, daß der Lawinenschnee kein unüberwindliches Hindernis mehr bildete; sie erreichten schon nach zwei Stunden die Paßhöhe am Kleinen Sankt Bernhard. Hinter ihnen lag Frankreich, vor ihnen Italien, doch der Nebel ließ noch keine Sicht zu. Dann aber kam ein Wind auf, der die Schleier auseinanderriß und einen majestätischen Ausblick enthüllte: aus der Wolkendecke in der Tiefe stießen der Montblanc, der Große Sankt Bernhard und der Gran Paradiso gegen den strahlend blauen Himmel.

Der Weg talabwärts führte mitten hinein in die Wolkenbank. Am Nachmittag kam Regen auf, der später in ein heftiges Schneegestöber überging; auch wurde es bald so dunkel, daß der Zug zum zweitenmal ein Notlager beziehen mußte.

Nach dieser bitteren Nacht schien zwar die Sonne wieder, aber Arf war so erschöpft, daß er beim Weitermarsch von den anderen gestützt werden mußte. Schließlich erreichten sie die Vegetationsgrenze. Die Tiere fanden Futter, und die Männer trockneten ihr Zeug an rasch entfachten Feuern. Eisenherz und Paul jedoch untersuchten den stöhnenden Knaben.

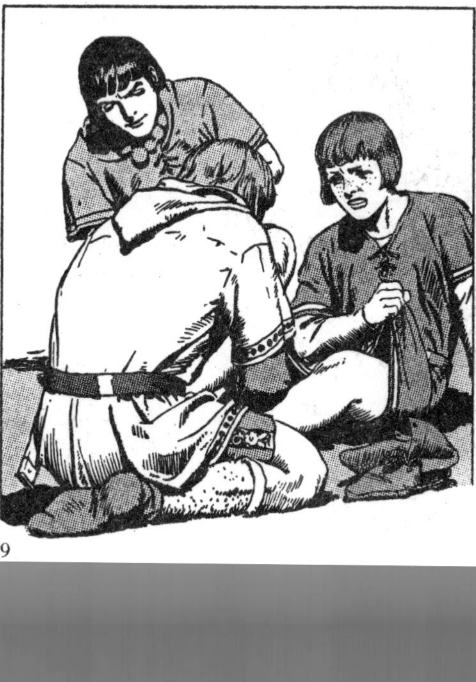

Arfs Füße waren dick geschwollen und dunkel verfärbt — ein unverkennbares Zeichen für schwere Erfrierungen. Die beiden Helfer wußten, daß höchste Eile geboten war, wenn sie dem Jungen seine gesunden Gliedmaßen erhalten wollten, und spornten die anderen, die ja auch erschöpft waren, zur Beschleunigung des Weitermarsches an. Zum Glück wurde der Weg nun etwas besser, so daß sie den halb ohnmächtigen Patienten auf eines der Pferde setzen konnten.

So erreichten sie das grüne Tal der Dora Baltea und bald darauf auch das uralte Städtchen Aosta, das für alle, die damals über den Kleinen St. Bernhard kamen, wie ein rettender Hafen war.

Ein einfacher Landarzt behandelte Arf sofort, mußte aber gestehen, daß seine Mittel für eine endgültige Rettung nicht ausreichten. Er empfahl deshalb, den Kranken möglichst bald nach Turin ins Hospital zu schaffen. „Die Ärzte dort sind für so schwere Fälle besser eingerichtet als ich“, erklärte er. „Vielleicht gelingt es ihnen, dem Jungen wenigstens das Leben zu erhalten.“

Also ritten sie weiter nach Turin, wo der Prinz seinen Freund auf eigenen Händen ins Spital trug und sofort die Ärzte zusammenrufen ließ.

Der Untersuchungsbefund war niederschmetternd. „Wenn wir den Knaben überhaupt retten können, dann werden bis zu seiner endgültigen Heilung doch Monate vergehen", erklärte einer der Ärzte.

Eisenherz kehrte in ohnmächtiger Sorge zu seinen anderen Gefährten zurück und berichtete über Arfs Zustand. „So lange, wie die Gelehrten meinen, können wir hier nicht tatenlos herumliegen, denn in Rom wartet eine Mission auf uns", sagte der Prinz. „Also werden wir Arf in der Obhut der Ärzte lassen und ihn auf der Rückreise, hoffentlich gesund, wieder mitnehmen."

Nach drei Tagen hatte Arf die erste Krise überstanden, so daß der Prinz an die Fortsetzung der Reise denken konnte. Zum Abschied versammelten sich alle noch einmal am Lager des Kranken, aber der Junge hatte einen schmerzstillenden Trank bekommen und wurde der Gegenwart seiner Freunde kaum gewahr. Trotzdem sprach der Prinz beruhigend auf ihn ein und versprach ihm, recht bald wiederzukehren und ihn abzuholen.

Hinterher führte Eisenherz mit dem ältesten der Ärzte noch ein sorgenvolles Gespräch; er hinterließ auch eine königliche Summe Geldes, damit alles getan werden konnte, was in des Menschen Macht stand. Die Männer aus Thule verabschiedeten sich noch von Paul, der heimkehren wollte, und ritten dann bei strömendem Regen in der Richtung nach Rom davon.

Der Regen hielt mit nur kurzen Unterbrechungen ungewöhnlich lange für diese Jahreszeit an. Auch als sie zwei Wochen später in Rom einzogen, standen wieder alle Schleusen des Himmels offen. Bei diesem Wetter machte die verfallene Stadt einen noch trüberen Eindruck als ohnehin schon, aber die Freunde ließen sich ihre gute Laune nicht verderben; sie standen nun am Ziel ihrer langen Reise und betraten zufrieden eine Herberge, die dem Prinzen schon von früher her bekannt war.

Am anderen Morgen lachte dann endlich die Sonne wieder, und Eisenherz verkündete froh: „Auf, Kameraden, laßt uns in die Basare gehen und einkaufen, damit wir als würdige Gesandte von Thule vor dem Heiligen Vater erscheinen können." — Bei ihrem anschließenden Gang über die Marktstätten gewahrten sie, daß Rom wirklich eine sterbende Stadt war. Aller Reichtum und alle Macht lagen in den Händen von wenigen Familien, die einen uner-

hörten Aufwand trieben; während diese nicht genug schlemmen und prassen konnten, hatte die Masse des Volkes dagegen oft sogar Mangel am Brot. —

Die Verhandlungen in Rom begannen mit zwei großen Enttäuschungen. Im Vatikan, wo man schon allzuviel schlechte Erfahrungen mit nordischen Kriegern gemacht hatte, wurde der Prinz sehr zurückhaltend empfangen und schließlich sogar abgewiesen. Doch das störte ihn zunächst nicht. Seine Mutter entstammte einer edlen römischen Familie, und so war es ihm ein leichtes, sich ganz nach Römerart zu kleiden und zu benehmen. Also beschaffte er sich von dem Geld, das ihm der Vater reichlich mitgegeben hatte, ein kostbares Gewand, in dem er ganz einem vornehmen Römer glich.

So verwandelt, erneuerte er seinen Versuch und erreichte, nachdem er an der Pforte mit Trinkgeldern nicht gespart hatte, daß man ihn wenigstens zu einem untergeordneten Staatsbediensteten führte. Dieser Mann, der nur so tat, als ob er etwas zu sagen hätte, empfing den Prinzen mit gnädiger Herablassung und einem Hochmut sondergleichen.

Eisenherz unterdrückte seinen aufsteigenden Groll und berichtete in aller Ruhe, welche Mission ihn von Thule nach Rom geführt habe.

Der aufgeblasene Mann hörte sich den Vortrag sehr von oben herab an und stellte zwischendurch auch mancherlei Fragen, die mehr Eitelkeit als Sachkenntnisse verrieten. Schließlich und endlich, da ihm die Schaustellung seiner eingebildeten Macht wohl lange genug gedauert hatte, bemerkte er beiläufig und offensichtlich gelangweilt, daß der Heilige Vater die Stadt verlassen habe und für eine unbestimmte Zeit in Ravenna verweile; dorthin möge sich der Besucher gefälligst verfügen, wenn es ihm mit seinem Anliegen so eilig sei.

Eisenherz ärgerte sich darüber, daß ihn der Wichtigtuer mit seinem unnützen Geschwätz so lange aufgehalten hatte, statt gleich eine brauchbare Auskunft zu geben; er überwand jedoch seinen Unmut und schwieg, denn er wollte in Rom nicht noch mehr Zeit verlieren.

Auch mit sich selber war der Prinz unzufrieden. Hätte er den weiten Weg von Turin nach Rom nicht in blinder Eile zurückgelegt, so überlegte er, dann wäre ihm die Abreise des Papstes sicher bei irgendeinem längeren Aufenthalt bekanntgeworden. Nun aber mußte er die vierfache Zeit aufwenden, um endlich eine Audienz beim Heiligen Vater zu erreichen.

Nachdem der Fehler schon begangen war, bedachte der Prinz seine weiteren Schritte nun besonders sorgfältig. Ebenso wichtig wie der Besuch in Ravenna schien ihm jetzt eine Nachricht an Arf zu sein, der in Turin sicher schon sehnsüchtig auf die Wiederkehr seiner Freunde wartete. Also dingte der Prinz einen Boten, den ihm der Herbergsvater als verläßlich bezeichnet hatte, und schickte ihn mit einem Schreiben nach Turin. Auf dem Rückweg sollte er über Ravenna reiten und dort über Arfs Befinden berichten. Dafür erhielt der Mann sofort ein namhaftes Handgeld; dazu sollte er nach seinem Eintreffen noch das Doppelte des landesüblichen Lohnes bekommen.

Als der Handel abgeschlossen war, überlegte der Prinz, wie er den Heiligen Vater am schnellsten erreichen könnte. Die Pferde waren von dem Marsch über die Alpen und von dem Gewaltritt nach Rom noch so mitgenommen, daß sie eine längere Ruhepause brauchten. Der Prinz entschloß sich deshalb, die Tiere durch zwei Knechte gemächlich nachbringen zu lassen; für sich selber und die Gefährten mietete er jedoch zwei leichte Karren, deren Pferde unterwegs an vielen Zwischenstationen gewechselt werden konnten.

Wenige Tage später zog der Prinz voller Hoffnung auf einen endlichen Erfolg seiner Mission in Ravenna ein. Diese Stadt war wegen ihrer Lage zwischen den Sümpfen des Podeltas fast uneinnehmbar und deshalb von Kaiser Honorius schon vor einem Menschenalter zur Residenz erhoben worden.

Papst Leo, den die Nachwelt den Großen nannte, war in diesen schwierigen Zeiten der eigentliche Schutzherr Roms und hatte als solcher so viel zu tun, daß der Prinz noch eine volle Woche auf seine Unterredung warten mußte. Auch dann konnte ihm der Heilige Vater nur wenige Minuten widmen; er versprach jedoch, die Bitte um Missionare an ein Ratskollegium weiterzuleiten, das den Prinzen länger anhören würde.

Zu dieser Aussprache wurde Eisenherz schon zwei Tage später eingeladen. Nun durfte er alle Einzelheiten erzählen, mußte zwischendurch auch auf einige Fragen Rede und Antwort stehen, dann aber berichtete ihm der Ratsälteste, daß der Heilige Vater seine Erlaubnis bereits erteilt habe und die Reise nach Thule schon am anderen Tag beginnen könne.

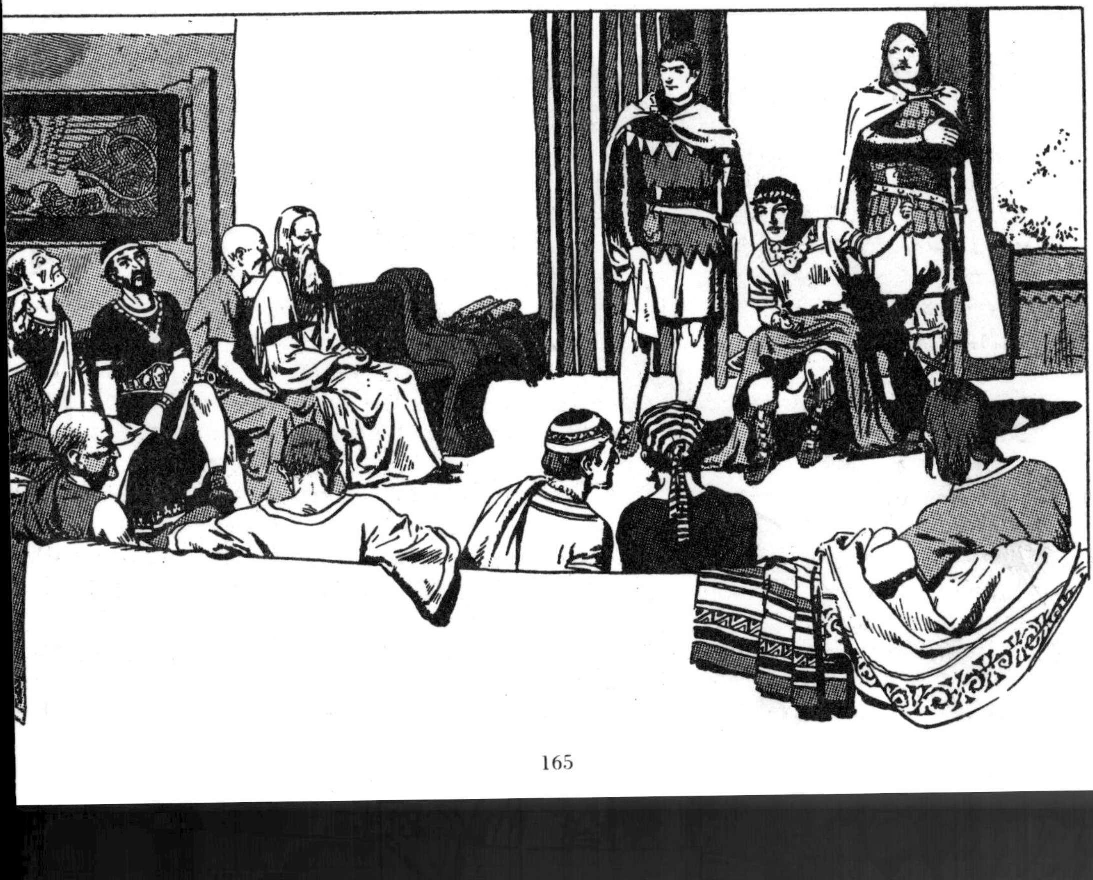

HAL FOSTER

„Wochenlang hast du verschwiegen, was dich bedrückt", sprach er. „Wie sollen dir die Ärzte weiterhelfen, wenn sie nicht wissen, was dich quält? Sind deine Schmerzen denn noch so groß, daß sie ein künftiger Ritter nicht ertragen kann?"

Nun richtete sich Arf mühsam in seinem Kissen auf und begann endlich zu reden: „Nicht die Schmerzen sind es, die mich bedrücken, Herr, sondern die schwarzen Gedanken, die mich Tag und Nacht umflattern. Ich habe zu hoch gestrebt. Ein Ritter von König Arthurs Tafelrunde wollte ich werden . . . berühmt dereinst wie Ihr und Sir Gawain. Und was ist mir geblieben? Ein elender Krüppel bin ich geworden, der zu nichts mehr taugt."

„Du hast also vom Ruhm geträumt?" fragte Eisenherz ernst.

„Ja, Herr, von so viel Ruhm . . . und nun soll alles aus sein."

„Wenn ich das Wesen des Ruhmes richtig verstehe, dann habe ich schon von so manchem einbeinigen oder einarmigen Mann gehört, dessen Ruhm den vieler anderer überstrahlt. Niemals aber erhielt ich Kunde von einem wakkeren Mann, der feige das Kampffeld verließ, als es zu bestehen galt. Du stehst jetzt vor einem Kampf. Vor dem Kampf um deine Zukunft! Willst du ihm wirklich ausweichen?"

Des Prinzen hochgestimmte Freude über die nun doch noch so schnell gefallene Entscheidung währte indes nur bis zu dem Augenblick, da er seine Herberge wieder betrat. Dort stieß er gleich im Hof auf den soeben aus Turin eingetroffenen Boten, der ihm wortlos ein Schreiben überreichte. Eisenherz erkannte schon an der Handschrift auf den ersten Blick, daß dieses nicht von Arf stammen konnte, und öffnete die Rolle voll banger Ahnungen. Die Ärzte berichteten darin, daß Arfs Leben in hoher Gefahr sei, und baten den Prinzen, möglichst schnell nach Turin zu kommen.

Nun gab es für Eisenherz kein Halten mehr. Die Missionare jener Zeiten waren ja wagemutige Männer, die sich im Notfalle auch ihrer Haut zu wehren wußten. Also durfte es der Prinz durchaus wagen, sie mit Egil und Rufus allein auf die weite Reise nach Thule gehen zu lassen.

Als alle Einzelheiten in kürzester Frist besprochen und geregelt waren, bestieg der Prinz seinen nunmehr ausgeruhten Schimmel ‚Ramud'; ein zweites Pferd nahm er zum Wechseln mit. Auf diesem Weg, der fast ohne Höhenunterschiede die Poebene hinauf führte, schonte er weder die Pferde noch sich selber. So erreichte er Turin zwar völlig erschöpft, aber doch einen ganzen Tag früher, als es unter gewöhnlichen Umständen möglich gewesen wäre.

Der Arzt erzählte mit sorgender Stimme, daß Arf, der doch noch ein Knabe sei, sein Leiden zuerst wie ein Held getragen habe, jetzt aber nicht mehr weiterleben wolle und nur ans Sterben denke. „In seinen Fieberträumen hat er immer nach Euch und Eurer Gemahlin gerufen; vielleicht kann ihm Eure Gegenwart besser helfen, als unsere ärztliche Kunst. Doch schaut selber nach und achtet auf sein linkes Bein", so sprach der gelehrte Doktor am Schluß und führte den Prinzen zur Krankenstube.

Als der Arzt auf leisen Sohlen weggegangen war, schlug Eisenherz sachte den Vorhang zurück. Da lag nun der Junge teilnahmslos auf seinem Bett am sonnigen Fenster und war blaß wie das Linnen seines Kissens. Am müden Spiel der herabhängenden Hand erkannte der Prinz jedoch, daß Arf nicht schlief, sondern wohl nur vor sich hinträumte.

Eisenherz dachte an die letzten Worte des Arztes und schaute klopfenden Herzens genauer hin. Das rechte Bein des Kranken lag dick verbunden unter der dünnen Decke, vom linken jedoch war nichts zu sehen . . .

Da begriff der Prinz mit Schrecken, wie des Arztes Worte zu ren: Arf, sein armer junger Freund, hatte ein Bein hergeben mü

Es dauerte lange, bis sich Eisenherz von seiner Bestürzung l Als er endlich glaubte, seiner Stimme wieder mächtig zu sein, Kranken leise bei dessen Namen an. Arf wandte müde den Kopf. als er den Besucher erkannte, brach ein glückliches Lächeln aus se härmten Gesicht. „Da seid Ihr ja, Herr", flüsterte er. „Ich habe s Euch gewartet . . . Tag und Nacht, die ganze Zeit über . . .".

Eisenherz ließ sich neben dem Lager nieder und nahm des Kna behutsam in die seine. „Fühlst du dich besser, mein Junge?" woll gen, doch brach er mitten im Satz ab, denn in Arfs Augen stand nun n Mal wieder das ganze Elend, das ihn während der letzten, so einsam v ten Wochen bedrückt hatte.

„Willst du dich nicht aussprechen?" bat der Prinz, aber Arf drehte Kopf zur Wand und schwieg in sich hinein. So saßen sie eine halbe oder länger, bis der Prinz den Faden schließlich wieder aufnahm.

„Was soll denn so ein Krüppel wie ich schon kämpfen?" warf Arf bitter und allem Trost verschlossen hin. „Ich will ja gar nicht mehr leben."

Dieses Bekenntnis wies der Prinz ganz bewußt mit aller Schärfe zurück. „Du tust Unrecht an dir selber und an deinen Freunden. Es gibt viele Menschen, denen ähnliches Unglück widerfahren ist, und die darüber doch nicht verzweifelt sind. Der beste Bogenmacher des Königs ist einbeinig, und Gundar Harl, Thules großer Schiffbauer, muß außerdem auch noch einen Arm entbehren. Beide wollten zuerst verzagen gleich dir, aber beide haben sich wieder gefunden und sind auch ohne Ritterschwert berühmt geworden. Darüber sollst du nachdenken. Ich möchte Aleta nach der Heimkehr nicht erzählen müssen, du habest schon beim ersten Schicksalsschlag versagt."

Nach diesen Worten sah Arf den Prinzen so elend an, daß dieser sich abwenden und hinausgehen mußte. Draußen traf er den Arzt, der inzwischen zurückgekehrt war und die Unterhaltung mitgehört hatte. „Ich hielt es für richtig, den Jungen so hart anzufassen", entschuldigte sich Eisenherz. „Wenn es nicht gelingt, ihn für eine Aufgabe zu begeistern und seinem Leben einen neuen Sinn zu geben, dann siecht er uns unter den Händen dahin."

„Wir haben es auf die gleiche Weise versucht", bekannte der Arzt, „aber er hörte kaum zu, so daß uns schließlich kein anderer Ausweg mehr blieb, als Euch zu rufen. Nun werden die nächsten Stunden entscheiden."

Der Prinz, der sich seit seiner Ankunft noch keine Ruhe gegönnt hatte, wollte sich etwas zurückziehen, um Kräfte für die entscheidende Auseinandersetzung zu sammeln. „Beobachtet mir den Knaben gut", bat er noch, „und weckt mich sofort, wenn sich in seinem Befinden etwas ändert." —

Trotz seiner Müdigkeit fand der Prinz keinen Schlaf. Die Zeit kroch ihm schneckengleich dahin, bis dann endlich der Arzt erschien und erzählte: „Arf hat sich stundenlang nicht gerührt, aber nun bittet er Euch, recht bald zu ihm zu kommen." —

Eisenherz trat unbefangen an das Krankenbett und sagte: „Du kannst mir jetzt viel helfen. Der König wünscht einen Bericht über die Reise, und den sollst du nach meinen Tagebuchblättern schreiben. Magst du? Ich glaube, die Prinzessin würde sich auch sehr darüber freuen."

In dem durch eine starke Festung geschützten Hafen von Syrakus wurde der Prinz an einen aus der Levante stammenden Kauffahrer gewiesen, der mit einer Weinladung auf dem Weg nach Britannien war. Der Eigner des Schiffes, ein gerissener Handelsmann, ließ stundenlang mit sich feilschen, bis er sich schließlich wehklagend mit einem Preis einverstanden erklärte, der immer noch reichlich hoch lag. Trotzdem war der Prinz mit dem Handel zufrieden, denn er reiste Arfs wegen lieber auf dem bequemeren Levantiner als etwa auf einem von Kriegern überfüllten Wikinger, der kaum eine Inneneinrichtung besaß.

Vor der Abfahrt besuchte Eisenherz noch den Basar, um den Reisebedarf und auch einige Geschenke für daheim einzukaufen. Arf war zu dieser Zeit noch wohlgemut und voller Zuversicht. Einige Tage später aber beobachtete der Prinz seinen jungen Freund, wie dieser in seiner dunklen Kajüte unter Deck saß und trübselig vor sich hinstarrte.

Eisenherz wußte, daß Arf das Tagebuch beendet hatte. Bei der Suche nach einer anderen Ablenkung stieß er auf eine Leier und eine Laute, mit denen er dem Jungen das Saitenspiel lehren wollte. Aber Arf zeigte wenig Lust und lag lieber tagelang in seiner muffigen Kajüte, wo er gedankenverloren auf seine an der Wand hängenden Waffen starrte.

Zuerst dachte der Prinz nur an eine vorübergehende Verstimmung; bald mußte er aber einsehen, daß der Kampf um des Knaben Seele eben doch noch nicht gewonnen war.

Um diese Zeit steuerte der Segler einen portugiesischen Hafen an, wo die Vorräte ergänzt werden sollten. Als das Schiff fest vor Anker lag, sagte der Prinz: „Komm, laß uns an Land gehen. Du brauchst Bewegung, um wieder kräftig zu werden."

„Was soll denn ein Krüppel mit Kraft anfangen?" widersprach Arf und starrte aus geröteten Augen auf das Schwert an der Wand.

„Es gibt auch eine Stärke des Geistes und eine Kraft des Herzens", mahnte der Prinz. „Beide genügen dem Menschen zu Glück und Erfolg. Bedenke, daß der Kämpfer doch nur den vergänglichen Beifall der Menge erntet, der Weise und der Gelehrte aber die

Nach dieser Unterhaltung war der Prinz krank vor Sorge. Mehr noch als die gesprochenen Worte hatte ihm der ungepflegte Zustand seines Knappen verraten, wie wenig diesem noch am Leben lag. Doch da kam Hilfe in der Not. Ein Herr du Luc, der seinem Aussehen nach ein wohlhabender Kaufmann sein mußte, bestieg mit seinem Gefolge das Schiff; ihm voraus schritt seine Tochter, ein liebreizendes Kind in Arfs Alter etwa. Der Prinz machte sich mit den beiden bekannt und erfuhr dabei, daß sie auch nach Britannien wollten. Schließlich sagte er zu Adele, dem Mädchen: „Wir haben noch eine lange Reise vor uns, vielleicht kann Euch mein Knappe die Zeit verkürzen."

Mit diesem Anerbieten war Adele auch dann noch gerne einverstanden, als sie erfuhr, daß der Knappe erst vor wenigen Wochen ein Bein verloren habe. Als Arf dann das Mädchen kennenlernte, erinnerte er sich peinlich daran, daß sein Haar ungekämmt und sein Rock voller Runzeln war. Diesen unleidlichen Zustand änderte er noch in der gleichen Stunde.

Arf nahm den Auftrag, Adele zu unterhalten, auch sonst sehr ernst und las ihr zunächst seinen Bericht über die Reise von Thule nach Rom vor.

„Wunderbar", lobte das Mädchen, „das klingt ja romantisch wie ein Heldenlied. Welcher Dichter hat es denn geschrieben?"

„Ach, das habe ich nur so nebenbei für den König von Thule aufnotiert", antwortete Arf und versuchte, sich möglichst bescheiden zu geben, obwohl er innerlich vor Stolz fast platzte.

Nun erinnerte sich der begeisterte Jüngling auch an das bißchen Saitenspiel, das ihm der Prinz beigebracht hatte. Er bat um die vor wenigen Tagen noch verschmähte Laute und sang dem Mädchen in keltischer Sprache die Lieder seiner Kindheit vor. Da Adele diese Sprache nicht verstand, mußte er ihr hinterher alles auch noch ins Lateinische übersetzen.

Als Arf seinen kleinen Liederschatz oft genug vorgetragen hatte, setzte er sich hin und schrieb eigene Verse, die ihm der Prinz vertonen half. Darüber vergaß er, daß ihm die Lust am Leben einmal fast ganz vergangen war, nur weil er mit seinem einen Bein kein kampfgewaltiger Ritter an König Arthurs Hof mehr werden konnte.

Eines Tages aber, und das geschah fast zufällig, erzählte er Adele doch etwas wehmütig von seinen alten Träumen. Damit kam er bei dem Mädchen freilich schlecht an. „Halt ein!" unterbrach es ihn nämlich. „Was du dir früher einmal erträumt hast, mag recht sein für ungeschlachte Burschen, die mehr Muskeln als Verstand besitzen. Du aber, ein Dichter und Sänger zugleich, hast keine Zeit für derlei Albernheiten."

Über dieses Urteil war Arf einen Augenblick lang tief betroffen, dann aber erinnerte er sich ganz ähnlicher Worte, die schon vorher der Prinz zu ihm gesprochen hatte, und erkannte nun endlich, wohin er sein Schifflein steuern mußte. Von dieser Stunde an fühlte sich der Jüngling nicht mehr als Krüppel; er beschloß auch, sofort mit einer Chronik zu beginnen, in der alle Abenteuer, die er gemeinsam mit dem Prinzen erlebt hatte oder noch erleben würde, getreulich aufgezeichnet werden sollten.

Neuen Stoff hierzu lieferte ihm schon der folgende Tag. Der Kapitän hatte eine volle Stunde lang einen Segler beobachtet, der sich dem eigenen Schiff verdächtig näherte. Schließlich bat er den Prinzen und Adeles Vater zum Auslug und deutete besorgt auf das rotweiß gestreifte Segel.

„Wenn mich nicht alles täuscht“, sagte er, „dann hat dieses Schiff nur ein einziges Geschäft mit uns vor, nämlich die Seeräuberei. Es wird gut sein, wenn Ihr Eure Waffen bereithaltet.“

Der fremde Segler war wirklich ein Pirat. Als er sich auf Rufweite genähert hatte, erhob seine Besatzung ein Kampfgeschrei; auch schwangen die Räuber drohend die Waffen, um so ihre Opfer einzuschüchtern.

Die Männer auf dem Kauffahrer vollendeten inzwischen ohne Hast ihre Verteidigungsmaßnahmen. In einer mit nassem Sand gefüllten Kiste stand ein bereits brennender Feuerkorb, der nun an einem weit ausragenden Ladeholm befestigt wurde. Etwas darüber hängten die Seeleute einen mit einer scharfriechenden Flüssigkeit gefüllten Wassersack.

Die Piraten schwammen jetzt schon so nahe, daß man das Weiße in ihren Augen erkennen konnte. Damit war die Zeit der Verteidiger gekommen. Sie hoben den Holm an und schwenkten ihn mitsamt seiner Ladung gegen den Feind. Doch die drüben lachten nur, denn sie hatten längst erkannt, daß die Männer auf dem Handelsschiff fast unbewaffnet waren. Das Feuer, das da heranschwebte, nahm keiner ernst. Ein Eimer Wasser würde zum Löschen genügen.

Diese Annahme war indessen ein verhängnisvoller Irrtum. Als ein gutgedeckter Bogenschütze seinen Pfeil auf die Tierhaut abschoß, sprang ein dünner Ölstrahl heraus und fiel in das Feuer. Fast im gleichen Augenblick flammte es drüben hell auf, und gleich darauf wurde auch das ganze Piratenschiff durch das spritzende Öl in Brand gesetzt.

Damit war der Kampf zu Ende, kaum daß er recht begonnen hatte. Während der Kauffahrer ungehindert seines Weges weiterzog, stand Eisenherz sinnend an der Reling und schaute dem sich rasch vollziehenden Untergang des Räuberschiffes zu; er hatte zum erstenmal in seinem Leben die Wirkungsweise eines „Griechischen Feuers" beobachten können. — Am gleichen Tag gab es noch eine andere Überraschung, doch diesmal eine angenehme. Die Seeleute hatten für Arf in aller Heimlichkeit ein Holzbein geschnitzt, das sie ihm nun überreichten, um ihm so für die gute Unterhaltung zu danken, die er mit seinem Singen und Spielen auch ihnen während der langen Fahrt geschenkt hatte.

Der Junge betrachtete die neue Hilfe zuerst voller Mißtrauen, zumal sie ihm beim Tragen anfangs ziemliche Schmerzen bereitete. Dann kam aber doch der Tag, da er sich auf dem Holzbein sicher genug fühlte und die Krücke mit einem Freudenjauchzer von sich werfen konnte.

Um diese Zeit schwamm das Schiff bereits im Ärmelkanal, und es konnte nicht mehr lange dauern, bis die Reise in Southampton zu Ende ging. Dort wollte der Kauffahrer seine Fracht löschen und dann, wiederbeladen mit den Gütern Britanniens, in seine Heimat zurückkehren.

Nach der Landung sollten sich Arfs und Adelens Wege eigentlich trennen, denn der Junge wollte seinen Vater besuchen, der Herr du Luc jedoch in einer etwas anderen Richtung reiten. Um die Trennung wenigstens noch einige Tage aufzuschieben, kam Arf auf den Gedanken, die kleine Reisegesellschaft in sein Vaterhaus einzuladen. Der Kaufherr, für den der Besuch mit einem Umweg verbunden gewesen wäre, lehnte die Einladung zuerst freundlich ab, schließlich aber, nachdem Adele lange genug darum gebettelt hatte, stellte er seine Bedenken doch noch zurück. —

Unterwegs zeigte sich Britannien von seiner unfreundlichsten Seite, doch der kalte Herbstwind mochte stürmen und der Regen fallen, wie sie wollten: für zwei junge Menschen im Zug war es trotzdem Frühling.

Wieder einige Tage später stand Arf dann endlich vor dem Haus, aus dem ihn eine hartherzige Frau einst vertrieben hatte.

Der Diener, der dem Jüngling die Pforte auftat, erkannte diesen alsbald wieder und wollte schon voller Freude ins Haus stürzen, um Sir Geoffrey die Heimkehr des verschollenen Sohnes zu melden, doch Arf hielt ihn zurück und bat: „Warte noch, ich möchte meinen Vater überraschen.“

Die Stimmen drangen auch zu Sir Geoffrey, der einsam und versponnen in seiner Studierstube saß und nun verwundert aufschaute. In diesem Augenblick teilte sich der Vorhang und herein trat ein kräftig gewachsener Jüngling. Des Gelehrten Hand zuckte zum Herzen, und dann flüsterte er nur noch: „Mein Sohn . . . mein lieber Sohn!“

Daß der Jüngling während seiner Abwesenheit ein Bein verloren hatte, entdeckte der Vater erst während der Begrüßung; Arf half ihm aber rasch über den ersten Schrecken hinweg. „Vielleicht ist das mein Glück, Vater“, so sagte er ohne Bitternis. „Ich wollte ein Ritter werden und Ruhm durch das Schwert erlangen, bis mich das Schicksal eines besseren belehrt hat. Heute weiß ich, wie falsch mein Ehrgeiz gewesen ist, und ich bin fest entschlossen, ein Gelehrter, so wie Ihr, Vater, zu werden. Nun gestattet aber, daß ich meine Begleiter hereinführe, damit Ihr sie kennenlernt.“

Nun kehrte für drei Tage ein frohes Leben in das stille Haus ein. Gleich am ersten Abend mußte Arf berichten, wie es ihm in der Fremde ergangen war; obwohl sich der Junge dabei sehr zurückhielt, fuhr dem Vater doch noch ein kalter Schauer nach dem anderen über den Rücken.

Hinterher hatte der Prinz mit Sir Geoffrey ein ernstes Gespräch unter vier Augen, wobei der Gelehrte erst richtig erfuhr, welche entscheidende Rolle Adele bei Arfs Gesundung letztlich gespielt hatte.

Drei Tage später hieß es scheiden. Da die Überfahrt nach Thule um diese Zeit zu gefährlich war, wollte Eisenherz den Winter auf Camelot verbringen. Arf sollte derweilen bei seinem Vater bleiben und sich seinen Studien widmen. Der Prinz versprach ihm jedoch, ihn später mit nach Thule zu nehmen.

Auch Herr du Luc, der die nächsten Monate in Bristol verbringen wollte, wurde für den nächsten Sommer nach Wikingsholm eingeladen; der Prinz erwartete von diesem Besuch einen wertvollen Ausbau der Handelsbeziehungen zwischen Thule und den Mittelmeerländern. So konnte die kleine Gesellschaft also in der Hoffnung auseinandergehen, daß man sich bald wiedersehen werde.

Nach dem Abschied ritt der Prinz allein seines Weges und erreichte schon wenige Tage später sein Ziel: Burg Camelot, den hochgebauten Sitz König Arthurs. Weil er seine Freunde überraschen wollte, bat er die Wächter am Tor, auf die ihm zustehenden, aber viel zu lauten Ehrenerweisungen zu verzichten. Drinnen hängte er dann Schild und Schwert an den für ihn freigehaltenen Platz auf dem Gang und bat einen der herumstehenden Knechte, er möge den Ritter Gawain unter irgendeinem Vorwand an den Waffen vorbeiführen. Inzwischen versteckte er sich in einem Nebengelaß.

Als Gawain dann das Singende Schwert und den roten Hengstkopf wie durch Zufall entdeckte, wußte er sofort, was los war. „Eisenherz! Himmelsstürmer! Wo steckst du denn? Zeig dich doch endlich!" rief er, und dann flogen sich die alten Freunde aus guten wie aus schlechten Tagen in die Arme. —

Am Abend gab König Arthur ein großes Festmahl, bei dem der Prinz berichten mußte, was er inzwischen erlebt hatte.

Gegen Mitternacht, da die Ritter schon fleißig dem Wein zugesprochen hatten und dementsprechend in Stimmung waren, kam Gawain der Gedanke daß eine kleine Abkühlung dem einen oder dem anderen der Zecher vielleicht ganz guttäte. Er zwinkerte dem Prinzen listig zu und sagte: „Ich möchte etwas frische Luft schnappen und mir den Nachthimmel ansehen. Kommst du mit?"

Dieser Einladung folgte der Prinz herzlich gerne, denn er hatte dem verstohlenen Blinzeln des Freundes bereits entnommen, daß irgendein Streich in Gang gesetzt werden sollte. Und so war es auch.

Am Nachmittag des gleichen Tages war Herr Gawain an der Bootslände auf einigen mit Algen überzogenen Planken ausgerutscht und hatte sich dabei höchst unsanft auf seine Kehrseite gesetzt. Nun führte er den Freund an die Stätte des kleinen Unfalls und erklärte, was er vorhatte.

Von diesem Plan war der Prinz hellauf begeistert. Sie nahmen also die Planken, begossen sie tüchtig mit Wasser, damit es ihnen an Glätte nicht fehle, und legten sie über die untersten Stufen der Treppe.

Als die Rutschbahn vorbereitet war, sprang Gawain mit allen Anzeichen eines atemlosen Mannes die Treppe hinauf und rief den noch ahnungslos in der Halle tafelnden Rittern zu: „Herbei, herbei! In unserem Graben schwimmt ein Drache!"

Die vom Wein ohnehin schon beschwingten Ritter ließen sich kein zweites Mal auffordern und polterten eiligst die Treppe hinab, an deren Ende sie dann, einer nach dem anderen, ruhmlos in das schon herbstlich kalte Wasser schlitterten.

Die beiden Missetäter warteten nicht erst ab, bis ihre jählings ernüchterten Opfer wieder auf dem Trockenen standen, sondern verzogen sich der eigenen Sicherheit zuliebe auf einen abgelegenen Heuboden, wo sie die Nacht verbringen wollten.

„Hast du wirklich einen Drachen gesehen?" fragte Eisenherz vor dem Einschlafen noch ganz unschuldig.

„Ich möchte es fast beschwören", meinte Herr Gawain, „aber bei dem Trubel im Wasser kann ich mich natürlich auch getäuscht haben."

Diese Antwort war so recht nach des Prinzen Herzen. „Wie schön ist es doch, die Stille und den Frieden von Camelot genießen zu dürfen", murmelte er noch glücklich vor sich hin, dann fielen ihm die Augen zu.

Das dicke Ende kam am anderen Morgen freilich nach, denn die an der Nase herumgeführten Zecher, zwanzig an der Zahl, waren nicht willens, den nächtlichen Schabernack ohne Widerspruch hinzunehmen, und überreichten den beiden Störenfrieden ihre Forderungen auf einen Gang mit der Lanze.

„Sehr anständig", meinte Herr Gawain lächelnd dazu. „Das macht ja nur zehn auf jeden von uns. Wollen wir nicht Wetten über den Ausgang abschließen; ich biete die vorteilhaftesten Bedingungen an."

Nachdem die Wetten abgeschlossen waren, begannen die Auseinandersetzungen. Sieben Gegner warf Sir Gawain, dann wurde er vom achten selber aus dem Sattel gehoben. Trotzdem wagte er noch einen neunten Gang, doch der machte ihn reif für die Krankenbahre.

Eisenherz, der während der langen Seereise ein wenig aus der Übung gekommen und auch leichtsinnig war, wurde schon im ersten Gang geworfen. Seinen übrigen Gegnern erging es dann freilich schlecht; er warf sie alle neune!

Am Ende mußte aber auch er sich auf der Tragbahre ins Innere der Burg bringen lassen, wohin ihn seine Gegner zufrieden schmunzelnd begleiteten. So füllte sich denn die große, sonnige Krankenstube von Camelot wieder einmal bis auf den letzten Platz, wie oft, wenn Gawain und Eisenherz gemeinsam auf der Burg weilten. Während Sieger und Besiegte noch scherzend dabei waren, ihre Wetten zu bereinigen, brachte ein Bote einen Brief herein, der das Siegel des Königs von Thule trug. Des Prinzen ausgelassene Stimmung verflog sofort; er richtete sich stöhnend auf und las:

„Ich sende dir diese Botschaft nach Camelot, weil ich weiß, daß du dort auf dem Heimweg einkehren wirst. Bitte halte dich nicht länger auf als notwendig ist, denn wir brauchen dich dringend im eigenen Land.

Aguar, König von Thule."

Der Prinz grübelte vergeblich darüber nach, was in der Heimat etwa geschehen sein könnte, kam aber zu keinem befriedigenden Ergebnis, was ihn sehr beunruhigte.

„Der Winter steht vor der Türe", sagte er zu Gawain. „Wo finde ich bloß einen Schiffer, der kühn genug wäre, mich in dieser Jahreszeit übers Nordmeer zu bringen?"

„In meiner Heimat, auf den Orkney-Inseln!" versetzte der Freund. „Ich bringe dich persönlich hin!"

Die beiden Ritter baten den König noch am gleichen Tag um Urlaub. „Genehmigt!" sagte Herr Arthur. „Auf Camelot wird es bis zu Eurer Wiederkehr wesentlich ruhiger, dafür aber auch weniger freudvoll zugehen."

Nachdem der Urlaub so gewährt war, schickte der Prinz ein Schreiben zu Arf, in dem er den Jungen bat, sich drei Tage später an einem Platz einzufinden, der ihnen beiden aus dem letzten Feldzug gegen die Pikten wohlbekannt war. Von dort aus trabten sie gemeinsam nach Norden bis zum Grenzwall weiter, den sie bei strömendem Regen erreichten.

Die Männer im Kastell, das den durchnäßten Reitern Obdach für die Nacht bot, berichteten, daß sich die Pikten seit der letzten Niederlage höchst friedlich verhielten.

Trotzdem durchquerte der Prinz das ungastliche Hochland nur mit aller Vorsicht, denn er wußte aus bitterer Erfahrung, wie gefährlich die Pikten werden konnten, wenn ihr Kampfgeist erst einmal geweckt war. Vor allem umging er auch die armseligen Ansiedelungen, in denen das von der Kultur noch wenig beleckte Volk hauste. Da die Pikten den Fremden ebenfalls aus dem Weg gingen, erreichte der kleine Zug die schottische Nordküste, ohne einen Einheimischen aus der Nähe gesehen zu haben.

Es dauerte lange, bis der Prinz endlich einen Fischer fand, der bereit war, die Fremden für viel Geld und gute Worte über das aufgewühlte Nordmeer zu den in der Ferne schon sichtbaren Orkneys zu bringen.

Die Überfahrt gab ihnen dann gleich einen Vorgeschmack von den Gefahren, die ihrer auf der Weiterreise nach Thule noch harrten. Schließlich landeten sie aber doch wohlbehalten bei der Burg Lothian, wo König Lot, der Vater Gawains, bis zu seinem Tod gewohnt hatte.

Schon unterwegs hatten sich Eisenherz und Gawain über die Vorteile unterhalten, die ein Handelsvertrag zwischen Thule und den Orkneys beiden Ländern bringen könnte. Darüber wollte er nun mit Königin Morgause, der Mutter Gawains, sprechen, aber es war ein schwieriges Verhandeln, denn auch auf den Orkneys hatte man schon trübe Erfahrungen mit den seeräubernden Wikingern gesammelt. Schließlich beschloß man aber, daß Gawains Bruder Gaheris zur Fortsetzung des Gespräches mit nach Thule fahren sollte.

In diesen Tagen lief Eisenherz oft zum Strand hinunter, um zu sehen, ob sich das Meer noch nicht beruhigt habe. Es war ihm dann immer, als hörte er

durch den Donner der Brandung die helle Stimme Aletas, die ihn nach Hause, nach Thule rief.

In seiner wachsenden Sorge mußte der Prinz tatenlos abwarten, bis der Herbststurm seine größte Wut vertan hatte und endlich an ein Ablegen zu denken war.

Die Fahrt war dann immer noch so gefährlich, daß selbst die harten Seeleute der Orkneys alle Hände voll zu tun hatten, um gegen den Sturm bestehen zu können.

Am dritten Tag tauchten an Backbord die von riesigen Möwenscharen bevölkerten Shetlandinseln aus der Brandung auf und verschwanden auch bald wieder in dem von den erregten Wogen aufgewirbelten Wasserstaub.

Damit begann der gefährlichste Teil der Reise. Die Männer schwammen bald ganz allein auf der Öde des Nordmeeres. Tag um Tag verging so. Des Prinzen Ungeduld wurde immer größer, seine Sorge immer brennender; er konnte die Heimkehr kaum mehr erwarten. Als dann endlich die Küste von Thule auftauchte, war das wie eine Erlösung für ihn.

Der Sturm hatte das Schiff etwas gegen Norden verschlagen, so daß Eisenherz die Felsenküste zuerst nach einem geeigneten Landeplatz absuchen mußte. Diesen fand er in einem breiten Fjord, an dem einige handeltreibende Schiffseigner wohnten.

Der Prinz nahm sich nur die Zeit, die nötig war, um Gaheris mit diesen Männern bekannt zu machen, dann ritt er allein und in höchster Eile nach Wikingsholm voraus. Nunmehr, da er seinen Lieben schon so nahe war, wollten ihn die Sorge und die Ungeduld fast verzehren. Von den Bewohnern des Fjordes hatte er nämlich bereits erfahren, daß Thule zur Zeit nicht von äußeren Feinden bedroht war; seine Ängste kreisten deshalb unaufhörlich um Aleta und Prinz Arne.

Als er dann endlich in der Halle vor seinem Vater stand, war seine erste atemlose Frage: „Wo ist meine Familie?“

„Ich weiß nicht“, sagte der König mit undurchdringlichem Gesicht. „Deine Frau kam in der letzten Zeit nur selten herunter. Ich glaube es ist notwendig, daß du einmal selber nach ihr siehst.“

Nun stürmte der Prinz, indem er immer drei Stufen auf einmal nahm, die Treppe hinauf und zu Aletas Gemach. Vor der Tür blieb er, der schon auf das Schlimmste gefaßt war, kurz stehen, dann aber schlug er entschlossen den Vorhang zurück und entdeckte nun endlich das Geheimnis, das Aleta an ihr Zimmer fesselte: sie hatte ihm zwei reizende Prinzessinnen geschenkt, die dem Vater schon so munter entgegenkrähten, daß alle Angst und alle Not im Augenblick vergessen waren.

SEIN FREUND BOLTAR

Den seefahrenden Völkern Skandinaviens galten zu Zeiten des Prinzen Eisenherz die Seeräuberei und das gelegentliche Plündern fremder Küstenstriche als ein durchaus ehrbares Handwerk. Wer sich am besten darauf verstand, der genoß im Volke auch das größte Ansehen.

Dem friedliebenden König Aguar wäre es freilich lieber gewesen, seine Untertanen hätten ihren Wohlstand statt mit rücksichtsloser Gewalt durch ehrlichen Handel gemehrt.

Weil Eisenherz diesen Herzenswunsch seines Vaters kannte und teilte, hatte er den Herrn de Lue, einen reichen Kaufherrn, dem er auf seiner letzten Reise im Mittelmeer begegnet war, zum Abschluß eines Handelsvertrages nach Thule eingeladen.

Dieser Besuch stand nun bevor. König Aguar hatte dem vorübergehend in Britannien lebenden Kaufherrn einen Schutzbrief geschickt, der den Fremden während der Fahrt über das Nordmeer vor allen Widerwärtigkeiten bewahren sollte. Der Gast konnte schon in den nächsten Tagen eintreffen, und so herrschte auf Wikingsholm freudige Erwartung.

Am ungeduldigsten von allen zeigte sich Arf, des Prinzen junger Freund, doch galt seine Sehnsucht weniger dem Kaufherrn selber, als dessen reizender Tochter Adele, der er herzlich zugetan war.

Der Besuch ließ indes länger auf sich warten, als man in der Königsburg angenommen hatte. Statt seiner kam schließlich ein Bote vom Trondheimsfjord und berichtete über einen Zwischenfall, der dem König alle gute Laune nahm. Boltar, des Königs eigener Untertan und einer der getreuesten dazu, hatte das Schiff des Kaufherrn gekapert! Und das war so gekommen:

Nach einer guten Überfahrt schwamm das Schiff des Herrn de Luc bereits in skandinavischen Gewässern. Der Kaufherr dachte an nichts Böses mehr, denn er vertraute dem Geleitbrief des Königs und fühlte sich damit auch vor den wildesten Wikingern sicher. Um diese Zeit saß Adele oft auf dem Deck und ließ sich von der Sonne bescheinen. Ihre Gesellschafterin mußte ihr dabei immer wieder die Verse vorlesen, die Arf einst gedichtet hatte.

Dieser Frieden wurde unversehens gestört. An Backbord tauchte ein wendiges Drachenboot auf und näherte sich rasch dem schwerfälligen Kauffahrer. Der Herr de Luc dachte immer noch nicht an einen Überfall, doch da kletterten die Wikinger schon über die Reling, allen voran der gewaltige Boltar.

Gleich darauf floß das erste Blut. Einige Männer stürzten; auch Adele wurde umgerissen und mußte von ihrem Vater gedeckt werden.

„Zurück!" herrschte der empörte Kaufherr seinen Gegner an. „Wir segeln unter dem Schutze des Königs von Thule, dessen Wappen du selber im Schilde führst. Willst du mir sagen, was dieser Verrat bedeuten soll?"

Erregt zog Herr de Luc den königlichen Geleitbrief hervor und hielt ihn dem Wiking unter die Nase. Boltar wußte indes nichts von dem geplanten Handelsvertrag, auch konnte er weder lesen noch schreiben. Immerhin war ihm aber das Siegel seines Herren bekannt.

Nun setzte er sich hin und betrachtete das Schreiben mit besorgter Miene. Ihm dämmerte, daß er eine Dummheit gemacht habe. Trotzdem wollte er sich die fette Beute nicht ohne weiteres entgehen lassen. Er gestattete dem Fremden nur, im Trondheimsfjord vor Anker zu gehen, bis ein Bescheid des Königs vorliege.

Dieser Bescheid kam bald. Am Strand erschien Aguars Palastwache und erklärte dem Seeräuber, daß er sich als Gefangener zu betrachten habe.

Boltar fürchtete keinen Menschen auf dieser Welt und hätte sich widersetzen können. Gegen das Wort seines Königs wollte er jedoch nicht aufbegehren. So ließ er sich willig nach Wikingsholm führen, wo er nach einem langen Verhör durch Aguar selber bis zum Urteilsspruch der Obhut des Kerkermeisters anvertraut wurde.

In der Nacht weckte den Wiking ein Geräusch am Fenster aus seinem ohnehin unruhigen Schlaf. Als er leise nähertrat, gewahrte er im Mondlicht, daß draußen ein dickes Seil baumelte. Nun hatte er sich zwar ohne Widerstand festsetzen lassen; daß er in seinem Gewahrsam aber auch bleiben werde, das hatte er niemand versprochen. Also zwängte er seinen mächtigen Leib durch die Fensterluke und sah sich forschend um. In der Tiefe rauschte und brauste der Fluß; dorthin führte kein Weg. Dann zog er prüfend am Seil und merkte, daß es oben fest verankert war. Offenbar wollte ihm irgendein Freund zur Flucht verhelfen. Wer das war, konnte er im Augenblick noch nicht einmal ahnen; er dachte auch nicht lange darüber nach, sondern packte die ihm gebotene Gelegenheit beim Schopf und kletterte hinauf.

Als er oben über die Brüstung eines Mauerumgangs stieg, stand er zu seiner Überraschung vor Tillicum, dem dunkeläugigen Indianermädchen, das Aleta einst aus der Neuen Welt mitgebracht hatte. Die Helferin hieß den Wiking durch ein Handzeichen zu schweigen und führte ihn lautlos wie ein Schatten über eine klitschige Steintreppe zum Wasser hinunter, wo ein Boot festgetäut lag.

Nun erst begriff Boltar das ganze Ausmaß der Hilfe, die ihm da geboten wurde; er fragte sich auch kurz, was das Mädchen wohl veranlaßt habe, sich den Zorn des Königs zuzuziehen. Weil denken aber nicht eben des Riesen Stärke war, handelte er. Und zwar nach seiner rauhen Seeräuberart . . .

Als das Boot dann mit der Strömung zum Meere trieb, lag auf seinem Boden ein verschnürtes Bündel, das wie eine lebensgroße Puppe aussah. —

Boltars Verschwinden wurde auf Wikingsholm erst am Morgen ruchbar. König Aguar rätselte zunächst vergeblich daran herum, wie der Häftling entkommen sein könnte. Daß auch Tillicum weg war, machte den Fall noch undurchsichtiger. Des Königs Knechte suchten das Ufer nach den Vermißten ab, ohne eine Spur zu finden.

Der Lösung etwas näher kam Herr Aguar erst, als ihm das Fehlen eines Bootes gemeldet wurde. Damit waren zwar noch keine Zusammenhänge, aber doch wenigstens der Weg bekannt, den die Verschwundenen genommen hatten. Die Reiterei brach sofort nach dem Trondheimsfjord auf, wo Boltars Schiff vor Anker lag.

Inzwischen hatte der Entflohene das leichte Fahrzeug mit viel Geschick und noch mehr Kühnheit durch die Stromschnellen zum Fjord hinuntergesteuert. Als er des Schiffes ansichtig wurde, erhob er seine dröhnende Stimme und rief schon von weitem: „Alle Mann an Bord!“

Das Drachenboot wurde schnellstens seeklar gemacht. Die Männer schleppten Wassersäcke und Ballen mit Verpflegung herbei. Nachdem alles verstaut war, stieg Boltar mit seinem Bündel über die Reling und gab den Befehl zur Abfahrt. Der Wiking frohlockte, denn auf dem freien Meer hatte ihm auch König Aguar nichts zu sagen; dort war er selber König und Herr.

Vorsichtig legte er seine Last nieder und begann, die darumgewickelten Stricke zu lösen. Was sich dann allmählich aus dem Packen herausschälte, war Tillicum, das Mädchen, das Boltar kurzerhand geraubt und bei der Flucht mitgenommen hatte. Dieses Mädchen, dem der Wiking aus einem plötzlichen Entschluß heraus einmal seine goldene Halskette geschenkt hatte, zeigte sich gar nicht erfreut darüber, daß es dem Machtbereich König Aguars gewaltsam entrissen worden war, wenngleich ihm dort doch nur eine harte Strafe drohte. Es funkelte seinen Entführer an wie eine Wildkatze, die bereit ist, schon im nächsten Augenblick anzugreifen.

Über dieses Verhalten war der Riese schwer enttäuscht. Er, der Dank erwartet hatte, stieß nun auf so heftige Ablehnung, daß er sich in seiner Ratlosigkeit nur noch auf die polternde Art zurückziehen konnte, die seine gewöhnliche Ausdrucksweise war. Langsam erhob er sich und sprach: „Ich habe dir gezeigt, wer Meister ist. Gib den Widerstand auf, du gehörst mir! Verstanden?"

„Du irrst dich, gewaltiger Boltar", erwiderte das Mädchen gelassen und mit fester Stimme. „Mein Stamm hat mich einst der Prinzessin Aleta geschenkt, und ihr gehöre ich bis zu meinem letzten Atemzug. Außerdem gehöre ich auch noch Prinz Arne, der meiner Pflege anvertraut wurde!"

Diese Rede nahm der Wiking zunächst lächelnd auf; dann aber verfinsterte sich sein Gesicht und überzog sich schließlich mit jähem Zorn. „Du wirst schon noch erleben, wem du gehörst", brüllte er los. „Ich bin der Herr dieses ganzen Schiffes und folglich auch dein Herr. Vergiß das nie wieder! Verstanden?"

Nun stand das Kind der kanadischen Wildnis ebenfalls auf, wie wenn es anderen Sinnes geworden sei, und trat mit ausgestreckten Armen auf den polternden Klotz zu. Tillicum lächelte so versöhnlich, daß Boltar schon frohlockend meinte, sie habe sich seinem Willen gebeugt.

Das war indes ein Trugschluß. Kaum hatte sich das Mädchen auf Reichweite genähert, da schnellte es vor, riß dem Wiking den Dolch aus dem Gürtel und stieß blitzschnell zu. Boltar konnte gerade noch den linken Arm hochreißen, um seine Kehle zu schützen. Ein Griff mit der Rechten an das Handgelenk des Mädchens und ein schmerzhafter Druck brachten ihn wieder in den Besitz der Waffe.

Boltar überlegte. Hatte ihn Tillicum vielleicht nur deshalb aus der Gewalt des Königs befreit, um ihn hinterher umbringen zu können? Ehe der Seeräuber zu einem Entschluß kam, sprang Tillicum über Bord.

Boltar fluchte und hetzte seine beiden besten Schwimmer hinter der Fliehenden her. Als sie das Mädchen eingeholt hatten, wehrte sich dieses mit Händen und Füßen, auch mußten die Verfolger manchen schmerzhaften Biß und Kratzer hinnehmen, ehe sie den Widerstand brechen konnten.

Nachdem Tillicum wieder an Bord stand, ließ Boltar ein Donnerwetter über sie niedergehen, vor dem selbst seine rauhen Seeleute noch die Köpfe einzogen. Nicht so das stille Mädchen mit den dunklen Samtaugen.

„Du gehörst mir! Verstanden? Mir!“ wütete und tobte der Wiking.

„Meine Herrin heißt Aleta“, gab Tillicum ungerührt zurück.

Boltar mochte einsehen, daß er des Mädchens Starrsinn in dieser Stunde nicht brechen konnte, und ließ Tillicum zur Strafe in die Bordhütte werfen. Dort, so meinte er, habe sie Zeit, sich eines Besseren zu besinnen. Danach befahl er, die zweimal aufgeschobene Abfahrt nun endlich anzutreten.

Doch daraus wurde noch einmal nichts. Die widerspenstige Gefangene, die man so sicher verwahrt glaubte, hatte in der Hütte ein Feuer gelegt. Nun drang dichter Rauch aus allen Fugen, und aus den Fensterläden züngelten auch schon die ersten Flammen.

Das ganze aus Holz gebaute Schiff war in größter Gefahr. Die Männer rissen die Türe zur Bordhütte auf, zogen Tillicum heraus und warfen sie auf die Deckplanken, wo sie halb ohnmächtig liegenblieb.

Während die Mannschaft mit den Feuereimern rannte, kam Tillicum allmählich wieder zu sich und konnte über ihre Lage nachdenken. Als sie gewahrte, daß die Seeleute alle Hände rühren mußten, um des Feuers Herr zu werden, raffte sie sich auf und sprang abermals über Bord.

Boltar entdeckte diese zweite Flucht so spät, daß das Mädchen bis dahin fast schon das Ufer erreicht hatte. An eine Verfolgung war jedoch sowieso nicht mehr zu denken, denn des Königs waffenklirrende Knechte trabten bereits in den Klippen.

Fluchend gab der Wiking den endgültigen Befehl zur Abfahrt; er ahnte, daß er in seiner Heimat nun ein Verfemter sei, und das bedrückte ihn fast ebenso wie der Verlust des Mädchens, dem er in seiner bärbeißigen Art von Herzen gut war.

Am Ufer griffen die Reiter die Ausreißerin auf und brachten sie nach Wikingsholm. Dort stand sie freimütig zu ihrer Tat. Als Herr Aguar aber fragte, warum sie den Gefangenen befreit habe, da schwieg sie.

Auch später, da Aleta wie von ungefähr hinzukam, war Tillicum nicht zu bewegen, ihr Geheimnis preiszugeben. Schließlich beugte sich die Prinzessin zum Ohr des Königs herab und flüsterte: „Ich glaube, wir haben es hier mit einer Frauensache zu tun, von der die Männer nichts verstehen. Am besten ist's, Ihr überlaßt das Mädchen zunächst einmal mir."

Auf diesen Vorschlag wollte Herr Aguar nicht gleich eingehen, denn Tillicum hatte immerhin einen Gefangenen befreit, und das war gleichbedeutend mit einer Auflehnung gegen den erklärten Willen des Königs. Ein schweres Verbrechen also. Aleta, wohl wissend, daß der Schwiegervater Wachs in ihren Händen war, wenn sie nur genügend drängte, gab jedoch nicht nach und erreichte am Ende auch, was sie sich vorgenommen hatte.

Nachher, auf ihrer Stube, versuchte die Prinzessin, ein wenig mehr Licht in die dunkle Geschichte zu bringen, indem sie Tillicum auf den Kopf hin zusagte, was sie selber davon hielt.

„Du liebst Boltar", vermutete sie kühn, „und hast ihn deshalb befreit. Boltar aber liebt dich wieder und hat dich deshalb auf seine rauhe Art entführt. Soweit ist mir alles klar."

Als die Prinzessin aus dem Verhalten des Mädchens erkannte, daß sie mit ihrer Erklärung ins Schwarze getroffen hatte, wenigstens soweit Tillicum selber davon berührt war, da fuhr sie lächelnd fort: „Unklar ist mir jetzt nur noch, warum du nach allem nicht gleich bei deinem polternden Verehrer geblieben bist. Unser Freund ist er doch immer noch."

Tillicum senkte die Augen und dachte angestrengt nach. Dann gestand sie ohne jede sichtbare Erregung: „Mein Volk hat mich Euch einst geschenkt, damit ich mein Leben dem jungen Königssohn weihe. Also wird mein Platz auch immer an Eurer und Prinz Arnes Seite sein."

Diese Treue des in der Wildnis aufgewachsenen Mädchens rührte Aleta fast zu Tränen. „Wenn dem so ist", meinte sie schließlich, „dann müssen wir dafür sorgen, daß Boltar möglichst bald wieder hierherkommt. Für meinen Ge-

mahl und mich wird es unter diesen Umständen nicht schwer sein, den König mit unserem Freunde auszusöhnen. Boltar ist zwar ein Seeräuber, so wie es seine Väter waren, zugleich aber auch ein herzensguter Bursche."

Dieser Boltar, von dem da so freundlich gesprochen wurde, schlug sein Quartier eine Woche später auf einer Insel der nördlich von Britannien gelegenen Shetlandgruppe auf, wo er bleiben wollte, bis sich der erste Zorn des Königs gelegt hatte. Freilich überkam ihn in der Einsamkeit schon nach wenigen Tagen die Sehnsucht nach der Heimat und nach Tillicum so mächtig, daß seine Leute keine gute Stunde mehr bei ihm hatten.

Als einige Wikingerboote, deren Besitzer er kannte, in die Landungsbucht einliefen und Abwechslung versprachen, freute sich Boltar zunächst mächtig. Was er dann erfuhr, war freilich keine gute Kunde.

„Die Dänen versammeln im Skagerrak eine starke Flotte", erzählte der Anführer. „Wir wollen nur Wasser aufnehmen und dann gleich weitersegeln, um den König zu warnen."

Boltar atmete schwer. Die Heimat bedroht . . . ein Kampf stand bevor . . . er aber war ausgestoßen und zum Stillsitzen verurteilt! In dieser Not kam ihm ein Gedanke. Er bat die Freunde, einen seiner Männer mitzunehmen und diesen mit der Warnung zum König zu schicken.

Dieser nicht leicht durchschaubare Wunsch wurde ihm gerne erfüllt. Als Aguar die Nachricht dann zehn Tage später erfahren hatte, sandte er sofort Boten aus, die alle Schiffe und waffenfähigen Männer zusammenrufen mußten. Während dies geschah, beriet der König mit Eisenherz den Schlachtplan. Sie wollten den Dänen schon auf dem Meer entgegentreten. In der Mitte würde der König selber führen, am linken Flügel der Prinz. Wer aber sollte rechts befehlen? Dort, wo sonst immer der verläßliche Boltar stand?

Aleta fand eine ungewöhnliche Lösung. „Am rechten Flügel wird mein Sohn Arne führen", sagte sie. Und als die anderen verwundert dreinsahen, fuhr sie lächelnd fort: „Keine Angst! Ich will mein Kind keiner unnötigen Gefahr aussetzen, aber wo Arne ist, da ist auch Tillicum, und wo Tillicum weilt, da wird Freund Boltar sein, wenn er die Einzelheiten erfährt. Und daß er's erfährt, dafür werde ich schon sorgen."

Dieser Vorschlag leuchtete dem König ein. Ehe die Flotte auslief, ließ Aguar die Schiffsführer rufen und teilte ihnen den Beschluß mit. Die Männer staunten. Ein Kind als Befehlshaber in der Schlacht? Das hatte es noch nie gegeben! Zu widersprechen wagte freilich keiner, denn dazu hatte der König viel zu ernst gesprochen.

Viel mehr erregte sich Boltar, als ihm die Nachricht von seinem eigenen Boten überbracht wurde, dem der König für diesen Zweck sogar ein Schiff zur Verfügung gestellt hatte. Der Wiking empfand, was ihm da angetan wurde, als eine persönliche Schmach. Zuerst war er ganz benommen wegen dieser Kränkung, dann aber fing er an zu toben, wie nie zuvor. Daß auf dem Drachenboot des kleinen Prinzen in Wirklichkeit einer der fähigsten Männer Thules befahl, das erfuhr Boltar auf seiner Insel allerdings nicht. Arnes Stellvertreter war Gundar Harl, ein Schiffsbauer, in dessen verkrüppeltem Körper ein kühler Verstand und ein hochfliegender Geist wohnten. Dieser Mann war trotz seiner leiblichen Mängel durchaus in der Lage, eine Schlacht zu lenken.

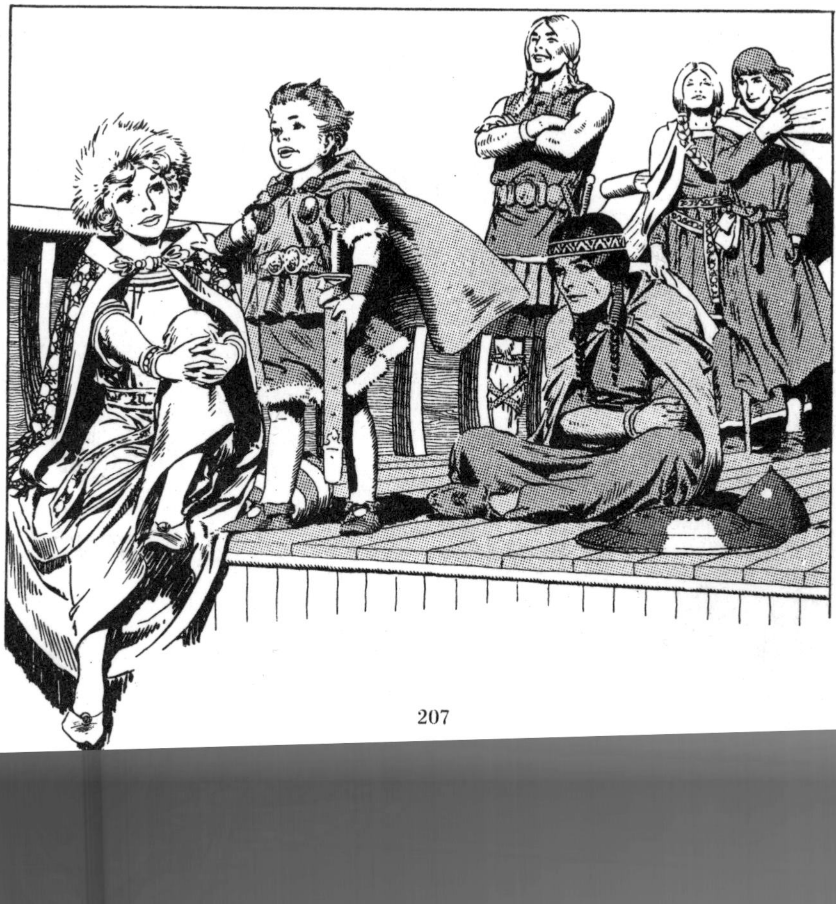

Boltars Gefühle schwankten zwischen Treue und Wut. „Mein Kommando . . . ein Kind soll es führen . . .“, so schimpfte er vor sich hin. „Was weiß denn der König schon von den Dänen? Jahrelang haben sie gegen uns gerüstet, und ihre Stärke ist größer als die Herren auf Wikingsholm glauben.“ „Aber was sorge ich mich eigentlich um andere Leute“, fuhr er dann grimmig fort. „Mögen die Dänen doch ruhig siegen und die ganze hochnäsige Brut vernichten!“

Wie wenig ernst dieser unfromme Wunsch gemeint war, erwies sich gleich darauf, als sich der Steuermann in das Selbstgespräch mischte. „Dann können

wir ja gleich mit den Dänen gehen", meinte dieser. „Das gäbe die fetteste Beute, die wir jemals gemacht haben." — Der rauhe, aber im Herzen doch so biedere Boltar war da anderer Meinung und drückte das auch aus, indem er den Ratgeber mit einem gewaltigen Schwinger aufs Deck legte. —

Die in Jütland lebenden Dänen hatten seit Menschengedenken unter den Überfällen ihrer nördlichen Nachbarn zu leiden gehabt. Als sie nun zum Gegenschlag ausholten, waren sie erfüllt von Raub- und Rachegelüsten. Den kleinen Fischerdörfern in den Buchten erging es dabei schlecht; meistens wurden sie nicht nur ausgeraubt, sondern auch noch eingeäschert. Der zum Himmel steigende Rauch eines solchen Feuers verriet König Aguar die Nähe des Feindes; er ließ seine Flotte zur Schlachtordnung auffahren und versuchte, die noch mit der Plünderung beschäftigten Dänen in der Bucht einzuschließen, ehe sie sich auf hoher See zum Kampf stellen konnten.

Für dieses Unternehmen stand der Wind günstig. Aguars Schiffe hatten beim Angriff den Wind im Rücken; die Dänen dagegen mußten ihre halbe Mannschaft auf die Ruderbänke setzen, wenn sie aus der Falle entkommen wollten. Trotzdem griffen sie wie gereizte Hornissen an.

Noch nie zuvor war Thules Küste von so entschlossenen Kämpfern bedroht worden. Die beiden Schlachtreihen prallten aufeinander, Kriegsrufe gellten auf, und die Klingen der Gegner kreuzten sich. Am heftigsten entbrannte der Kampf auf dem von Eisenherz geführten Flügel. Das „Singende Schwert" zog seine todbringenden Kreise. Trotzdem gelang es den Dänen, ein Drachenboot des Prinzen in Brand zu setzen. Die Flammen griffen rasch um sich, und das Schiff ging verloren. Die so entstandene Lücke benützten die Feinde für den Durchbruch einiger Boote, mit denen sie Aguars Flotte im Rücken angreifen wollten. Es gab ein heilloses Durcheinander.

Der König betrachtete die entstandene Verwirrung mit Sorge und dachte: „Ach, wenn doch nur Boltar zur Stelle wäre." Daß dieser Wunsch bereits erfüllt war, konnte Aguar in diesem Augenblick noch nicht ahnen.

Nach der handgreiflichen Auseinandersetzung mit seinem Steuermann hatte Boltar sofort den Anker lichten lassen, um seinem König zu helfen. Er erreichte den Kriegsschauplatz gerade zur Stunde des dänischen Durchbruchs und konnte so beobachten, wie die Feinde ihren Angriff gegen den Rücken von Aguars rechtem Flügel richteten. An dieser Stelle aber wäre sein Platz gewesen, und dort wußte er auch Tillicum in Gefahr.

Nun gab es für den hitzigen Draufgänger kein Zögern und kein Zaudern mehr. Seine Befehle hallten über das Deck. Wenig später schwamm sein Drachenboot schon mitten unter den durchgebrochenen Dänen, die von dieser Seite her keine Bedrohung mehr erwartet hatten. Nun sahen sie sich plötzlich selber in die Zange genommen und hatten alle Hände voll zu tun, um dem wie eine Naturgewalt über sie hereinbrechenden Unheil zu entrinnen.

Als sich Boltars vertraute Stimme über den Gefechtslärm erhob, schöpfte der heldisch fechtende König neue Kraft und neue Hoffnung. Er wußte nun, daß ihm der ersehnte Helfer zur Stelle war, dessen Arm mehr vermochte als zehn andere.

Damit war die Schlacht freilich noch nicht entschieden. Auf dem linken Flügel, wo sich Prinz Eisenherz allzu vieler Angreifer erwehren mußte, wogte der Kampf unentschieden hin und her. Dort hatten sich Freund und Feind so ineinander verbissen, daß ihre Leiber stellenweise nur noch ein einziges Knäuel bildeten.

Zu diesem Zeitpunkt begann sich aber der Schlachtplan des Königs auszuwirken. Der Anführer der Dänen ließ aus einem Grunde, den die Kämpfenden selber nicht durchschauten, zum Rückzug blasen. Was war geschehen?

Während des Kampfes hatte der Westwind des Königs Schiffe, die durch Ankerketten miteinander verbunden waren, ganz allmählich auf die Felsenküste zugetrieben. Diese Fahrt machte notwendigerweise auch die feindliche Flotte mit, bis deren Anführer endlich erkannte, daß er im Begriff war, seine Bewegungsfreiheit zu verlieren, und deshalb den überraschenden Rückzugsbefehl gab.

Der rechtzeitige Abbruch des bis dahin noch unentschieden stehenden Kampfes rettete den Dänen zwar die Masse ihrer Streitmacht, kam sie aber doch immer noch teuer genug zu stehen. Als Herr Aguar nämlich die Absicht des Gegners erkannte, ließ er die besten Schiffe seiner Flotte unter der Führung von Prinz Eisenherz noch so lange am weichenden Feind, bis die zunehmende Enge des Fjords ein Weiterkämpfen verbot.

Bei diesen Verfolgungsgefechten ging den Dänen noch so manches gute Boot verloren; es blieben ihnen aber doch so viele, daß von einer vernichtenden Niederlage gewiß nicht die Rede sein konnte.

Der Prinz kam erst gegen Abend aus dem Fjord zurück. Als er seinem Vater über die Lage berichtet hatte, ließ dieser sofort einen Kriegsrat zusammenrufen. Viel zu beraten gab es freilich nicht. Wenn der König den Kampf nicht fortführen und dadurch den Dänen Gelegenheit zu weiteren Raubzügen geben wollte, dann blieb ihm nur übrig, die Nacht mit seiner Flotte an Ort und Stelle zu verbringen und das Wiedererscheinen des Feindes abzuwarten.

Endlich sah sich der Prinz seiner kriegerischen Pflichten für einige Stunden ledig. Er ließ ein Beiboot aussetzen und fuhr damit an den rechten Flügel. Den ganzen Tag über war die Sorge um Arne und Aleta nicht von ihm gewichen, aber der Kampf hatte ihn festgehalten. An dem frohen Winken, mit dem ihn die Seinen schon von weitem begrüßten, erkannte er, daß sie wohlbehalten waren. Nach einer innigen Umarmung erfuhr er dann auch gleich Näheres über Boltars Hilfe. Eisenherz hatte mit dem Wiking noch eine Unterredung unter vier Augen, dann ruhte er sich für die kommenden Kämpfe aus. Am Morgen indes, als der Prinz Ausschau hielt, da waren die Gegner verschwunden.

Eine sofort angesetzte Erkundung ergab, daß die Dänen auch nicht mehr in der Tiefe des Fjords steckten; sie hatten sich offenbar bei Nacht und Nebel an der Felsenküste entlang davongeschlichen. Damit war der Kampf vorbei, aber Herr Aguar ahnte, daß der ungeschlagene Gegner den Einfall eines Tages erneut versuchen würde.

Im Augenblick hatte der König jedoch eine andere Sorge; er versammelte die Seinen auf dem Deck des Drachenbootes, wo sie Zeugen eines Rechtsspruches werden sollten. Dann ließ er Boltar zu sich rufen.

Der hünenhafte Mann trat scheinbar gelassen vor seinen König hin; die blitzenden Augen und die geballten Fäuste verrieten indes, wie stark ihn diese Stunde in seinem Innersten bewegte. Die Gerichtssitzung verlief dann freilich ganz anders als Boltar gedacht hatte.

„Nun, mein alter Brummbär", sagte der König, „warum bist du eigentlich zurückgekehrt? Du weißt doch, daß dich hier nur Strafe erwartet!" Damit kam er bei dem zorngeladenen Boltar freilich schlecht an.

„Weil Ihr nicht wußtet, wie stark die Dänen geworden sind und wie sorgfältig sie den Überfall schon seit langem vorbereitet haben", brauste der Gefragte auf. „Als Ihr ein Kind an meine Stelle setztet, habt Ihr die Niederlage eingeladen ... und außerdem habt Ihr eine Frau in Gefahr gebracht." Diese letzten Worte sprach der Wiking mit belehrend erhobenem Zeigefinger und einem besorgten Seitenblick auf Tillicum.

„Nach dem Dienst, den du uns geleistet hast, kann ich dich leider nicht mehr aufhängen lassen, so wie ich das zuerst wollte", entgegnete der König, indem er verstohlen schmunzelte. „Dafür sollst du aber lebenslänglich gefangenbleiben, sofern sich niemand findet, der bereit ist, mit seinem Leben für dein künftiges Wohlverhalten zu haften. Kennst du vielleicht einen solchen Bürgen?"

„Mein Leben und mein Leib sollen für ihn bürgen", sagte da Tillicum sanft und trat vor Boltar hin.

Der Riese begriff diese unerwartete Wendung nicht sogleich, dann aber strahlte er vor Freude und ließ seinen Gefühlen freien Lauf.

Tillicum legte ihre schmale, braune Hand in die Pratze des künftigen Gatten. Nun wußte der König, daß ihm Boltar keine Sorge mehr war.

Bald darauf wurde Hochzeit gehalten. Die Zeremonien waren sehr einfach. Tillicum zerbrach einige Reisighölzer und opferte sie zusammen mit einer Handvoll Getreide Manitou, dem Großen Gott ihrer Heimat. Hinterher verkündete Boltar mit seiner lautesten Stimme, daß Tillicum nunmehr seine Hausfrau sei für jetzt und immerdar. Das war alles.

Nach der kurzen Feier führte Boltar das junge Weib in die hochgebaute Halle seiner Burg. Inmitten des Raumes stand ein grob gemauerter Herd, der gleichzeitig zum Kochen und Heizen diente. Der unvermeidliche Rauch konnte nur durch zwei Löcher in den Giebeln entweichen. An den Längsseiten der Halle waren die Schlafkammern durch Vorhänge abgetrennt. Geschnitzte Bänke und große Tische vervollständigten die Einrichtung.

Das war alles sehr einfach. Um so aufwendiger ging es an der Hochzeitstafel zu, wo die Männer zuerst für sich allein aßen, während die Frauen auftrugen. Später ließen sich auch die Frauen zum Essen und zu einem kleinen Schwätzchen nieder. Wie es der Brauch verlangte, saß Boltars Mutter auf dem Ehrenplatz, aber das war für Tillicum selbstverständlich, denn bei ihrem eigenen Volke herrschten ganz ähnliche Sitten. Im übrigen war Boltars Mutter der Schwiegertochter herzlich zugetan; sie wußte, daß die sanfte Tillicum gerade die richtige Frau für ihren rauhbeinigen Sohn war. Von mancher Sorge, die sie sich in der Vergangenheit um ihren allzusehr dem wilden Abenteuer zugeneigten Sohn machen mußte, würde sie künftig befreit sein. —

Die Ruhe, die nach der Hochzeit in Thule herrschte, behagte dem Prinzen nicht lange, zumal auch Herr de Luc mit seiner Tochter Adele das Land längst wieder verlassen hatte. Eines Tages legte Eisenherz dem unentwegt dichtenden Arf die Hand auf die Schulter und sprach: „Hör endlich mit dem Schreiben auf, wir reiten die Grenzen des Landes ab!"

In den ersten Tagen verlief die Reise ganz nach dem Geschmack des Prinzen; dann aber setzte ein heftiger Regen ein. Das anhaltende Unwetter brachte den Fluß, den sie mehrfach überqueren mußten, rasch zum Steigen. Eisenherz benützte zwar nur die ihm bekannten Übergänge, aber das Wasser führte Treibgut mit sich, das gefährlich werden konnte. Ein solches Hindernis, einen im Wasser dahinschießenden Baum, entdeckte der hinterherreitende Knecht zuerst; er wollte die anderen noch warnen, doch da war es schon zu spät!

Eisenherz und Arf wurden umgerissen und trieben in rasender Eile einer Stromschnelle zu. Der Knecht konnte sich mit knapper Not ans Land retten, mußte aber hilflos zusehen, wie die Gefährten in die Tiefe stürzten.

Einer solchen Hölle entrinne kein Mensch, dachte der Knecht und machte sich entsetzt auf den Heimweg. Wegen dieses kopflosen Verhaltens wurde er nicht mehr Zeuge einer wunderbaren Rettung, die sich schon wenige Augenblicke später vollzog. Die Hand des schwer geschundenen und halb ohnmächtigen Prinzen ertastete einen aus dem Wasser ragenden Felsen und griff zu. Eisenherz kam allmählich zu sich, seine Lungen zogen gierig die Luft ein, und bald kehrte ihm auch wieder etwas Kraft zurück.

Als der Gerettete in die Runde schaute, entdeckte er, daß der Unglücksbaum auf eine Sandbank gelaufen war und sich so gedreht hatte, daß der im Geäst hängende Arf Luft bekam. Der Prinz befreite seinen bewußtlosen Freund und legte ihn unter einen überhängenden Felsen am Ufer, wo er so lange Wiederbelebungsversuche mit ihm anstellte, bis Arf endlich die Augen aufschlug. Danach entfachte der Prinz aus Birkenrinde und einigermaßen trocken gebliebenen Ästen ein Feuer, das ihnen Wärme für die Nacht gab. Die lodernde Flamme schützte sie auch vor den Tieren der Wildnis.

Während der Nacht schlief der Regen ein. Ein strahlender Morgen zog herauf, aber Arf war von seinem Abenteuer noch so mitgenommen, daß an einen Weitermarsch nicht gedacht werden konnte. Also legte der Prinz einen Ruhetag ein, der ihm selber auch willkommen war.

Als sie die Umgebung nach dem Knecht und etwas Eßbarem absuchten, stießen sie an einer seichten Uferstelle unterhalb des Lagers auf ihre Pferde, die sich zu Tode gestürzt hatten, aber noch mit mancherlei brauchbaren Dingen bepackt waren. So kam der Prinz vor allem wieder zu Pfeil und Bogen wie auch zu seinem Fischgerät. Da ihre Mägen knurrten und jagdbares Wild nicht zu sehen war, machte der Prinz aus Muscheln einen Köder zurecht, mit dem Arf die scheuen Forellen in die Reichweite des Fischspeeres lockte. Das brachte ihnen rasch ein gutes und reichliches Mahl ein.

Hinterher sagte der Prinz: „Arf, du hast jetzt das Vergnügen, die Pferde abzuhäuten und ihre Blasen sicherzustellen. Ich selber beschaffe inzwischen geeignetes Holz. Wir bauen uns ein Boot für die Heimfahrt."

Auf diesen Ausweg war der Prinz verfallen, weil er einsah, daß der geschwächte Arf mit seinem Holzbein einem langen Fußmarsch durchs Gebirge nicht mehr gewachsen war. Der Fluß, an dem sie lagerten, mündete in ein größeres Gewässer, das an Wikingsholm vorbeifloß. Also lag der Gedanke, für die Heimkehr den Wasserweg zu wählen, ohnedies nahe.

Was Eisenherz zum Bau eines Bootes brauchte, nämlich leicht spaltbare Stämme, zähe Ruten, schmiegsame Rinden und auch etwas Baumharz zum Verkleben der Tierhäute, das alles fand er am Ufer und im Wald so reichlich, daß er sich die besten Stücke sogar auswählen konnte.

Während der Prinz mit dem Zurichten des Holzes beschäftigt war, schnitt Arf in einiger Entfernung aus einer Pferdehaut die zum Bootsbau notwendigen Riemen. Das war nicht nur eine mühselige, sondern auch eine unangenehme Arbeit, denn die Häute stanken um diese Zeit schon ganz gewaltig. Trotzdem unterzog sich der Junge willig der ihm gewiesenen Aufgabe.

Einmal, am Nachmittag, als sie im Fluß einen aufsteigenden Lachszug entdeckten, unterbrachen die fleißigen Freunde ihre Arbeit und erbeuteten von den köstlich schmeckenden Fischen so viele, daß sie an diesem Tag vor dem Hunger keine Angst mehr zu haben brauchten.

Gegen Abend lag dann alles zum Bootsbau notwendige Material bereit. Arf durfte ausruhen, und Eisenherz räucherte die gefangenen Fische.

Am Morgen nahmen sie ihr Werk schon in aller Frühe wieder auf. Arf, der sich zum erstenmal in seinem Leben an einem Bootsbau beteiligte, erkannte nun die Nützlichkeit der getroffenen Vorbereitungen. Mit flinken Händen wurde das Gerippe nach Indianerart zusammengebunden und war bald soweit fertig, daß die Außenhaut angebracht werden konnte.

Als das Boot fertig war, bereitete Eisenherz in einem Eimer aus Birkenrinde ein Gemisch aus Baumharz und

Holzkohlenpulver, das er mit einem glühenden Stein zu einem brauchbaren Abdichtungsmittel erhitzte.

Während sie die Nahtstellen der Bootshaut mit dieser Masse bestrichen, legte sich der Wind. Den feuchten Uferstellen entstiegen alsbald ganze Wolken von Stechmücken, die gierig über die Menschen herfielen. Gegen diese gefürchtete Plage des Nordens gab es kaum eine wirksame Abwehr. Selbst das von Eisenherz rasch entzündete Feuer konnte die Blutsauger nicht von ihren Opfern abhalten. Das Boot wurde aber trotzdem fertig.

Als dann gegen Abend auch noch ein kühler Wind aufkam, der die unersättlichen Quälgeister endlich vertrieb, da durften die beiden Freunde glücklich und ungestört dem Tag des Aufbruchs entgegenschlafen.

Eine Probefahrt am Morgen erwies, daß das Boot trotz seiner leichten Bauart fest genug war, um den Tücken des Flusses zu trotzen. So traten sie denn frohgemut den Heimweg an, dessen Länge der Prinz auf sechzig Meilen schätzte. Wenn alles gut ging, war das in drei Tagen zu schaffen.

Zunächst ging auch alles gut. Das Boot glitt an dunklen Wäldern vorbei über den sanft strömenden Fluß, der an dieser Stelle nicht erkennen ließ, wie wild und gefährlich er sich anderwärts gebärden konnte. Manchmal gerieten die Paddler aber auch in Stromschnellen und mußten dann ihre ganze Geschicklichkeit aufbieten, um wohlbehalten durchzukommen.

Die größeren Schnellen, deren Lage dem Prinzen von ungefähr bekannt war, umgingen sie auf dem Land. Da es in dieser gebirgigen Uferwildnis weder Weg noch Steg gab, war das immer ein mühseliges Unterfangen. Arf mußte dann vorausgehen und einen Pfad suchen, während Eisenherz das zum Glück so leicht gebaute Boot auf dem Rücken hinterherschleppte. Dieses umständliche Verfahren kostete die Heimkehrer oft viele Stunden und war auch nicht ungefährlich, wie sich eines Tages ziemlich unvermittelt herausstellen sollte.

Um mit der Jagd keine Zeit zu verlieren, ernährten sich die Freunde während der Reise außer von Fischen hauptsächlich von Beeren, die sie bei ihren Landgängen einsammelten. Bei einer solchen Gelegenheit sahen sie sich einmal recht plötzlich einer Braunbärin gegenüber, die zwei Junge führte. Da Eisenherz die Angriffslust der säugenden Petze aus mancher Erfahrung kannte und als einzige Waffe nur den kurzen Dolch im Gürtel trug, machte er sich mit Arf möglichst unauffällig aus dem Staub.

Am Abend des gleichen Tages verengte sich das Felsental. Eine Flußbiegung verhinderte, daß die Freunde das Rauschen einer Stromschnelle rechtzeitig hörten. Zum Landen war's zu spät, und so kam, was kommen mußte. Das Boot gehorchte in der immer stärker rinnenden Strömung keinem Ruder mehr und wurde schließlich gegen einen Felsen geworfen.

Einem solchen Anprall hätte kein anderes Fahrzeug widerstanden, das indianische Kanu aber hielt sich dank der eingebauten Schwimmblasen noch über Wasser, so daß die Schiffbrüchigen wenigstens einen Halt hatten.

So gesichert, steuerten sie, als das Wasser wieder ruhiger ging, eine kleine Felseninsel mitten im Fluß an, auf der sie die bereits hereinbrechende Nacht verbringen wollten. Für eine sofortige Ausbesserung des Bootes war es schon zu dunkel, aber sie konnten noch feststellen, daß alle ihre Habseligkeiten zwar geborgen, die Schäden am Kanu jedoch recht beträchtlich waren.

Nach einer fast schlaflos verbrachten Nacht, in der es auch wieder zu regnen anfing, schwamm Eisenherz ans Ufer und suchte einen geeigneten Platz für die Arbeiten am Boot. Als er ihn etwas unterhalb des Inselchens gefunden und ihre Habe hinübergebracht hatte, wurde der Prinz durch das Knurren seines Magens empfindlich daran erinnert, daß er schon sehr lange nichts Rechtes mehr gegessen hatte. Damit war es in dieser Gegend freilich schlecht bestellt. Jagdbares Wild war weit und breit nicht zu entdecken, nicht einmal Enten, die sonst überall die Uferdickichte bevölkerten. Auch der Fluß wollte an diesem Tage nichts hergeben. In den hochgehenden, vom Regen getrübten Fluten zeigten sich weder Salm noch Forelle. Den Gefährten blieb nichts anderes übrig, als sich mit den in der näheren Umgebung nur spärlich wachsenden Heidelbeeren zu begnügen, was für zwei Männer, die eine schlechte Nacht hinter sich und einen arbeitsreichen Tag vor sich hatten, nicht eben üppig war.

Der anhaltende Regen und das kärgliche Essen hinderten die Freunde indes nicht daran, mit allem Eifer an die Ausbesserung des Bootes zu gehen. ,,Ich war des ewigen Fischessens weidlich müde", scherzte der Prinz während der Arbeit. ,,Nachdem ich aber solange nur von Beeren gelebt habe, kommt mir ein gebratener Lachs schon wieder wie ein höchst begehrenswerter Leckerbissen vor."

Gegen Abend legten sich Wind und Regen; endlich brach auch die Sonne aus den Wolken und spendete den bis auf die Haut durchnäßten Männern noch ein bißchen Wärme.

Mit dem Wetterwechsel war eine günstigere Zeit für die Jagd gekommen. Eisenherz, der nun wenigstens auf ein paar Enten hoffte, pirschte sich am Ufer entlang flußabwärts und kam so zu einem Anblick, der sein Jägerherz höher schlagen ließ: In einer stillen Bucht, wahrscheinlich an der gewohnten Tränke, stand ein Hirsch, beschienen von den rötlichen Strahlen der versinkenden Sonne. Es war ein herrliches Bild!

Mit einer solchen Überraschungsbeute hatte Eisenherz an diesem Abend nicht mehr gerechnet; nun galt es doppelt vorsichtig zu sein, wenn sie ihm nicht im letzten Augenblick noch entgehen sollte.

Der Jäger ließ sich behutsam ins flache Wasser gleiten und verringerte ganz allmählich die Entfernung, bis ihn nur noch wenige Schritte und einige Schilfbündel von seinem scheuen Wild trennten.

In diesem entscheidenden Augenblick hob der Hirsch den Kopf aus dem Wasser und sicherte mißtrauisch nach allen Seiten. Der Jäger mußte lange warten, bis sich das Tier wieder beruhigt hatte; dann spannte er seinen Bogen und schoß!

Auf die kurze Entfernung traf der Pfeil mitten ins Leben. Der Hirsch brach nach zwei, drei Sprüngen zusammen. Damit waren Eisenherz und Arf aller Sorgen um die nächsten Mahlzeiten enthoben. —

Nach einigen letzten Handgriffen am Boot setzten sie am andern Tag die Heimreise fort und gelangten bald in ruhiges, ihnen wohlbekanntes Wasser, das keine Gefahren mehr barg. Da der Wind flußabwärts blies, konnten sie sogar eine Decke als Segel setzen. So glitten sie vergnügt über die grüne Flut und dachten nicht daran, daß sich jemand um sie sorgen könnte.

Wesentlich eiliger hatte es um diese Zeit der Knecht, der fest an den Tod des Prinzen glaubte und die Unglücksbotschaft möglichst bald nach Wikingsholm bringen wollte. Er ließ sich weder zum Essen noch zum Rasten genügend Zeit und hastete mit seinen letzten Kräften der Königsburg zu.

Als der völlig erschöpfte Mann vor Aleta in die Knie brach und seine Kunde daherstammelte, wich das Blut aus der Prinzessin Wangen. Auch der König stand weiß und starr wie ein Marmorbild da. Trotz ihrem Schmerz vergaß Aleta jedoch nicht, dem Unglücksboten schnellstens Speise und Trank reichen zu lassen.

Danach wandte sie sich tapfer dem König zu und sagte: „Noch brauchen wir nicht zu verzweifeln, Vater. Denkt daran, welchen Gefahren der Prinz schon entronnen ist, ohne Schaden zu nehmen. Mein Herz verrät mir, daß er wiederkehrt."

Auch Klein-Arne, der alles noch nicht recht begriff, spendete sie Trost. „Lach' doch, mein Bübchen", sagte Aleta. „Niemand kann deinem Vater etwas antun, auch der böse Fluß nicht. Vater wird heimkehren, er ist ja so stark und so klug. Du mußt nur warten und brav schlafen."

Allen sprach Aleta Mut zu; als dann aber die einsamen Stunden der Nacht hereinbrachen, da weinte sie bitterlich in ihr Kissen hinein.

Am anderen Morgen ließ sich der König von dem nunmehr etwas erholten Knecht noch einmal ganz genau über den Unfall berichten. Wenngleich er nicht hoffen durfte, den geliebten Sohn jemals lebend wiederzusehen, so wollte er doch versuchen, wenigstens den Leichnam zu bergen, damit diesem ein würdiges Grab an der Seite seiner Ahnen bereitet werden könnte.

Während sich die Männer des Königs auf dem Burghof noch zum Abmarsch versammelten, schwamm das Boot mit Arf und dem Prinzen schon ganz in der Nähe von Wikingsholm. „Es ist schön, daß wir jetzt bald zu Hause sind", sagte der Prinz. „Ich freue mich richtig auf das Wiedersehen."

Am Rande des großen Wasserfalles oberhalb der Burg zogen sie das Boot aufs Land. Nun trennte sie nur noch eine breite Talaue von der heimatlichen Burg mit ihren sonnenbeschienenen Türmen und Wällen.

Um diese Zeit verkündeten helle Fanfarenstöße das Nahen eines hochgestellten Besuchers. Aleta und Aguar, beide getrieben von ihrer quälenden Unrast, eilten sofort ans Fenster.

So wurden sie, fassungslos vor Freude, Zeugen, wie Eisenherz durch das Burgtor stürmte und die zur Nachsuche versammelten Männer im Vorbeieilen mit einem Jubelruf begrüßte.

Wenige Augenblicke später stand er im Zimmer und tat, als sei überhaupt nichts geschehen. In seiner Jugendkraft dachte er immer noch nicht daran, daß irgend jemand um ihn gebangt haben könnte, und sagte nur: „Ich fürchte, daß ich drei Wochen zu spät zum Essen gekommen bin. Bitte verzeiht mir das Wartenlassen."

Wie schon oft, mußte Aleta auch jetzt wieder dazu schweigen, daß ihr Gatte keiner Gefahr aus dem Wege ging und kaum einmal an die Sorgen dachte, die sich seine Liebsten immer wieder um ihn machen mußten. Einmal aber, bei einem kurzen Gespräch mit dem Vater, das sonst niemand mit anhörte, sah er ein, wieviel Kummer und Leid er seiner Frau angetan hatte, und gelobte, den Seinen künftighin keine unnötige Sorge mehr zu bereiten.

In diesen Tagen kehrten Egil und Rufus endlich mit den Missionaren aus Rom zurück. Nun konnte die Missionsarbeit in Thule beginnen. Rufus und Egil hatten sich schon unterwegs bekehrt und den frommen Vätern die nordische Sprache beigebracht. Ein alter Festungsbau wurde nach den Angaben der Missionare zur Kirche ausgebaut, in der als erste heilige Handlung die Taufe der beiden Prinzessinnen vorgenommen werden sollte.

Wegen der Taufnamen gab es zwischen Eisenherz und Aleta noch einen kleinen Familienstreit. Tagelang hatte der Prinz von nichts anderem gesprochen als von den Namen, die er den Zwillingen geben wollte, bis ihm dann Aleta die Hand auf die Schulter legte und energisch erklärte: „Mein lieber Freund, vorläufig bist du immer noch ein Prinz, ich aber bin die Königin der Nebel-

inseln. Folglich steht mir auch das Recht zu, die Namen der Kinder zu bestimmen!“ Gegen diese Feststellung wagte selbst der befehlsgewohnte Prinz keinen Widerspruch mehr, worüber sich der zuhörende Herr Aguar herzlich freute. Der König erkannte nämlich nun, daß er nicht der einzige war, der zuweilen unter Aletas zierlichem Pantöffelchen stand.

Einige Wochen später, als die Kirche fertig war, lud König Aguar die Edlen des Landes zur Teilnahme an der ersten christlichen Taufe in Thule ein. Der älteste der Missionare taufte die Zwillinge nach Aletas Geheiß auf die Namen Valeta und Karin, wovon der eine die Melodie des Südwindes in sich trug, während der andere wiederum den nordischen Ohren vertraut klang. Mit dieser Lösung waren alle zufrieden.

Nach der Taufe kehrten die Gäste auf ihre Güter zurück, wo sie sich den nun beginnenden Erntearbeiten widmen mußten. In diesen so friedlich dahinlaufenden Tagen kam von der südlichen Grenze des Landes eine seltsam verworrene Kunde. Der Nachbar schien Böses gegen Thule zu planen; um was es genauer ging, konnte der Bote freilich auch nicht sagen.

Eisenherz und Rufus brachen sofort auf, um das Nähere an Ort und Stelle zu erfahren; sie freuten sich beide über die willkommene Abwechslung. Von den verstörten Bauern an der Grenze hörten sie dann eine höchst absonderliche Geschichte. Der Fluß, dem die ganze Landschaft ihre Fruchtbarkeit verdankte, hatte trotz dem regenreichen Sommer immer weniger Wasser zu Tal gewälzt und war schließlich zu einem dünnen Rinnsal zusammengeschrumpft, in dem die Fische massenhaft verkamen.

„Als wir über die Grenze gingen, um der Ursache des Übels nachzuspüren, da wurden wir von einem bewaffneten Haufen zurückgetrieben“, so fügte ein alter Bauer hinzu. „Seitdem fehlt uns das Wasser, die Herden dürsten und das Land verdorrt. Wenn das Wasser nicht bald wiederkommt, gehen wir einer Hungersnot entgegen.“ —

Nach dieser Auskunft, die immer noch rätselhaft genug war, zog Eisenherz mit Rufus auf Schleichwegen talaufwärts und kam so, ohne selbst entdeckt zu werden, hinter ein erstaunliches Geheimnis. „Schau“, sagte der Prinz zu seinem Gefährten, „die lieben Nachbarn haben unsern Fluß abgeleitet, aber der Damm liegt immerhin noch auf ihrem eigenen Gebiet.“

„Warum sie uns wohl das Wasser gestohlen haben?" rätselte Rufus.

„Das werden wir bald wissen", meinte Eisenherz. „Wir reiten weiter!"

Am neuen Wasserlauf fanden sie dann ein ehemaliges Ödland, das mit dem lebenspendenden Naß berieselt wurde. Schon waren Zäune für das Vieh und auch die ersten Hütten für die Menschen errichtet.

„Hm", stellte der Prinz nachdenklich fest. „Sie geben also unser blühendes Tal dem Untergang preis, nur damit ihr eigenes Ödland fruchtbar wird. Gut, sie sollen Wasser haben . . . mehr als ihnen lieb ist."

Die Späher hatten genug gesehen und ritten zurück, ohne sich noch die geringste Mühe zu geben, vor den Augen der Nachbarn unsichtbar zu bleiben. An der Grenze erklärte der Prinz seinen Bauern und Hirten, was mit dem Fluß geschehen war, worauf das empörte Volk sofort einen Kriegszug gegen den rücksichtslosen Nachbarn forderte. „Gemach, meine Freunde!" beschwichtigte da der Prinz. „Wir haben mit dem Nachbarn immer so friedlich gelebt, daß wir nicht gleich loszuschlagen brauchen. Den Fluß bekommen wir auch ohne Blutvergießen wieder. Holt Äxte, Schaufeln und Hacken herbei; ihr werdet sie in diesem Falle nützlicher gebrauchen können als den Speer."

Nachdem sich die Männer mit den Werkzeugen versehen hatten, führte sie der Prinz über die Berge in ein Nebental, durch das der gestohlene Fluß nach Thule zurückkehrte.

„Wir errichten auf eigenem Boden einen Damm", erklärte der Prinz, „dann werden sie oben bald mehr Wasser haben als ihrem Ödland guttut. Ans Werk also, ihr Männer, damit wir unseren Fluß wiederbekommen."

Der Ort war für des Prinzen Vorhaben wie geschaffen, denn das neue Flußbett hatte hier einen Engpaß, dessen Sohle nur wenig tiefer als das bewässerte Ödland lag. Tagelang, vom Morgen bis zum Abend, donnerten die mit Hebestangen gelösten Felsblöcke über die steile Berghalde zu Tal, und munter klangen die Axthiebe der Holzfäller dazwischen.

So wuchs der Damm rasch in die Höhe. Damit er das Wasser auch wirksam staue, wurden Erde und Gezweig in die groben Lücken zwischen den Baumstämmen und Steinbrocken geworfen. Die Folgen dieses Bemühens bekamen die im alten Ödland angesiedelten Bauern peinlich zu spüren.

Begünstigt durch einen anhaltenden Regen, nahm das Wasser im künstlichen Becken so rasch zu, daß man sein Steigen von Stunde zu Stunde sogar mit dem bloßen Auge verfolgen konnte. Natürlich machte der Rückstau auch vor der Landesgrenze nicht halt, und so geschah es, daß sich die Ödlandbauern bald von mehr Wasser umgeben sahen, als sie brauchen konnten. Damit war alles genauso gekommen, wie es der Prinz berechnet hatte.

Ehe die nun so hart bedrängten Flußdiebe daran denken konnten, der Ursache dieses unerklärlichen Wasserreichtums nachzuspüren, mußten sie ihre bewegliche Habe vor der ansteigenden Flut eiligst auf den höher gelegenen Teilen des Talbodens in Sicherheit bringen, wobei in der Verwirrung freilich noch so mancher nützliche Gegenstand zurückblieb. Als das Rettungswerk, so gut es ging, getan war, schwärmten die Bauern an den überschwemmten Flußrändern aus, um festzustellen, welchem Naturereignis sie ihre mißliche Lage zu verdanken hatten. Daß nämlich auch der Mensch seine Hand im Spiel haben könnte, daran dachten sie um diese Zeit noch nicht im entferntesten.

Indem die ratlosen Bauern noch emsig suchten, ruhten sich des Prinzen Leute von der schweren Arbeit aus. Ihre Werkzeuge hatten sie klüglich weggelegt und dafür die Waffen zur Hand genommen. Wie nötig das war, erfuhren sie etwas später, als an der Grenze eine Schar von Männern auftauchte und beim Anblick des künstlichen Dammes in drohende Rufe ausbrach. „Entfernt den Wall“, schrien die Männer und schwangen drohend die Waffen. „Macht das selbst!“ gab Eisenherz zurück und ließ sich abwartend auf einem Felsblock nieder.

Das „Singende Schwert" blieb in der Scheide. Mit dem starken Rufus an der Seite und den eigenen Bauern hinter sich, hätte Eisenherz den aufgebrachten Flußdieben zwar übel mitspielen können, aber das wollte er nicht; seine Gedanken liefen in eine ganz andere Richtung.

Weil Eisenherz nun selber keinen Finger gegen die so offensichtlich drohende Gefahr rührte, stellte sich Rufus entschlossen an seine Seite, um ihn im schlimmsten Falle vor Schaden zu bewahren.

Während dieses kurzen Zwischenspieles dachte Eisenherz nach. Das Ganze sah nur nach einem kleinen Grenzstreit aus, aber der Zwist konnte sich ausbreiten, rasch wie die Flamme im trockenen Laub, und zu einem wirklichen Krieg zwischen zwei Völkern führen, die so lange einträchtig nebeneinander gelebt hatten. Eisenherz war zwar noch jung an Jahren, doch hatte er schon allzuoft erfahren, wohin nichtige Streitigkeiten führen können, und wollte deshalb alles tun, was den Frieden retten konnte. Bei diesen Überlegungen dachte er auch daran, daß er Aleta erst vor kurzem fest versprochen hatte, jedes unnötige Abenteuer zu meiden.

Des Prinzen Zurückhaltung wurde von den Gegnern indes gründlich mißverstanden; sie verwechselten Versöhnungsbereitschaft mit Schwäche oder gar Feigheit und stimmten einen Kriegsgesang an, um sich selber in die richtige Kampfesstimmung zu bringen. Bald flogen auch die ersten Steine, und nun schien ein Blutvergießen unvermeidlich geworden zu sein.

„Halt!" rief da der Prinz so gebieterisch dazwischen, daß der ausbrechende Kampf gerade noch einmal zum Stillstand kam. „Ich bin Eisenherz, der Sohn des Königs von Thule, dessen Fluß ihr gestohlen habt. Ihr kennt meinen Namen und mein Schwert. Auch werdet ihr wohl wissen, was geschieht, wenn ihr eine blutige Auseinandersetzung heraufbeschwört."

„Das vorweg, und nun zur Sache! Ihr habt unseren Fluß umgeleitet, weil ihr das Wasser für euer unfruchtbares Ödland verwenden wolltet. Daß ihr etwas Wasser braucht, verstehe ich. Was ich aber nicht verstehe, das ist, daß ihr eine fruchtbare Landschaft des Nachbarn rücksichtslos der Öde preisgeben wollt, und das alles nur um eines eigenen Vorteiles willen. Trotzdem möchte ich versuchen, den Streit im Guten zu beenden. Ich biete euch freiwillig den halben Fluß an. Überlegt das und bedenket dabei, daß ein halber Fluß in eurem besonderen Falle viel nützlicher ist als ein ganzer oder gar keiner. Beratet nun und sagt mir dann, zu was ihr entschlossen seid: für den Kampf oder für das Teilen. Beides könnt ihr haben nach eurem eigenen Willen!"

Die Nachbarn begaben sich abseits und berieten lange, wobei einige zuweilen verstohlen die Köpfe umwandten, wie wenn sie erforschen wollten, ob das Angebot auch wirklich ehrlich gemeint sei. Einer von diesen Mißtrauischen äußerte sogar ganz offen den Verdacht, daß ein übler Verrat im Spiel sein könnte.

Damit kam er bei dem greisen Anführer des kleinen Haufens freilich schlecht an. „Meine Ohren haben schon vieles über Prinz Eisenherz gehört, niemals aber, daß er sein Wort oder ein Versprechen gebrochen hat. Wir nehmen, was er uns bietet. Ist irgendeiner von euch dagegen?"

Da sich kein Widerspruch regte, ging der Alte zum Prinzen zurück und überbrachte den Beschluß. „Gut!" sagte der. „Steckt nun die Waffen weg, wir ziehen zum oberen Damm!"

Während sie talaufwärts stiegen, trafen sie weitere Männer, die sich dem Zug, nachdem sie von der glücklichen Wendung erfahren hatten, sofort begeistert anschlossen.

„Nun", so fragte der Prinz ganz harmlos am Ziel, „wie kann man einen Fluß wohl teilen?"

„Man könnte einen Querdamm ziehen", begann der eine. — „. . . und gleichgroße Abflußkanäle nach beiden Seiten bauen", ergänzte der andere.

Die Männer begannen sofort mit der Arbeit, und Eisenherz konnte zufrieden heimwärts ziehen. Das schlimme Abenteuer, das ihm dabei widerfuhr, war in diesen frohen Stunden noch nicht vorauszusehen.

Am anderen Tag, als der Prinz schon wieder auf heimatlichem Boden ritt und vergnügt ein Liedchen vor sich hinsummte, traf ihn unvermittelt ein aus dem Hinterhalt abgeschossener Pfeil in die Kehle.

Eisenherz empfand einen stechenden Schmerz, dazu eine beängstigende Atemnot, und sank halb ohnmächtig vom Pferd. Als er sich nach dem harten Aufschlag wieder gefaßt hatte, dachte er verzweifelt an Aleta und die Kinder, die er vielleicht nie mehr wiedersehen würde.

Diese Sorge gab ihm etwas Kraft zurück. Vorsichtig, aber doch entschlossen, versuchte er, den Pfeil aus der Wunde zu ziehen, und siehe da, es gelang ihm überraschend leicht. Beim näheren Hinschauen entdeckte er dann, daß das Geschoß die mittlere Scheibe seiner Halskette durchbohrt und dadurch seine größte Wucht verloren hatte. Eisenherz sprang auf die Füße und schaute sich suchend nach Rufus um; der aber jagte schon hinter dem durch das dichte Gebüsch flüchtenden Schützen her, den er für den Meuchelmörder seines Gefährten hielt.

Eisenherz folgte den beiden und erreichte sie gerade in dem Augenblick, da Rufus den Fremden an einer Felswand gestellt hatte und schon zum tödlichen Schwertstreich ausholte. Diese allzu rasche Sühne verhinderte der Prinz jedoch, wozu ihn freilich weniger die Milde als die Neugier trieb. Er wollte erfahren, was den Unbekannten zu dem Anschlag getrieben hatte.

„Warum wolltest du mir ans Leben?“ herrschte er den atemlosen Mann an.

„Verzeiht, Herr“, stotterte der Missetäter, „ich . . . ich habe Euch für Sigurd Holem gehalten, dem Ihr von weitem ähnlich seht.“

Der Prinz horchte auf. Sigurd Holem, ein Lehensmann des Königs, galt zwar als ein gewaltiger Kämpfer, stand aber sonst bei Hofe nicht eben in gutem Ansehen. „Was hast du mit diesem Holem?“ fragte Eisenherz weiter.

„Der Bube hat, während ich auf der Jagd war, mein Weib erschlagen und meine Tochter geraubt. Mein Haus hat er niedergebrannt und mein Vieh weggetrieben. Nichts ist vor ihm sicher, und sollte ich jemals noch einen Pfeil verschießen können, so gälte er diesem Ungeheuer.“

„Gut“, sagte der Prinz, „ich glaube das. Wenn ich dir den Kopf abschlüge, würden deine Augen sowieso nicht besser. Du führst uns zu Holem.“

Unterwegs erfuhr der Prinz noch manches andere über den Lehensmann, der seine Macht so mißbrauchte; er beschloß Ordnung zu schaffen.

Die Ankunft des kleinen Trupps wurde schon von der Grenze des Burgbereiches aus durch eine mit Jagdhörnern ausgestattete Postenkette an Sigurd weitergegeben, so daß dieser rechtzeitig gewarnt war.

Der Lehensmann empfing den ungeladenen Besuch mit einem Hochmut sondersgleichen. Als Eisenherz ankündigte, daß er die Zustände auf der Burg untersuchen und auch das Gesinde befragen werde, da antwortete Sigurd: „Das wirst du bleiben lassen. Das Lehen hat mir dein Vater gegeben. Solange er die Verleihung nicht schriftlich widerruft, bin ich hier der Herr. Du aber kannst nur meine Gastfreundschaft genießen . . . bis Sonnenaufgang!“

Zu diesen Worten lächelte Sigurd das hohngetränkte Lächeln eines Mannes, der sich seiner Macht wohlbewußt ist und die eigene Niedertracht in vollen Zügen genießt. Beim Anblick dieses brutalen Gesichtes und der schadenfreudig grinsenden Gesellen, die hinter Sigurd standen, erkannte der Prinz, daß ihm zur Stunde noch die Hände gebunden waren. Er machte deshalb gute Miene zum bösen Spiel und tat, als habe er seine Absichten aufgegeben.

Das Nachtmahl wurde eine peinliche Angelegenheit. Sigurd ließ an Essen und Trinken zwar auftischen, was das Herz begehrte, aber seine Freunde machten nicht den geringsten Hehl daraus, wie sehr sie sich durch den Gast in ihrem Vergnügen gestört fühlten. Eisenherz erkannte unter ihnen einige unzuverlässige Edelleute, die sich durch ihr Verhalten schon längst den Zorn des Königs zugezogen hatten, und legte sich bald schlafen.

Am Morgen stand Eisenherz pünktlich bei Sonnenaufgang auf dem Hof und fragte nach seinem Führer. „Der Bursche hat im Rausch Streit angefangen und meine Knechte mit dem Dolche bedroht; dabei wurde er selber erschlagen", erklärte Sigurd mit seinem kaltschnäuzigen Lächeln. „Ich gebe dir aber, damit du dich auf meinem Gebiet nicht etwa verirrst, Jarl Oder, einen guten Freund von mir, als Führer bis zur Grenze mit."

Da Eisenherz im Augenblick machtlos war, unterdrückte er seinen jäh aufsteigenden Zorn und tat auch jetzt wieder, als füge er sich in alles. Beim Verlassen der Burg hörte er noch den Hilferuf einer Frau und ein wieherndes Gelächter. Dann schlugen die Tore zu. Der Prinz war überzeugt, daß man den Führer nur getötet hatte, um einen Zeugen zu beseitigen, und schwor sich, daß Sigurd Holem auch dieses Verbrechen sühnen müsse.

Im Dahinreiten beobachtete er das dumme, aufgeblähte Gesicht des neuen Führers und kam dadurch auf einen Gedanken, der ihn weiterbringen konnte. Während der ersten Stunde führte der Weg durch ein felsiges Waldtal hinab, wobei der kleine Trupp fast immer unter der Kontrolle der auf den Höhen lauernden Wächter blieb. Einmal kamen sie aber doch an eine Stelle, wo der Wald so dicht stand, daß er selbst vom schärfsten Späherauge nicht durchdrungen werden konnte. Hier legte der Prinz eine Rast ein; auch wurde ein Feuer entfacht, an dem das Frühstück nachgeholt werden sollte, das sie auf Sigurds Burg nicht mehr bekommen hatten.

Als der Hunger gestillt war, griff der Prinz den ahnungslosen und deshalb um so mehr erschrockenen Oder und zwang ihn, auf einem gestürzten Baumstamm Platz zu nehmen, wo der zitternde Mann einige Dinge zu dulden hatte, die ihm weder verständlich noch angenehm waren. Dazu gehörte, daß ihm Rufus das Barthaar abschnitt; auch mußte er sein Obergewand mit dem des Prinzen vertauschen. Dies geschehen, bestrich sich Eisenherz das Kinn und die Oberlippe mit Baumharz und ließ sich von Rufus den fremden Bartschmuck ankleben. Währenddes entwickelte er seinen Plan: „Wir reiten gemeinsam noch bis zur Grenze weiter, dann kehre ich in diesem Aufzug als Jarl Oder zur Burg zurück. Du aber bringst mir den Kerl nach Wikingsholm und kommst recht bald mit zwanzig Kriegern wieder!“

Die Späher merkten nichts von dieser Verwandlung; es entging ihnen sogar, daß der Mann in des Prinzen Kleidern Fesseln trug. Auf dem Rückweg zu Sigurds Burg schüttete der Prinz Oders Metflasche aus. Auch das gehörte zu seinem Plan.

Nach Einbruch der Dunkelheit taumelte ein müder und dem äußeren Bild nach sehr betrunkener Jarl Oder mit der leeren Metflasche in die Halle, wo Sigurd mit seinen Gesellen schon wieder fleißig am Bechern und dementsprechend in Stimmung war. Der lallende, wankende Oder forderte zwar das Gelächter der Männer, nicht aber auch ihr Mißtrauen heraus, und so konnte sich Eisenherz unter seiner Maske vorläufig geborgen fühlen, zumal das flackernde Licht der Kienspäne ohnehin keine klare Sicht zuließ.

Nach dem Mahl, dem Sigurds Männer mit widerlicher Gefräßigkeit zusprachen, wurden die Diener weggeschickt. Statt ihrer trugen nun einige verängstigt dreinschauende Mädchen die Metkannen und Weinkrüge in die Halle. Sigurd hatte seinen gröhlenden Haufen auch in dieser Stunde unter seiner Gewalt; daß die blassen Geschöpfe an unflätigen Bemerkungen aber immer noch genug zu hören bekamen, konnte er trotzdem nicht verhindern.

Bei der ersten sich unauffällig bietenden Gelegenheit sprach der Prinz eines der Mädchen an. Seine Gestalt schwankte, aber seine Stimme klang fest. „Ich bin Eisenherz, der Sohn eures Königs", sagte er leise, „und möchte wissen, ob ihr freiwillig hier seid." — „Nein, Herr!" war die hastig geflüsterte Antwort, dann eilte das Mädchen schon weiter.

Damit hatte der Prinz einen Beweis für Sigurds Umtriebe; nun mußte er nur noch sehen, wie er aus der Burg wieder herauskam. Niemand achtete des Betrunkenen, der da mühselig auf den dunklen Hof hinausstolperte und sich luftschöpfend über die Lehne einer Plattform beugte, unter der in der Tiefe der Fluß rauschte.

Das ist mein Fluchtweg, dachte der Prinz und zog sich torkelnd in die Burg zurück. „Bring mich ins Bett", lallte er dort einen Knecht an, der nicht gerade schlau aussah und der Aufforderung zusammen mit einem anderen unter wieherndem Gelächter nachkam. So fand Eisenherz mühelos zu Jarl Oders Schlafstelle.

Als dann der Morgen graute und ein Sklave zum Saubermachen erschien, wagte der Prinz den entscheidenden Schritt und sprach den Mann an: „Ich bin Prinz Eisenherz und will euch befreien! Hilfst du mir?"

Der Sklave prallte erschrocken zurück, denn er dachte zuerst an eine Falle. Dann aber erkannte er, daß nicht Jarl Oder, sondern ein Fremder vor ihm stand ... ein Mann, zu dem er sogleich Vertrauen faßte. „Ich helfe", sagte er leise, „und sollte es mein eigenes Leben kosten."

Eisenherz legte Jarl Oders Gewand ab und warf sich dafür eine Sklavenkutte über. In dieser neuen Vermummung durchquerte er mit einem Armvoll Stroh, der sein Gesicht verbarg, die Halle, in der immer noch einige Opfer der trunkenen Nacht greulich schnarchend unter den Tischen lagen.

Im Hof beschäftigte er sich mit Kleinigkeiten, wobei er heimlich die Anlagen der Burg und die Gepflogenheiten der Wächter auskundschaftete. Später verdrückte er sich, von niemand beachtet, in den Pferdestall. Der Prinz verstand sich so gut auf den Umgang mit Rössern, daß die Tiere nicht unruhig wurden, als er zwischen ihnen herumschlüpfte und jeden Strick und jeden Riemen einsammelte, dessen er habhaft werden konnte.

Aus diesem Material knüpfte er im abgelegensten Winkel des Stalles ein Seil zusammen, stark genug, um einen ausgewachsenen Mann zu tragen, und, wie er selber meinte, auch lang genug, um von der Plattform in die Tiefe zu reichen. Darüber kam der Abend. Eisenherz mußte sich nun ganz still verhalten, denn die Wächter waren um diese Zeit besonders vorsichtig und gingen jedem ungewohnten Geräusch nach.

Inzwischen hatte in der Halle schon wieder das allabendliche Gelage begonnen. Als Jarl Oder vermißt wurde, dachte Sigurd zuerst, sein rüder Geselle schlafe noch den Rausch vom vorhergegangenen Tag aus, und sandte einen Mann zur Schlafstelle, damit er den Säumigen wecke. Dieser Auftrag endete mit einer Überraschung. Die Schuhe, die unter der Decke vorschauten, steckten an keinen Füßen, und was den Leib des Schlafenden vorgetäuscht hatte, entpuppte sich schließlich als eine ganz gewöhnliche Strohgarbe. Nach dieser Entdeckung schlug der Mann sofort Alarm!

Um diese Zeit kniete der Prinz schon am Rande der Plattform, wo er sein zusammengeflicktes Seil mit Hilfe eines Querholzes so zwischen zwei Stämmen befestigte, daß es von obenher auch bei Tageslicht nicht auf den ersten Blick entdeckt werden konnte. Eisenherz überzeugte sich ein letztes Mal davon, daß alles seinen richtigen Halt hatte, dann ließ er sich kurzentschlossen über den Rand in die dunkle, brausende Tiefe gleiten. Damit war er zwar den Augen und Ohren etwaiger Verfolger zunächst entzogen, aber jetzt kam die Gefahr von einer ganz anderen Seite her auf ihn zu. Das mit soviel Sorgfalt geknüpfte Seil erwies sich als viel zu kurz!

Nun hing der Prinz, hilflos fast in dieser finsteren Nacht, zwischen Himmel und Erde und kam nicht weiter. Da er den Sprung in die ungewisse Tiefe nicht wagen durfte, wenn er sein Leben nicht aufs höchste gefährden wollte, blieb ihm für den Augenblick nichts anderes übrig, als eine Sitzschlinge zu knüpfen und abzuwarten, bis der Mond etwas mehr Licht brachte. In dieser Lage wurden dem Prinzen die Minuten zu Stunden. —

Als Sigurd von Oders Verschwinden hörte, brauste er entgegen seiner sonstigen Art nicht sofort auf, sondern überlegte zuerst einmal. Ihm schwante nämlich allmählich, daß Eisenherz die zugefügte Kränkung nicht schweigend übergehen werde. Freiwillig hatte Oder die Burg sicher nicht ohne die ihm gehörigen Kleider verlassen. Ob damit vielleicht nicht schon irgend eine Teufelei des Prinzen zusammenhing?

Nachdem Sigurd mit seiner Erkenntnis soweit gekommen war, brach auch sein allzeit bereiter Zorn durch. Sein Wutschrei scheuchte die immer noch schwelgenden Freunde auf. „Sucht die Burg ab!" befahl er. „Wir müssen Jarl finden oder den schuftigen Spion, der in seinen Kleidern gesteckt hat." — Die

jählings ernüchterten Männer versahen sich eilends mit Fackeln; sie durchstöberten jede Stube und jeden Winkel der Burg, aber sie fanden weder von Jarl Oder noch von dem Prinzen eine weitere Spur, so daß sich Sigurd zähneknirschend entschließen mußte, die Suche zu unterbrechen, bis das Morgenlicht ihre Fortsetzung in der Umgebung der Burg erlaubte.

Durch diesen Entschluß gewann Eisenherz kostbare Zeit. Als der Mond hochkam, übersah er auch seine Lage etwas besser. Die Felswand lag so nahe, daß er sie durch Pendeln erreichen konnte, aber sie fühlte sich feucht und lehmig an. Nach mehreren Versuchen ertastete er dann doch eine Spalte, in der sein Dolch einen festen Halt fand. Im Besitz dieses künstlich geschaffenen Griffes durfte er den Übergang vom Seil zur Wand wagen. Der anschließende Abstieg war auch so noch gefährlich genug; trotzdem beeilte sich der Prinz damit, denn von obenher kamen jetzt schon Hundegebell und laute Rufe.

Nach dem geglückten Abstieg überlegte er seine nächsten Schritte. Auf dem Landweg konnte er sich nicht in Sicherheit bringen; dort hätten ihn die Hunde wahrscheinlich bald aufgestöbert. Also beschloß der Prinz, seinen Weg im Wasser fortzusetzen, bis sich ein Schlupfwinkel fände, worin er das Erscheinen der eigenen Krieger in Ruhe abwarten könnte. Ausgerechnet unter der Steinbrücke, die zu Sigurds Burgtor führte, entdeckte er ein solches Versteck. —

Inzwischen hatte Rufus Wikingsholm erreicht und den König um die Krieger gebeten. Herr Aguar wollte zuerst nicht glauben, was ihm da über seinen Lehensmann berichtet wurde. Schließlich gab er, wenn auch zögernd, die Krieger aber doch mit.

Drei Tage später erschien Rufus mit einem Friedenszweig vor Sigurds Tor und forderte, da er Eisenherz noch in der Burg vermutete, im Namen des Königs Einlaß. Wie nahe er dem Freund schon stand, ahnte er nicht.

Während nämlich Rufus oben auf der Brücke seine Forderung aussprach, kauerte Eisenherz hungrig und ausgefroren unter dem Gewölbe und mußte sich verborgen halten, wenn er Sigurds Pfeile nicht auf sich ziehen wollte.

In dieser Bedrängnis öffnete sich ihm ein unerwarteter Ausweg. Einer der Begleiter von Rufus war durstig und stieg über die gemauerte Böschung zum Wasser hinunter, um seinen Helm mit einem kühlen Trunk zu füllen. Wie staunte da der Mann, als er aus der dunklen Wölbung heraus leise mit seinem Namen angerufen wurde und unversehens Auge in Auge seinem Prinzen gegenüberstand, den er doch noch in der Burg wähnte.

„Gut, daß du kommst“, sagte der Prinz, „ich bin es allmählich leid geworden, hier unten als Wasserratte zu hausen. Du kannst mir gleich deinen Helm leihen, und von den anderen soll mir auch jeder ein Stück seiner Rüstung bringen, damit ich mein Versteck verlassen kann.“

Während Eisenherz unauffällig mit dem Gewünschten versorgt wurde, gingen oben die Verhandlungen weiter. Sigurd, wohl wissend, daß ihm von der kleinen Streitmacht, die da vor seinem Tore versammelt stand, zunächst keine Gefahr drohte, ließ sich allerdings auf nichts ein und brüllte schließlich: „Dieses Lehen ist mein, und ihr kommt mir nicht in die Burg. Wenn ihr euch aber die Schädel unbedingt an meinen Mauern einrennen wollt, dann versucht das ruhig einmal!“ — Damit waren die Verhandlungen gescheitert, und Rufus blieb fürs erste nichts anderes übrig als umzukehren.

Sigurd und seine Leute sandten den Abziehenden ein höhnisches Gelächter nach und merkten in ihrer Schadenfreude nicht, daß Rufus, der doch nur mit fünf Begleitern gekommen war, nunmehr mit sechsen wieder wegging.

Die übrigen Krieger, die einen Steinwurf weiter zurück gewartet und dem Schauspiel mit wachsendem Vergnügen zugesehen hatten, begrüßten den Prinzen voller Jubel. Danach zogen sich alle in den Wald zurück.

Während Eisenherz seine Rüstung anlegte, überlegte er schon, was nun weiter zu unternehmen sei. Die Burg des unbotmäßigen Lehensmannes hatte für den Verteidiger eine so günstige Lage, daß sie durch zwanzig Mann nicht im Sturm zu erobern war. Dazu hätte es schon eines kleinen Heeres und vieler Geräte bedurft.

Soviel Aufwand um einen Schurken von Sigurds Schlag wollte der Prinz indes vermeiden; er untersuchte deshalb zunächst einmal die drei von Mauern geschützten Seiten der Burg genauer, fand aber nichts, was ihn in seinen Entschlüssen auch nur einen kleinen Schritt weitergebracht hätte. Auf der mauerlosen vierten Seite schien ein Überraschungsangriff überhaupt unmöglich zu sein, denn hier stieß der Burghof unmittelbar an den Abgrund, der dem Prinzen zur Flucht verholfen hatte. Diesen lehmigen Steilhang zu erklimmen wäre auch ohne die Abwehr des sicher zu allem entschlossenen Gegners einem glatten Selbstmord gleichgekommen.

Trotzdem zog es den Prinzen immer wieder nach dieser Seite; er erinnerte sich der bröckeligen Beschaffenheit des Hanges und gewahrte nun auch zum erstenmal bewußt, daß das künstlich um die Burg herumgeleitete Bachbett durch schweres Mauerwerk vor dem Auswaschen geschützt war. Sollte die Natur vielleicht selber die Mittel zu einem Angriff auf die Burg bieten?

Ähnliche Gedanken mochten Rufus bewegen: „Auf Sand gebaut", stellte er unter Anlehnung an ein biblisches Gleichnis fest und bestärkte dadurch den Prinzen in einem kühngefaßten Plan, mit dessen Verwirklichung noch zur gleichen Stunde begonnen wurde.

Bis zum Abend schlugen die Männer im nahen Walde so viele kräftige Stämme, daß sie für ein Schutzdach ausreichten, das dann in der Nacht unterhalb der Plattform errichtet wurde. An dieser Stelle wollten sie, ungesehen von Sigurd und den Seinen, einen Stollen schräg durch die Bergseite bis hinauf zum Oberlauf des Flusses treiben; der Feind entdeckte jedoch schon im Morgengrauen, daß unten irgend etwas nicht geheuer war, und sandte einen Hagel von Steinen und Speeren herab, vor dem selbst das schwere Dach nicht ausreichend schützte. Der Prinz zog seine Männer deshalb in den Wald zurück und beließ an Ort und Stelle nur einen Doppelposten zur Beobachtung.

Der Tag verlief ruhig. Sigurd mochte sich in seiner Burg so sicher fühlen, daß er nicht einmal Kundschafter in die Umgebung schickte.

Diese Ruhe trog indes. Nach Einbruch der Dunkelheit kam der Prinz mit seinen Männern wieder und ließ die Arbeit fortsetzen. Der ausgegrabene Lehm wurde ins Wasser geworfen, das ihn spurlos fortschwemmte. Gegen Morgen war der Stollen schon so tief, daß er Schutz vor jeder Bedrohung von oben bot. Trotzdem ging es dem Prinzen nicht schnell genug. Als seine Krieger am zweiten Tag gar noch über die ungewohnte Maulwurfsarbeit im Berg zu murren begannen, da holte er sich kurzerhand Hilfe von den Bauern der Umgebung, die ihm auch willig folgten, als sie hörten, daß es gegen den Unterdrücker gehe.

Inzwischen freute sich Sigurd immer noch auf den von ihm erwarteten Sturmangriff der zwanzig Belagerer. Als aber tagelang überhaupt nichts Sichtbares geschah, wurde ihm die Sache doch etwas unheimlich.

Zu solcher Besorgnis hatte der Belagerte allen Grund, denn der Stollen näherte sich unter der Mithilfe der von ihrer Aufgabe begeisterten Bauern rasch dem oberen Lauf des Flusses. Eisenherz blieb in diesen entscheidenden Stunden immer ganz vorne bei den Grabenden; er wußte, daß das, was er erreichen wollte, ganz plötzlich hereinbrechen und auch für die eigenen Leute eine tödliche Gefahr bedeuten konnte.

Eines Tages entdeckte er dann, daß ein feines Rinnsal aus der Stirnseite des Ganges sickerte. Da der Prinz nicht entscheiden konnte, ob schon eine Verbindung mit dem Fluß hergestellt oder nur eine unterirdische Wasserader angeschlagen war, ließ er den Stollen zur Vorsicht sofort räumen.

Dieses Manöver hatten die Männer zwar mehrfach geübt, nun aber, da es ernst wurde, ging es doch nicht ohne Hasten und Stolpern ab. Alle waren froh, als sie endlich in der kühlen Nachtluft draußen standen und zuletzt auch der Prinz wohlbehalten herauskam. Die nächsten Stunden mußten jetzt darüber entscheiden, ob der Plan geglückt oder die mühsame Arbeit zunächst noch erfolglos geblieben war.

Lange zeigte sich am Stolleneingang nichts, was auf eine Veränderung im Berg hindeutete, dann aber begann ein schmales Rinnsal zu fließen, wurde größer und wuchs sich in den Morgenstunden schließlich zu einem lehmfarbenen Sturzbach aus. Der alte Wasserlauf oberhalb des Stollens lag dafür fast schon trocken da.

Diese Veränderung des Flusses fiel auch Sigurd auf; er trat mit einigen Bewaffneten vor sein Tor und schaute besorgt auf die zerfallende Ufermauer bei der Brücke. Daß Eisenherz die Hand im Spiele haben könnte, kam ihm nicht in den Sinn.

Gegen Mittag machte sich das vernichtende Werk des Wassers auch an der Burg selber bemerkbar. Die Lehmwand über dem Stollen begann zu bröckeln, und die Plattform hing schon ganz schief über dem Abgrund.

Bei diesem Anblick sagte der Prinz: „Haltet die Waffen bereit, Freunde, spätestens morgen kommt es zum entscheidenden Kampf!"

Sigurd hatte seine wirkliche Lage auch um diese Zeit nicht erkannt. Immer noch bewarf er die so unentschlossen scheinenden Belagerer von seinen Zinnen herunter mit höhnischen Worten, schimpfte sie Feiglinge und hörte mit seinem Haßgezeter erst auf, als sich die ersten Quadersteine seiner ihm unbezwingbar scheinenden Mauer lokkerten und die ganze Burg wie von einem heftigen Erdbeben durcheinandergerüttelt wurde.

Das alles waren indes nur die ersten Folgen der Zerstörungsarbeit, die das Wasser im Berg bereits geleistet hatte. Wenige Minuten später schoß aus der Hangmitte ein meterdicker Strahl, die Wand bekam breite Risse und brach säulenweise mit einem unheimlichen Donnern in sich zusammen. Im gleichen Augenblick barsten auch die Mauern an den Flanken des neu entstandenen Abgrundes; was für eine Ewigkeit gebaut schien, wurde in den Strudel gezogen und vernichtet. Selbst einer der aus groben Blöcken gemauerten Wehrtürme schwankte und kippte schließlich in die Tiefe.

Als der Bergrutsch zum Stillstand gekommen war und sich der aufgewirbelte Trümmerstaub verzogen hatte, stieg Eisenherz, das gezogene Schwert in der Hand, über die Schutthalde hinauf, denn er hatte mit Sigurd und seinen Freunden, soweit sie der Katastrophe entronnen waren, noch einiges abzurechnen. Der Weg über die locker liegenden Trümmer war schwierig, aber Eisenherz schaffte ihn mit seinen Männern ohne Zwischenfall und ohne Gegenwehr der Verteidiger. Oben angelangt, konnte er erst richtig sehen, welche Zerstörung die Gewalt des Wassers angerichtet hatte. Die Wohnteile der Burg waren zwar erhalten, aber von den Wehranlagen standen außer einem Eckturm nur noch kümmerliche Reste, in denen sich kein Verteidiger halten konnte. Der Prinz rechnete damit, daß es um den Besitz des letzten Turmes noch zu einem harten Kampf kommen werde, und mahnte seine Männer zur Vorsicht. Die weitere Entwicklung ging indes einen anderen Weg.

Nach den unheimlichen Ereignissen der letzten Stunden hatten Sigurds Leute nämlich gar keine Lust zum Kämpfen mehr. Schreckensbleich, waffenlos und mit erhobenen Händen kamen die Überlebenden aus allen Winkeln herbeigelaufen und ergaben sich dem Sieger auf Gnade oder Ungnade. Alle — bis auf den einen, um den es dem Prinzen am meisten ging.

Ehe sich Eisenherz nach Sigurds Verbleib erkundigen konnte, trat der Gesuchte aber doch noch hinter einem Mauerrest hervor. Er war voll gerüstet und ließ durch seine Haltung unmißverständlich erkennen, daß er nicht daran dachte, sich freiwillig zu unterwerfen. Für den Prinzen ergaben sich hieraus

zwei Möglichkeiten. Er konnte den unbotmäßigen Mann gefangennehmen und vor des Königs Gericht führen lassen, damit er dort seine gerechte Strafe erhalte. Die zweite Möglichkeit bestand darin, mit Sigurd einen Zweikampf auszutragen, in dem dieser ehrenvoll bestehen oder untergehen konnte. Wenngleich sich der Lehensmann eine solch ritterliche Behandlung längst verscherzt hatte, so wählte Eisenherz doch den zweiten Weg.

Bei dem nun entbrennenden Kampf ging es auf Leben und Tod. Der von Haß und Rachsucht aufgepeitschte Sigurd war nicht nur ein bärenstarker Mann, sondern auch ein so gewandter Fechter, daß Eisenherz zuerst alle Mühe hatte, die wildgeführten Angriffe abzuwehren. Allmählich wandte sich aber das Blatt. Der Hand, die Nacht für Nacht im Kreise der Kumpane den Becher geschwungen hatte, dieser Hand wurden nun Schwert und Schild zu schwer. Sigurd mußte sich immer mehr auf die Verteidigung beschränken und erhielt auch bald die ersten schweren Treffer. Aufgestachelt von diesen Wunden, holte Sigurd noch einmal zu wütenden Schlägen aus, aber um so lähmender spürte er hinterher die bleierne Müde in seinen Armen.

Bei diesem Stand, da Sigurd die eigene Niederlage schon vor Augen stand, erfüllte sich sein Schicksal auf andere Weise. Eisenherz wollte seinen Gegner nicht töten, sondern nur gefangennehmen, damit man ihn des Landes verweisen konnte. In diesem Hin und Her geriet Sigurd an den Rand des Abgrundes, der nachgab und den Besiegten mit in die Tiefe riß . . .

Bei der späteren Totenfeier trank der Prinz nicht auf den Tyrannen Sigurd, sondern auf den Krieger, der einstmals so tapfer gewesen war.

Der Unterdrücker war tot, aber das Leben der Menschen, die er rücksichtslos geschunden hatte, mußte weitergehen. Der Prinz verweilte deshalb noch einige Tage an Ort und Stelle, um die Verhältnisse in dem heruntergewirtschafteten Lehen neu zu ordnen. Als erstes schickte er die Männer fort, die Sigurds Wohlleben auf Kosten des einfachen Volkes so bedenkenlos geteilt hatten, und drohte ihnen die schwersten Strafen an für den Fall, daß sie auch nur noch ein einziges Mal über einer Missetat ertappt würden.

Dann wurden die von Sigurd als Sklaven gehaltenen Männer und Mädchen freigelassen. Die Bauern bekamen wieder alle Rechte zugesprochen, die ihnen in Thule schon seit altersher zustanden.

Als die Dinge soweit gediehen waren, verabschiedete sich Eisenherz mit dem Versprechen, recht bald einen neuen Lehensherrn zu schicken, für dessen Redlichkeit er sich persönlich verbürge. —

Zu Hause auf Wikingsholm erwarteten den Prinzen neue Sorgen. Kaum hatte sich nämlich die Erregung über Sigurds Verhalten etwas gelegt, da führte Herr Aguar ein Gespräch mit seinem Sohn herbei. „Ich wollte meinem Land Frieden und Wohlstand schenken", erklärte er kummervoll, „und habe deshalb die christlichen Missionare herbeigerufen. Aber meine rauhen Nordmänner wollen von dem neuen Glauben nichts wissen; sie opfern noch immer den alten Göttern, und leider soll auch schon Blut geflossen sein."

Eisenherz beschloß, die Stimmung im Lande selber zu erkunden. Um zu vermeiden, daß ihm, als dem Sohn des Königs, nur schöngefärbte Auskünfte gegeben würden, legte er das einfache Gewand eines Jägers an und wählte zu seinen Begleitern auch keine Edelleute, sondern einen allzeit vergnügten Knecht namens Helge, dazu Torre, den Betreuer der königlichen Hundemeute. Beides waren Männer, auf die er sich unbedingt verlassen konnte.

Um jedes Aufsehen zu vermeiden, verzichtete der Prinz auf die Mitnahme von Pferden und sogar auf das "Singende Schwert", das im ganzen Land bekannt war. Ein breitkrempiger Filzhut, den er zur Not tief ins Gesicht ziehen konnte, vervollständigte seine einfache Ausrüstung.

So getarnt, brach Eisenherz auf. Er folgte mit seinen Begleitern dem Weg der römischen Missionare und erlebte überall, wo er ein scheinbar nebensächliches Gespräch anknüpfte, tiefe Enttäuschungen. Gewiß, man hatte die Missionare aufgenommen, weil sie vom König kamen. Man hatte sie auch geduldig angehört, aber hernach war alles beim alten geblieben.

Im Osten des Landes, wo der König fern und deshalb weniger mächtig war, erfuhr der Prinz noch Schlimmeres. „Die Fremden erzählten uns von einem neuen Gott“, berichtete ein ehrbarer Landmann. „Wir sollten den Glauben unserer Väter aufgeben, sagten sie, und gewannen auch einige Anhänger, die wir später aber ausgestoßen haben.“

Die Worte des biederen Mannes bewegten den Prinzen mehr als alles andere, was er bis dahin unterwegs vernommen hatte, doch ließ er sich deshalb nicht entmutigen und setzte seine Wanderung fort von Hof zu Hof, von Dorf zu Dorf. Einmal stieß er am Waldrand auf einen Odinspriester, der gerade dabei war, einen Baumstamm für die Feier der Wintersonnenwende herzurichten. Dieses Fest war Thor, dem Hammerwerfer, geweiht, der den Nordmännern als einer der mächtigsten unter den Göttern galt. Wenngleich Eisenherz wußte, daß sich die heidnischen Priester geheimnisvoller Kräfte bedienten, so war er doch überrascht, als ihn der hochgewachsene Greis, dem er nie zuvor in seinem Leben begegnet war, unter buschigen Augenbrauen hervor durchdringend ansah und ihn dann gleich beim vollen Namen nannte.

„Du bist Eisenherz, der Sohn König Aguars und künftiger Herrscher über Thule. Ausgerechnet du hast unsere Götter verraten, die älter sind als die Berge unseres Landes. Ausgerechnet du hängst einem fremden Glauben an. Ich aber, Odins getreuer Diener, heiße dich trotzdem willkommen und biete dir Gastfreundschaft in meinem bescheidenen Heim an."

Dieses Heim war eine weitläufige Höhle, die sich mit einzelnen Gängen tief in den Berg hineinzog. Hinter einem Opferstein standen die holzgeschnitzten Bildsäulen der Götter Odin, Thor und Loki, geheimnisvoll angestrahlt von einem Feuerbecken, dessen Glut verwirrende Rauchschwaden entstiegen.

Der Priester brachte an einfachen Speisen herbei, was er in der Höhle zu bieten hatte. Alle wurden satt; selbst Helge, dessen höchstes Glück auf Erden ein voller Bauch war.

Nach dem Mahle wandte sich der Priester an den Prinzen: „Es ist bei uns Brauch, sich für empfangene Gastfreundschaft mit einem kleinen Geschenk zu bedanken. Erlaube mir deshalb, einen Wunsch auszusprechen."

Eisenherz sah den Alten verwundert an. Wohl war es üblich, dem Gastgeber ein Geschenk zu hinterlassen, nie aber hatte er erlebt, daß ein solches ausdrücklich gefordert wurde. Daß dieses ungewöhnliche Verlangen nur einem wohlbedachten Vorsatz dienen konnte, war dem Prinzen sofort klar. Er verriet sich aber mit keiner Miene und sagte nur: „Bitte!"

„Um was ich dich bitte, ist nicht viel. Du sollst bloß glauben, was du heute noch mit deinen eigenen Augen sehen wirst."

Dies gesagt, führte der Alte seinen Gast an den Höhleneingang, durch den die Strahlen der schon tiefstehenden Sonne hereinfielen. Da sich der Prinz an das im Höhleninneren herrschende Zwielicht gewöhnt hatte, wurde er so geblendet, daß er kaum etwas sehen konnte.

„Koste nun von diesem Göttertrank", sprach der Priester und füllte einen Becher mit einem bräunlichen, scharfriechenden Getränk.

Indem Eisenherz gehorsam trank, flüsterte der Greis unverständliche Zaubersprüche vor sich hin.

Sein einschläferndes Raunen, dazu der starke Trank und die stechende Sonne verwirrten den Prinzen so, daß er der Wirklichkeit mehr und mehr entrückte. Schließlich hörte er nur noch die Beschwörungsworte.

„Schau und glaube! Du siehst Bifröst, den Regenbogen, auf dem die Götter zum Kampfplatz reiten! Die Brücke der Walküren, wenn sie die Geister der Erschlagenen nach Walhalla bringen! Du siehst den Sonnenwagen und dahinter den Mond, verfolgt von den Wölfen der Finsternis! Du siehst, wie Thor seine Blitze gegen die Riesen schleudert! Schau und glaube, denn dort steht auch Odin selber, der größte aller Götter!"

Die Sonne verschwand und mit ihr der ganze Spuk. Eisenherz drehte sich ratsuchend nach seinen Gefährten um; er glaubte, das alles nur geträumt zu haben. Was er jedoch bei den anderen sah, machte ihn nüchtern und nachdenklich zugleich.

Da stand Torre, immer noch erstarrt in abergläubischer Furcht und keines Wortes mächtig. Also mußte auch er die Erscheinung gesehen haben.

Ganz anders dagegen Helge, der wohlbeleibte Genießer, den außer einem guten Braten und einem kräftigen Trunk kaum etwas aus der Fassung bringen konnte. Als Eisenherz ihn fragte, was er gesehen habe, zwinkerte er listig und murmelte nur etwas, das wie ‚Hokuspokus' klang.

Eisenherz wandte sich wieder dem Höhleneingang zu und schaute sinnend nach Westen, aber der gerötete Himmel, vorher noch so bewegt und belebt von den abenteuerlichsten Gestalten, ließ nichts Ungewöhnliches mehr erkennen. Waren die alten Götter nun wirklich über den Regenbogen gezogen? Oder hatte ihm der Greis, selber vielleicht im guten Glauben, nur etwas vorgegaukelt?

Der Prinz erinnerte sich eines ähnlichen Erlebnisses mit Morgana, der Fee, und auch an die Erklärung, die ihm der weise Merlin, sein väterlicher Freund, dazu gegeben hatte. Damit war seine Erregung verflogen; er wandte sich lächelnd dem Alten zu und wiederholte nun sehr deutlich, was Helge vorher nur geflüstert hatte: „Hokuspokus!" —

Nach einem unbeschwerten Schlaf nahm Eisenherz am anderen Morgen Abschied von dem Herren der Höhle, der immer noch nicht begreifen konnte, daß ein sterblicher Mensch dem Zauber der alten Götter widerstanden hatte. Für diesen Mann war eine Welt zusammengestürzt, von deren wirklichem Bestand er bis dahin zutiefst überzeugt gewesen war. In seiner äußeren Haltung wirkte der Greis immer noch stolz und würdig, aber innerlich war er gebrochen.

Als Eisenherz davonschritt, nahm er sich fest vor, den alten Mann, den er seiner Lauterkeit wegen trotz allem verehrte, recht bald mit den Missionaren zusammenzubringen in der stillen Hoffnung, daß es diesen gelingen möge, seinem Leben einen neuen Inhalt zu geben. Mit diesem Gedanken mußte sich der Prinz noch den ganzen Tag beschäftigen.

Gegen Abend erblickten sie von einem Hügelrand aus ein Dorf, das von obenher gesehen recht friedlich anmutete. Dort hofften sie eine Unterkunft zu finden, die weniger aufregend war als die der vergangenen Nacht. Sie schritten frohgemut die sanftgeneigte Berglehne hinunter und sangen dabei, als gäbe es auf der ganzen Welt nur eitel Lust und Sonnenschein.

Bald kam die große Enttäuschung. Auf dem Dorfplatz trat ihnen ein Bewaffneter entgegen und fragte barsch: „Zu wem haltet ihr? Dient ihr noch den alten Göttern oder hängt ihr schon dem neuen Glauben an?"

Da noch ein zweiter Mann mit abweisendem Gesicht in der Nähe lauerte, schloß der Prinz, daß es im Dorf eben doch nicht ganz so friedlich sei, wie er gedacht hatte. Um den Zwiespalt nicht zu mehren, antwortete er zurückhaltend: „Wir kommen von weit her und sind hier fremd. Wie sollen wir wissen, was euch bewegt? Erlaßt uns für heute also bitte die Auskunft, damit wir endlich zur Ruhe kommen."

Nach diesem Bescheid bot der Bewaffnete dem Prinzen und seinen Begleitern sofort ein Obdach an, doch da trat der zweite Mann finsteren Gesichtes dazwischen und tat dasselbe. Auch er trug Speer und Schild und den Dolch an der Seite.

Zu welcher Partei der eine oder der andere gehörte, konnte Eisenherz nicht durchschauen. Weil er aber keinen neuen Unfrieden stiften wollte, schlug er sein Lager im Freien auf.

In der einbrechenden Dämmerung hatte der Prinz noch erkannt, daß am Dorfplatz zwei Kirchlein standen, ein altes und ein neues, beide von Bewaffneten gehütet, die sich mißtrauisch gegenüberstanden. Das war ein so schlechtes Zeichen, daß es den Prinzen lange nicht einschlafen ließ. Zwei Stunden später, beim Hellwerden, erwachte er schon wieder. In beiden Kirchen wurde gesungen. Und vor beiden standen auch Bewaffnete. Das Dorf war in zwei feindliche Hälften aufgespalten, zwischen denen eine unüberbrückbar scheinende Kluft lag.

Eisenherz überlegte. Wenn das Christentum auch nur an einer einzigen Stelle des Landes Fuß fassen konnte, dann war seine allgemeine Verbreitung nur noch eine Frage der Zeit.

Während sich der Prinz noch solchen Gedanken hingab, betrat der unbefangene Helge den Heidentempel und hörte sich die Rede des Götzendieners mit an. „Schaut!" rief der besessene Mann. „Unsere Opfergabe wurde auch in dieser Nacht wieder angenommen. Odin ist uns wohlgesinnt. Es gibt keinen größeren Gott als Odin, den Vater aller Götter!"

Nach der Betrachtung des täglich vorgeführten Wunders zerstreute sich die überzeugte Menge.

Helge, dessen Neugierde wachgeworden war, blieb jedoch zurück. Die Sache mit den verschwundenen Opfergaben kam ihm seltsam vor. Das hölzerne Bildwerk mußte schon uralt sein, denn es war völlig morsch. Als Helge einen Kieselstein dagegen schnellte, gab es einen hohlen Klang. Aus allen Fugen rieselte feines Holzmehl, und aus dem Inneren kam das Quieken von aufgeschreckten Ratten. Das also war das Geheimnis der verschwundenen Opfergaben!

Einige Minuten später erfuhr auch der Prinz, wie es mit dem Zauber bestellt war, und baute darauf seinen Plan. Wenn Helges Beobachtungen stimmten, mußte es mit dem Einfluß des Götzendieners bald zu Ende sein.

Eisenherz begab sich zu den heidnisch gebliebenen Familien des Dorfes und verkündete: „Die Missionare erzählen, die alten Götter seien müde geworden und nach Asgard zurückgekehrt, um sich dort auszuruhen. Usk, euer Priester, der noch an Odin glaubt, behauptet, das sei nicht wahr. Kommt also mit, damit wir uns überzeugen können, wer recht hat."

Die von dieser Rede verwirrten Menschen folgten dem Prinzen erwartungsvoll zum Tempel. Sie waren alle fest davon überzeugt, daß Odin den Christengott besiegen und jeden Zweifler zerschmettern werde.

An der Pforte wurden sie von Usk empfangen, der den Prinzen in unverhüllter Wut von oben bis unten musterte. Im Inneren des Tempels kam es dann gleich zu einer dramatischen Szene. Statt sich auf ein vernünftiges Gespräch einzulassen, stachelte Usk seine Gemeinde durch unbewiesene Behauptungen bis zur Raserei auf. Schließlich schrie er, zu Eisenherz gewandt: „Du hast es

gewagt, den Göttern deine Fehde anzusagen, aber Thors Hammer wird dich zertrümmern . . . dich und alle anderen, die nicht mehr glauben!"

In diesem bedrohlichen Augenblick, da die verhetzten Männer schon die Fäuste ballten oder zu den Dolchen griffen, holte Eisenherz mit seinem Stock aus und zerschmetterte das morsche Idol mit einem einzigen wuchtigen Schlag. Die Fetzen flogen nach allen Seiten davon, und der hölzerne Götze verwandelte sich vor den Augen des entsetzten Volkes in einen Haufen aus Brocken und Staub, in dem es von Käfern und Ameisen nur so wimmelte. Die Ratten, dick und vollgefressen von den gläubig dargebrachten Opfergaben, brachten sich quietschend in Sicherheit.

„Halt!" rief da der Prinz entschlossen in die ausbrechende Panik hinein. „Der Geist der alten Götter ist wirklich von euch gegangen, so wie es prophezeit war. Eure Opfergaben wurden von den widerlichen Ratten gestohlen und verschleppt. Ihr seht jetzt, daß nichts von den alten Göttern geblieben ist. Geht deshalb hinüber zur neuen Kapelle und erfahret dort, daß kein Götzenzauber auf die Dauer stärker sein kann als die Wahrheit und die zur Versöhnung mahnende Lehre der Missionare."

Dem Prinzen tat es leid, daß er mit den einfachen Menschen so umspringen mußte, aber er hielt diese Lösung für besser als einen langen Bruderkrieg, der sich womöglich noch auf das ganze Land übertragen hätte.

Als er schließlich den Missionar aufsuchen wollte, der das neue Kirchlein gebaut hatte, erfuhr er, daß dieser schon seit Tagen in den Nachbardörfern weile, aber bald zurückerwartet werde. Bis dahin beschloß der Prinz noch zu bleiben, denn er wollte an dem ersten gemeinsamen Gottesdienst teilnehmen und den Frieden im Dorfe endgültig gesichert wissen.

In der Nacht ging die Kapelle jedoch in Flammen auf. Am Brandplatz traf Eisenherz den Odinsdiener, der zugab, das Feuer mit eigener Hand gelegt zu haben, um so den alten Göttern die Macht zurückzugewinnen. Eisenherz verzichtete auf eine Bestrafung des fanatischen Täters und bat die Dorfbewohner, sich anderntags, wenn die Sonne am höchsten stand, auf dem Platz vor dem abgebrannten Kirchlein einzufinden, damit man alles besprechen könne.

Um diese Zeit war auch der Missionar wieder im Dorf. Er sprach lange zu der versammelten Gemeinde und schloß mit den Worten: ,,Dieses Haus mag noch oft zerstört werden, aber immer wieder soll es neu und größer erstehen. Wer hilft mit?"

Alsbald regten sich willige Hände, andere folgten, und schließlich arbeitete das ganze Dorf.

Als es soweit war, wandte sich Eisenherz an seine Gefährten und sagte: ,,Ich glaube, wir sind hier entbehrlich und können weiterziehen."

Vom Hügel aus schaute er noch einmal zurück und freute sich, daß unten der Frieden eingezogen war. —

Nach der Heimkehr traf Eisenherz auf Wikingsholm einen unerwarteten Gast an. Tillicum war zu Besuch gekommen. Ihr Gemahl, der rauhschalige Boltar, lag mit seinem Schiff wieder einmal draußen auf dem Nordmeer, und so hatte das junge Weib die Gelegenheit benutzt, um ihren Schützling Arne und zugleich auch Aleta, ihre ehemalige Herrin, zu besuchen.

Nachdem der Aufenthalt schon einige Wochen gedauert hatte, segelte ein stolzes Drachenboot in den Trondheimsfjord. Boltar war mit reicher Ladung von fremden Küsten zurückgekehrt. Das Schiff hatte noch kaum angelegt, da sprang der Hüne auch schon als erster über die Reling; er konnte das Wiedersehen mit seiner Frau kaum erwarten.

Auf Wikingsholm zitterten dann die Wälle unter den Rufen, mit denen der Recke sein Nahen meldete. Nach der stürmischen Begrüßung bekam der Kellermeister zu tun, denn Boltar war durstig geworden vor soviel Freude.

Einige Tage später wollte er heimfahren. Weil sich Tillicum nur schweren Herzens von ihrem Schützling trennen konnte, bat Boltar das prinzliche Paar, ihm Klein-Arne doch für einige Zeit als Gast mitzugeben, was ihm gerne zugestanden wurde. —

Auf dem kurzen Weg von Boltars Landungsstelle zur Burg freute sich der Hüne so auf den häuslichen Frieden, daß ihn seine Gefährten kaum mehr erkannten. Leider hatte der Wiking aber auch einige Feinde, die ihm die Gunst des Königs neideten. Als diese Leute von Arnes Besuch erfuhren, heckten sie einen abscheulichen Plan aus, mit dem sie Boltar am Hofe in Ungnade stürzen wollten. —

Der kleine Prinz hielt sich gerne bei den Ställen auf, wo er sich die Zeit mit dem Anblick der Pferde und Kühe vertrieb. Eines Tages verlockte ihn das offenstehende Tor zu einer Entdeckungsreise auf eigene Faust. Niemand bemerkte, wie das Kind entschlüpfte und ahnungslos in eine ihm völlig fremde Welt hineinlief.

Arne träumte von einem Wolf oder gar von einem Bären, den er mit seinem Pfeil erlegen würde. Statt der wilden Tiere traf er jedoch hinter dem nächsten Busch einen Mann, der Kuchen aß. Arne mochte den Fremden auf den ersten Blick nicht leiden, kostete aber trotzdem aus reiner Höflichkeit ein Stückchen von dem süßen Gebäck, das ihm angeboten wurde.

„Ich sehe, du bist ein Jäger", sagte der Mann. „Wenn du gute Jagdgründe suchst, so will ich dich gerne hinführen. Sie liegen übrigens nur ein paar Minuten von hier."

Von diesem Angebot war Arne so entzückt, daß ihn der Fremde am Arm nehmen und in den nahen Wald führen konnte. „Paß auf!" sagte der Mann an einer schattendunklen Stelle. „Gleich begegnen wir einem Hirsch!"

Arne hob schon seine Spielzeugwaffe, da sprang aus dem Gebüsch ein Mann. Der Aufschrei des Kindes erstickte unter einer Decke, und dann war es im Wald wieder so still wie zuvor. —

In Boltars Haus wurde das Fehlen des Kindes recht spät offenbar. Als Tillicum alle Räume durchsucht und auch auf ihr Rufen keine Antwort bekommen hatte, da entdeckte sie schließlich das immer noch offenstehende Tor. Erfüllt von bangen Ahnungen eilte sie hinaus und fand auch bald die Stelle, wo die Entführung eingefädelt worden war. Mit ihren geübten Indianeraugen las sie die Geschichte der Fußspuren und der Kuchenkrümel. Hier hatte ein Mann gesessen und dem Kind Kuchen gegeben — aber dieser Kuchen stammte nicht aus Boltars Ofen! Fremde Mägde mußten ihn gebacken haben!

Plötzlich erkannte Tillicum auch, wie alles zusammenhing: Arne war entführt worden! Sie hatte sich den Knaben, für den sie doch die volle Verantwortung trug, aus dem eigenen Hause stehlen lassen!

Was nun? Um keine Zeit zu verlieren, entschloß sich Tillicum, auf Hilfe zu verzichten und dem Entführer allein nachzueilen. Boltar würde nachkommen, das war gewiß.

Im saftigen Gras ließ sich die Spur zunächst leicht verfolgen. Tillicum erreichte bald eine kleine Lichtung, die stark zertreten war, und fand dort Arnes Bogen. Die Augen der jungen Frau verengten sich zu Schlitzen und ihr Mund preßte sich zu einem Strich zusammen. Nun war sie wieder ganz das naturnahe Kind ihrer Jugend, dem ein geknickter Zweig, eine Spur im Gras oder eine zerrissene Spinnwebe mehr verrieten als viele Worte.

An einer sumpfigen Stelle zeigten sich die Spuren der beiden Entführer besonders deutlich. Das Wasser in den Fußstapfen war schon wieder völlig klar; also mußten die Verfolgten einen guten Vorsprung haben.

Tillicum warf den hinderlichen Überrock ab und begann zu rennen. Sie war entschlossen, die Entführer noch vor dem Abend einzuholen. Auf einem felsigen Hügelland verlor sich jedoch die Spur. Stundenlang mußte sie suchen, bis sie endlich wieder etwas fand; ein paar halbreife Heidelbeeren, achtlos vom Strauch gerissen und ebenso achtlos wieder fortgeworfen, wohl weil sie zu sauer gewesen waren. Damit wußte die junge Frau, daß sie die Entführer immer noch vor sich hatte.

Gegen Abend erreichte sie einen Waldrand. Im Halbdunkel konnte sie nicht weiter, aber sie nahm den Geruch eines Lagerfeuers wahr. Ihre Sinne waren noch so unverdorben, daß sie nur ihrer Nase zu folgen brauchte, um die Feuer-

stätte zu finden. Tillicum ging vorsichtig weiter, denn sie vermutete, daß die Entführer bereits ein Nachtlager bezogen hätten. Als sie den Platz dann aber erreichte, war dieser verlassen. Das Halbdunkel genügte gerade, um erkennen zu lassen, daß neben dem unter der Asche noch glimmenden Feuer vier Schlafplätze aus Zweigen bereitet waren. Außerdem verriet ein strenger Geruch die kürzliche Anwesenheit von Pferden. Die Entführer hatten sich offenbar mit Helfern getroffen und waren dann beritten weitergezogen — eine schlechte Entdeckung für die vom Lauf erschöpfte Frau. Aber auch eine gute Entdeckung, denn Pferdespuren waren kaum zu übersehen.

Tillicum entfachte das Feuer wieder und baute sich in den abziehenden Rauch hinein eine Laube aus grünen Zweigen, um so etwas Schutz vor den blutgierigen Stechmücken zu haben. In dieser Hütte schlief sie, bis der Morgen graute und die Verfolgung fortgesetzt werden konnte.

Schon lange vor dieser Zeit war Boltar wegen des Ausbleibens von Arne und Tillicum unruhig geworden. Schließlich machte er sich mit einigen Begleitern auf die Suche, wobei er bald Arnes Bogen und dann auch das Überkleid seiner Frau fand. Diese Dinge hatte Tillicum mit Bedacht so hingelegt, daß sie schon von weitem auffallen mußten.

Boltar wußte zwar noch nicht, was geschehen war, aber er deutete die von seiner Frau gegebenen Zeichen doch ganz richtig als Beistandsrufe und beeilte sich so, daß seine minder ausdauernden Leute zurückfielen. Den Hünen störte es nicht, daß er allein war; er besaß ja zwei starke Arme und eine gute Axt. In seinem Zorn auf die Menschen, die ihm den häuslichen Frieden genommen hatten, wäre er einem ganzen Haufen mit den bloßen Fäusten entgegengetreten.

Auf dem steinigen Hügelland hatte Tillicum ihr Kopfband und zwei goldene Armreifen als Wegzeichen zurückgelassen. Viel weiter kam Boltar an diesem Tag trotzdem nicht mehr, denn die Dunkelheit brach auch für ihn herein. So geschah es, daß Mann und Frau die Nacht nur eine knappe Wegstunde voneinander verbrachten.

Als Tillicum am Morgen die Verfolgung wieder aufnahm, brauchte sie ihre Zeit nicht mehr mit langem Suchen zu verschwenden, denn die Kindsräuber hatten sich nicht die geringste Mühe gegeben, die auffallenden Spuren ihrer Pferde zu verwischen. Fürs Essen ließ sich die junge Frau kaum noch Zeit; sie nahm im Vorübereilen, was sich an Beeren und Wurzeln fand, und das genügte ihr, um einigermaßen bei Kräften zu bleiben.

An einem trägen, von den Entführern durchquerten Bach machte Tillicum eine Entdeckung, die ihr Herz höher schlagen ließ. Zwei Tage lang war sie hinter den Fremden hergelaufen, und nun endlich gewahrte sie, daß sie ihnen schon dicht auf den Fersen war. Der von den Pferdehufen aufgewühlte Schlamm hatte sich noch nicht wieder ganz gesetzt!

Tillicum schlich sich behutsam weiter, denn Stille ging jetzt vor Eile. Außerdem neigte sich der Tag schon seinem Ende zu; es war also anzunehmen, daß die Räuber bald ein Lager beziehen würden. In der Tat vernahm Tillicum auch bald darauf Stimmen und den Klang einer Axt.

Nun war doppelte Vorsicht geboten. Schritt für Schritt drang Tillicum vor und verhielt immer wieder, um zu lauschen. So erreichte sie schließlich einen Platz, der ihr von obenher einen Blick auf das Lager erlaubte, ohne daß sie dabei selber gesehen werden konnte. Die Räuber waren schon dabei, einige Birkhühner zu braten, und unterhielten sich derweil prahlerisch über das glatte Gelingen ihres Bubenstückes.

Bei diesen selbstgefälligen Reden wurden auch Namen genannt. Auf diese Weise erfuhr Tillicum, wer eigentlich die Missetat angestiftet hatte. Den Namen dieses Mannes hätte sie nie mehr vergessen können.

Daß der gefesselte Arne dabeistand und jedes Wort mithören mußte, störte die Entführer offenbar nicht im geringsten. Als der Braten gar war, holte einer von ihnen eine dickbauchige Flasche herbei, die so lange in der Runde kreiste, bis sie keinen Tropfen mehr hergab. Danach legten sich die Männer befriedigt zum Schlafe nieder. Bald darauf wurde die Stille der Nacht nur noch von dem schnarchenden Atem der Entführer gestört.

Nun war Tillicums Zeit gekommen. Das junge Weib kroch auf allen Vieren mitten hinein in den Kreis der Schlafenden und zerschnitt im letzten Schein des verglühenden Feuers den Strick, der Arne an seinen Bewacher fesselte. Als das in seinem ersten Schlaf gestörte Kind unruhig werden wollte, legte ihm Tillicum besänftigend die Hand auf den Mund, so wie sie es früher schon oft getan hatte. Arne, der die vertraute Hand auch im Halbschlaf noch erkannte, verstummte sofort und ließ sich willig wegtragen.

Später, in einer kleinen Entfernung vom Lager, tat er begeistert, was ihm gewiesen wurde, und setzte in den schlammigen Bachgrund so deutliche Spuren, daß sie nicht zu übersehen waren.

Nach dem Hellwerden dauerte es nicht mehr lange, bis die Räuber das Fehlen des Knaben und den vorgetäuschten Fluchtweg entdeckten. Als sie am Wasser dann auch noch des Kindes Mütze fanden, holten sie ihre Pferde und galoppierten fluchend bachabwärts. Tillicum und Arne verließen daraufhin in aller Ruhe das Versteck,

das sie ganz in der Nähe bezogen hatten, und holten sich aus dem verlassenen Lager alles, was sie für den Augenblick und auch für den weiten Heimweg brauchen konnten. Die Räuber hatten bei ihrem überstürzten Aufbruch nicht einmal ihre Waffen mitgenommen, denn sie glaubten zu diesem Zeitpunkt immer noch, daß sie es nur mit einem hilflosen Kinde zu tun hätten. So konnte Tillicum nicht nur genügend Lebensmittel, sondern auch die ganzen Waffen der Entführer zusammenraffen. Was sie davon nicht brauchen konnte, versteckte sie zu ihrer eigenen Sicherheit im nächsten Busch. Für sich selber behielt sie einen Bogen und ein leichtes Schwert.

Um die nämliche Zeit hatten die Kindsräuber eine höchst unangenehme Begegnung. Einem harmlosen Knaben, von dem ihnen keine Gefahr drohen konnte, waren sie nachgejagt, nun aber stießen sie völlig unvermittelt und zudem noch waffenlos auf eine Gestalt, deren bloßer Anblick schon genügte, sie in einen heillosen Schrecken zu versetzen.

Boltar war zur Stelle! In seinen Augen standen Zorn und Sorge zugleich. Er faßte die Streitaxt fester und ging entschlossen auf die Reiter zu, die nichts Gutes ahnend sofort ihre Pferde zügelten. An dem federgeschmückten Mützlein, das der Anführer immer noch in der Hand hielt, erkannte Boltar gleich auf den ersten Blick, daß er an die richtigen Leute geraten war. „Wo ist der junge Prinz?" herrschte er den Mann an.

In seinem Schuldbewußtsein kam der Befragte nicht auf den naheliegenden Gedanken, daß er sein Leben durch eine Ausrede vielleicht noch einmal hätte retten können. Statt dessen zuckte seine Hand nach dem Schwert, das er in der Eile des Aufbruches doch gar nicht mitgenommen hatte.

Die Antwort auf diese unbedachte und nur aus der Angst geborene Bewegung kam wie der Blitz. Boltars Streitaxt wirbelte hoch und traf den Kindsentführer so schwer in die Schulter, daß dieser nicht einmal Zeit fand, einen Todesschrei auszustoßen, und sofort vom Pferd fiel.

Als die anderen Galgenvögel das jähe Ende ihres Kumpans gewahrten, verging ihnen vollends alle Lust zum Kämpfen; sie wendeten ihre Pferde und stoben entsetzt davon, wobei ihnen das ledige Pferd des Erschlagenen folgte, ehe Boltar es für sich selber festhalten konnte. Der Hüne sandte den Fliehenden seinen Kampfruf nach und nahm dann die Verfolgung unverzüglich zu Fuß auf. Auch im Laufe gab Boltar durch seine dröhnenden Rufe immer wieder kund, daß seine Hilfe nahe sei.

Diese vertrauten Rufe drangen früher zu Tillicum als das durch den weichen Waldboden gedämpfte Trommeln der Pferdehufe. Als die Entführer in ihr Blickfeld kamen, da wußte sie sofort, daß diese auf der Flucht vor ihrem Gatten waren, und spannte entschlossen den Bogen.

Tillicums erster Pfeil war auf das Haupt des vorderen Reiters gerichtet, dieser riß jedoch angesichts der ihm drohenden Gefahr den Arm hoch und kam so mit einer zwar recht schmerzhaften, aber doch nicht tödlichen Wunde am rechten Handgelenk davon.

Schlimmer erging es dem nächsten, dem Tillicums zweiter Pfeil so tief in die Brust fuhr, daß er sich nicht mehr im Sattel halten konnte. Der dritte Räuber raste vorbei, ehe Tillicum einen weiteren Pfeil aufgelegt hatte, und kam so vorläufig noch einmal unbestraft davon.

Als Boltar auf dem Kampfplatz erschien, hielt er verwundert still. Der ganze Zorn, den er bis dahin noch empfunden hatte, war beim Anblick seiner Frau wie weggeblasen. Stolz aufgerichtet und mit schußbereiter Waffe stand sie zwischen Klein-Arne und dem sterbenden Räuber, gerade als sei Diana,

die Göttin der Jagd, aus dem sonnigen Süden in die nordischen Berge gekommen. Dieses Bild wirkte auf den rauhen Seebären so fremdartig, daß er, der doch sonst immer nur der Kraft des eigenen Armes vertraute, vor Scheu kaum näher zu treten wagte.

Boltars Befangenheit löste sich erst, nachdem der Kindsräuber sein Leben verhaucht hatte und bestattet werden mußte. Als der Tote unter der Erde ruhte, fing Boltar die Pferde der erschlagenen Räuber ein und setzte Arne auf eines davon. Dann ging es heimwärts.

Unterwegs berichtete Tillicum ausführlich über ihre Erlebnisse, verschwieg dabei aber zunächst noch den Namen des Mannes, der die häßliche Tat angestiftet hatte.

Zu Hause erfuhren sie schon am Tore, daß Eisenherz gekommen war, um Arne abzuholen. Nach der stürmischen Begrüßung berichtete Boltar über die Entführung.

Der Prinz war bestürzt darüber, daß es im eigenen Lande Leute gab, die ihm den Sohn rauben wollten. Während er noch über die Beweggründe der Entführer nachdachte, meldete sich Tillicum. Die junge Frau hatte die Herkunft des Gesindels bis dahin verschwiegen, weil sie den unberechenbaren Zorn ihres Gatten nicht noch mehr herausfordern wollte. Nun aber, da sie sah, wie ernst der Prinz selber den Zwischenfall nahm, gab sie ihre Zurückhaltung auf.

„Die Tat wurde von Männern aus Caerloft begangen", verriet sie. „Dort müssen Feinde meines Mannes leben, die ihn bei König Aguar in Ungnade bringen wollten."

Boltar begriff sogleich, woher der Wind wehte, und befahl, das Drachenboot zu rüsten. Caerloft war ein weiter nördlich gelegenes Küstendorf, mit dessen Herren er auch noch eine ältere Rechnung zu begleichen hatte. Der Platz war am schnellsten auf dem Wasserweg zu erreichen.

So rasch wie an diesem Tag hatte das Schiff noch nie abgelegt. Später ging es freilich langsamer, denn der Wind stand so ungünstig, daß die ganze Mannschaft rudern mußte.

In dem Räubernest auf dem Felsen über Caerloft gab es zur nämlichen Zeit schon besorgte Mienen. Die beiden Überlebenden waren von dem mißglückten Zug zurückgekehrt und berichteten über ihre Erlebnisse.

„Aber wir haben nichts zu befürchten", erklärte der unverletzt gebliebene Mann am Schluß zu seiner Entschuldigung. „Boltar hat uns nur flüchtig gesehen und weiß weder, wer wir sind, noch woher wir kommen."

Dieser wohlfeile Trost hielt freilich nicht sehr lange vor, denn bald meldete der Wächter vom Auslug, daß Boltars Drachenboot auf den Landeplatz zusteuere.

Die Herren von Caerloft sprangen erschrocken auf, um sich mit eigenen Augen von dem nahenden Ungemach zu überzeugen. Was sie dann in der Tiefe durch die klare Luft erkannten, ließ sie schrecklich ahnen, daß ihr so arglistig eingefädeltes Bubenstück nicht ohne böse Folgen für sie selber bleiben werde. Die Mienen von Eisenherz, Boltar und Tillicum verrieten jedenfalls nichts Gutes.

Die niedrigdenkenden Herren von Caerloft wußten ganz genau, daß sie gegen den Prinzen in einem ehrlichen Kampf nicht lange bestehen konnten, und beschlossen deshalb, ihre Untat einfach abzuleugnen. So konnten Eisenherz, Boltar und Tillicum, die auch von den eingeschüchterten Dorfbewohnern nicht gehindert wurden, kampflos an Land gehen und den schmalen Pfad zu der arg vernachlässigten Burg hinaufschreiten.

Oben am Tor, das wie im tiefsten Frieden offenstand, wurden sie von einem unterwürfigen Diener empfangen, der sie wortlos in die Halle führte. Dieses größte Gemach der Burg glich mit seinem morschen Gebälk und seinem strohbedeckten Boden freilich mehr einem verlotterten Kuhstall als dem Prunkraum eines adeligen Dorfherrn. Eisenherz überwand seinen Ekel vor dem in allen Ecken liegenden Unrat und kam gleich zur Sache. „Ihr seid angeklagt, einen Prinzen unseres königlichen Hauses entführt zu haben", so sprach er. „Bekennt Ihr Euch des Verbrechens schuldig?"

„Ich weiß nicht, von was Ihr redet", erwiderte der Gefragte, ohne eine Miene zu verziehen. „Wollt Ihr Euch nicht genauer erklären?"

Der Prinz wurde einer Antwort enthoben, denn nun trat Tillicum vor und wies auf den windigen Gesellen, dem sie selber die Hand zerschossen hatte. „Du warst einer der Entführer, und mein Pfeil hat dich getroffen. Willst du das vielleicht ableugnen?" — Das schuldbewußte Gesicht des Mannes ließ keinen Zweifel mehr darüber bestehen, daß Tillicum recht hatte.

„Ich könnte euch allesamt aufhängen lassen", sagte Eisenherz, „aber ihr sollt noch eine letzte Chance haben. Nehmt eure Waffen und kommt in den Hof!" Danach schaute er lächelnd auf Boltar, der den feigen Gesellen mit seiner Streitaxt grimmig und unmißverständlich den Weg wies.

Das Strafgericht draußen dauerte nicht lange. Immerhin empfing Boltar dabei im Gedränge eine kleine Schramme, die ihn schrecklich durstig machte. Tillicum sorgte dafür, daß Durst und Blut rasch gestillt wurden.

Während das Dreigespann hinterher durch das Dorf zum Drachenboot zurückging, folgten ihm mürrische Blicke. Einen Angriff wagte aber niemand, denn das Geschehen auf der Burg hatte sich bereits herumgesprochen. So erreichten sie unbelästigt das Schiff und konnten befriedigt heimwärts segeln.

Der Prinz verweilte noch einige Tage im gastlichen Hause des Freundes, dann ließ er die Rosse satteln und brach nach Wikingsholm auf. Unterwegs schwelgte Arne immer noch in seinem Glück über das bestandene Abenteuer und konnte nicht oft genug erzählen, was er bei den Räubern erlebt und wie er ihnen das Schwert, seine erste Kriegsbeute, abgenommen hatte.

Angesichts dieser kindlichen Freude brachte es der Vater nicht übers Herz, dem Sohn etwas von dem tiefen Leid anzudeuten, das der königlichen Familie durch das unbedachte Weglaufen hätte entstehen können. Und weil er im Grunde genommen doch recht stolz auf den Sohn war, erlaubte er diesem, zum Lohn für seine Tapferkeit von nun an den roten Hengstkopf, das uralte Wappen derer von Thule, auf dem Gewand zu tragen.

Zu Hause wurde die Freude des Wiedersehens jäh unterbrochen, als Eisenherz und Arne gemeinsam berichteten. Dann aber faßte sich Aleta und nähte dem vor Eifer zappelnden Sohn das versprochene Wappen mit eigener Hand an das Wams, wobei sie voller Dankbarkeit an Tillicum dachte, und auch an Boltar, den vierschrötigen Freund ihres Mannes.

Prinz Eisenherz

1. In den Tagen König Arthurs – Kämpft gegen die Hunnen – Im Mittelmeer
2. Auf gefährlichen Reisen – Die goldene Prinzessin – In der Neuen Welt
3. Zwischen Leben und Tod – Reitet für Thule – Sein Freund Boltar
4. Bändigt Rebellen – Befreit Aleta
5. Die Herausforderung – Im Auftrag des Königs
6. Im Kampf gegen Dänen und Sachsen – Die Reisen in den Orient
7. Abenteuerliche Rückkehr nach Camelot – Verrat an König Arthurs Hof
8. Der Sieg über die Sachsen – Ein Kampf um Thule
9. Rothäute und Bleichgesichter. – Verrat und Maskeraden
10. Die grosse Jagd – Der Sklavenaufstand